# 죽음의 러브레터

로라 레빈 지음 / 박영인 옮김

해문

# 죽음의 러브레터

해문

THIS PEN FOR HIRE
Copyright ⓒ 2002 by Laura Levine
Korean translation copyright ⓒ 2007 by Haemoon Co., Ltd.
PUBLISHED BY ARRANGEMENT WITH KENSINGTON
PUBLISHING CORP.NY,NY USA and SHIN WON AGENCY CO., KOREA.
All rights reserved.
이 책의 한국어 판 저작권은 신원에이전시를 통한 저작권자와의 독점계약으로 해문출판사에 있습니다.
저작권법에 의해 한국 내에서 보호를 받는 저작물이므로 무단전재와 복제를 금합니다.

# Chapter One

하워드를 대신해 편지를 써주었던 것은 그에게 그저 달콤한 데이트를 선물하기 위해서였다. 내가 써준 편지 때문에 그가 살인범으로 몰릴 줄은 정말 꿈에도 몰랐다.

이 이야기를 시작하기 전에 하워드와 내가 어떻게 만났는지부터 얘기하는 것이 좋겠다. 이상하리만큼 따뜻했던 2월의 어느 날, 난 막 샤워를 마치고 나오는 참이었다.

그때 현관문 쪽에서 마치 강아지가 안으로 들어오려고 앞발로 문을 긁어 대는 것처럼 뭔가가 부드럽게 긁히는 소리가 났다.

나는 기모노 스타일의 분홍색 실크 가운을 걸치고는 머리를 가볍게 부풀리며 거실을 가로질렀다. 문을 열자, 내 앞에 서 있던 것은 강아지가 아니라 웬 남자였다. 오늘의 첫 고객이군.

촌스러운 흰 양말에 기름을 발라 반짝반짝 윤이 나는 머리, 유별난 포켓 프로텍터(볼펜이나 만년필 잉크가 옷에 묻는 걸 방지해주는 것), 틀림없는 괴짜의 모습이었다.

그는 시선을 바닥에 깔린 '환영합니다.' 매트에 고정한 채 잔뜩 긴장하고 있었다.

"한 시간에 50달러, 맞죠?"

"맞아요." 내가 말했다.

"이런 건 한 번도 해본 적이 없어서……."

그가 웅얼거렸다.

"괜찮아요." 나는 그를 안으로 안내했다.

"부끄러워할 것 없어요. 외투 벗고 편히 앉아요."

아니! 난 창녀가 아니다, 난 작가다. 물론 로스앤젤레스에서는 창녀나 작가나 별 다를 바가 없지만.

내 이름은 제인 오스틴, 현재 살고 있는 아파트에서 'this pen for hire'라는 대필서비스 사업을 하고 있다.

귀에 쏙 들어오는 이름이지 않은가? 광고업계에서 일할 적에는 이런 매력적인 문구들을 생각해내는 것이 일상의 다반사였는데, 어느 날 아침 눈을 떴을 때 평생을 단어로만 끝나는 이야기(그야말로 '법으로 금지된 공허함'이다)를 쓰며 살아간다는 것이 끔찍하다고 느낀 후로 진로를 바꾸게 되었다.

난 이력서나 자기소개서, 편지, 안내서, 그리고 개인 광고를 쓴다. 사실 대부분이 개인 광고들이다. 내 최근 광고를 본 적이 있는가?

'외기러기 아빠가……(생각 중).'

사실 평소엔 이런 기모노 가운 차림으로 고객을 맞진 않는다. 오늘은 하워드 머독이 약속 시간보다 1시간이나 빨리 온 탓이다.

그는 오늘 아침에 전화를 걸어와 전화번호부 광고지를 봤다며 편지를 대신 써줄 것을 부탁했다.

난 그를 거실 의자 가장자리에 겨우 앉히고는 안으로 들어가 근무복으로 갈아입었다, 신축성 있는 바지와 티셔츠.

다시 거실로 나왔을 때 그는 여전히 의자 가장자리에 앉아 아슬아슬하게 균형을 잡고 있었다. 그 모습이 얼마나 위태로워 보이는지 바람이라도 훅 불면 금세라도 저세상 사람이 되어 버릴 것만 같았다.

"이리 오세요."

난 그를 식당 겸 사무실로 안내했다.

"앉아요." 난 맞은편 의자를 가리켰다.

하워드가 주춤거리며 허리를 낮추기 시작했고, 난 순간 당황하여 소리쳤다.

"저기! 우리 고양이 위엔 앉지 말아요!"

난 하워드가 막 앉으려던 의자 위에서 고양이, 프로작을 번쩍 안아 올려 저쪽 주방으로 보냈다.

녀석은 불쾌한 눈빛으로 나를 쳐다보더니, 건조대 위로 훌쩍 뛰어올라 깨끗하게 빨아서 개어놓은 빨래더미를 흐트러뜨리는 것으로 복수를 대신했다.

난 어쩔 수 없다는 듯 애써 미소를 지어 보이며 다시 하워드를 돌아보았다.

"자, 편지를 써달라고 했었죠?"

그는 금시초문이라는 듯 두 눈만 깜빡거리고 있었다.

"편지를 써달라고 했던 거 맞죠?"

그가 손가락에 붙은 딱지를 만지작거리며 대답했다.

"맞아요."

"어떤 편지인가요? 항의 편지? 항공사가 당신의 짐을 분실했나요?" (이런 경우가 굉장히 많다)

"아뇨."

그는 내 시선을 피해 나무 마루만 쳐다보고 있었다.

"이봐요, 하워드. 어떤 내용의 편지인지 얘기해주지 않으면 편지를 써줄 수가 없잖아요."

마침내 그가 바닥에 대고 뭔가를 웅얼거렸다. 하지만, 도통 무슨 말인지 알아들을 수가 없었다. 뭐? 러부 에터?

"뭐라고요?"

마침내 그가 고개를 들어 나를 쳐다보았다.

"러브 레터요. 러브 레터를 써주세요."

난 나도 모르게 "당신도 애인이 있어요?"라고 외칠 뻔 했지만 간신히 말을 삼켰다.

"아, 애인이 있군요! 멋져라!"

어색하게 흐른 몇 초의 공백을 그가 이상하게 생각하지 않기를 바라며 나는 재빨리 추켜세웠다.

"그런 게 아니에요."

"오, 그럼 남자 애인? 그런 것이라고 해도 걱정할 필요 없어요."

"아니, 아니에요. 여자가 맞아요. 단지 내 애인이 아닐 뿐이죠. 사실 말 한 마디 해본 적 없어요. 하지만 그녀를 사랑해요. 내 온 마음과 영혼을 다해서요."

오, 이런. 난 뻣뻣한 미소를 흘렸다. 스토커 고객은 처음인데.

"흠, 말해봐요. 당신의 사랑은 어떤 사람이죠?"

하워드는 지갑에서 꼬깃꼬깃 접힌 신문지 조각을 꺼내어 불쑥 내게 건넸다.

"그녀의 이름은, 스테이시예요."

그가 경건하게 말했다.

나는 몸에 착 달라붙는 검은 옷을 입은 사진 속 섹시한 금발 여인을 내려다보았다. 그 위로는 'LA 스포츠클럽의 에어로빅 강사, S. 로렌스'라고 적혀 있었다.

"내가 다니는 헬스클럽에서 에어로빅을 가르쳐요."

남자들이란 정말 놀랍다. 적어도 자기 수준에 맞춰 여자를 골라야 하는 거 아닌가? 물론 하워드 수준의 그녀도 톰 크루즈를 꿈꾸긴 하지만, 정말 톰 크루즈와 데이트를 할 수 있을 것이라고 생각하진 않는다.

그녀는 결국 자신이 북슬북슬한 털에 배가 볼록하게 나온 평범한 남자와 데이트를 하게 될 것이란 걸 알고 있다. 하지만 그와 달리 남자들은 환상 속에 빠져 산다.

장담하건대, 길가에 널리고 널린 키 작고, 뚱뚱한 대머리 남자들도 전부 헤더 로클리어(미국의 유명 여배우)의 전화번호만 알아낸다면, 자신이 그녀와 데이트를 할 수 있을 것이라고 생각할 것이다.

난 사진 속 여자의 고혹적인 눈매와 완벽하게 그을린 몸매를 물끄러미 바라보았다.

불쌍한 하워드, 그는 결코 기회를 얻지 못할 것이다.

"저기, 하워드. 알지도 못하는 사람에게 러브 레터를 쓴다는 건 그다지 좋은 생각 같지 않네요."

"정확히 말하면 러브 레터는 아니에요. 그러니까 그녀에게 나와 데이트 하고 싶다는 생각이 들 만한 뭔가를 써달라는 거죠."

'기적이라도 일어나길 바라는 거야? 루르드(프랑스 남서부 프로방스알프코트다쥐르 주(州) 있는 소도시. 기적이 일어난 곳으로 유명하다)나 찾아가 보지 그래요.'

"대신 이력서를 써주는 건 어때요? 지금 하는 일이 지겹진 않아요?"

하지만 그는 조금도 흔들리지 않았다.

"스테이시에게 보낼 편지를 써줘요."

"알았어요." 나는 억지 미소를 지으며 대답했다.

"그럼, 당신에 대해 얘기해봐요."

그는 멍한 표정으로 나를 바라보았다.

"직업이 뭐죠?"

"보험사정인이에요."

이런, 끔찍하군.

"취미는?"

"주로 TV를 봐요."

"그게 다예요?"

"음."

그는 마지막을 위해 특별히 남겨 둔 것이 있다는 듯 시간을 끌었다.

"엄마랑 같이 중국집에서 젓가락을 모아요."

나는 땅이 꺼져라 한숨을 내쉬었다.

진작 거절했어야 했다. 결코 통할 리 없다는 것을 알면서도 하워드의 돈을 받아 챙길 순 없다. 고결함은 나의 유일한 자랑이다.

"안됐지만, 하워드. 이건 성공하지 못할 거예요."

"평소 받는 돈에 세 배를 줄게요."

난 얼른 노트와 펜을 집어들었다.

"스 '테' 이시인가요, 스 '태' 이시인가요?"

# Chapter Two

좋다, 나의 고결함에 흠집이 간 건 인정한다. 하지만 주머니에서 나가야 할 돈이 한두 푼이 아니다. 비싼 프라프치노(얼음과 음료를 갈아서 차게 마시는 음료) 중독도 한몫했다.

비벌리힐스에서 산다는 건 결코 값싼 일이 아니다. 물론 정확히 말해 비벌리힐스가 아닌 비벌리힐스의 반대편, 월셔 블루버드에 살고 있는 나 같은 경우에도 말이다. 월셔 블루버드는 비벌리힐스의 경계선이다. 월셔의 북쪽은 부자 동네고, 남쪽은 아니다.

난 월셔의 남쪽에 산다. 남쪽, 그야말로 멕시코에 사는 것이나 다름없다. 난 이중으로 가로수가 심어져 있는 거리에 위치한 아파트에 살고 있다. 진짜 벽난로와 나무마루가 깔린 방 한 칸짜리 아파트로 아래쪽 거리에는 스타벅스도 있다. 물론 월세(무지하게 비싸다)와 교통(종종 구제불능이다), 그리고 이웃인 랜스 베너블(언제나 구제불능이다)이라는 골칫거리가 도사리고 있지만.

랜스는 옆집에 사는 사람인데, 어수선한 금발 곱슬머리에 항상 이상야릇한 옷을 입고 다닌다. 그는 니만 마커스(미국의 유명한 백화점)에서 숙녀 구두를 팔고 있는데, 페라가모 매장에 발병이 나도록 들락거리는 사람이라면, 그의 세일즈에 신경이 곤두설 만도 하다.

내게 있어 랜스의 문제는 그가 6백만 불의 사나이에 가까운 청력을 가지고 있다는 것이다. 그는 강아지가 듣지 못하는 소리까지 듣는다.

아마도 파모나(캘리포니아의 한 도시)에서 화장실 변기 물 내려가는 소리까지 들을 수 있을 것이다. 그러니 내 집에서 나는 모든 소리를 듣는 건 당연하다.

전화 받는 소리, 헤어드라이기 소리, 심지어는 프로작이 밥 달라고 야옹거리는 소리까지 들린다고 투덜거린다. 그가 듣지 못하는 소리라곤 내가 남자와 사랑을 나누는 소리뿐이다. 당연하지, 한 번도 그런 적이 없었으니까.

어쨌든 그건 전혀 다른 얘기다. 내가 하고 싶은 얘기는 바보 같은 사랑에 빠져버린 괴짜 청년 하워드에 관한 것이다.

그날 오후 하워드가 떠나고 난 뒤 나는 불가능한 임무를 떠안게 되었다는 것을 깨달았다. 난 컴퓨터 주변을 어슬렁거리며, 하워드와 스테이시의 데이트를 성사시키기 위해 어떤 편지를 써야 할지 곰곰이 생각에 잠겼다. 머릿속에 떠오른 것 중 그나마 효과적일 듯 보이는 건 이것뿐이었다.

'사랑하는 스테이시, 나와 데이트를 해주면, 백만 달러를 주겠소. 당

신의 사랑, 하워드 머독.'

솔직히 말해 이 방법이 통할지도 자신 없었다. 한두 시간에 걸친 고심과 열일곱 번에 걸친 냉장고 탐방에도 불구하고 머릿속은 여전히 텅텅 비었다.

하는 수 없이 나는 하워드의 파일을 저 멀리 밀쳐놓고, 한창 작업 중이던 대학 졸업반 학생의 이력서를 꺼냈다. 파티에서 신나게 놀아 제치기가 전공인 그는 이력서에 그가 실제로 수업 중 몇 개는 들었다는 인상을 심어 주려 한다고 했다. 이것 역시 쉬운 일은 아니지만 하워드 건에 비하면 누워서 떡먹기였다.

저녁 6시쯤 됐을까? 저녁식사를 간청하는 프로작의 야옹 소리에 내 작업은 중단되었다. 불쌍한 녀석, 무려 1시간이나 굶고 있었다. 물론 먹이를 향한 녀석의 끊임없는 욕심에 응해주면 안 된다는 걸 알고 있다.

매일같이 먹이는 하루에 다섯 번만 주자고 다짐도 하는 터였다. 하지만 녀석의 가련한 야옹 소리를 듣고 나면 도저히 주지 않고는 못 배기는 나였다.

프로작에게 사보리 매크릴 피스트를 주고 난 뒤 나는 서둘러 샤워를 했다. 오늘밤엔 데이트가 있기 때문에 최대한 멋져 보이고 싶었다.

구제불능 곱슬머리를 제니퍼 애니스톤처럼 차분한 생머리로 돌변시키기 위해 열심히 헤어드라이기를 돌리고 있는데, 랜스가 벽을 통통 치며 외쳤다.

"조용히 좀 해요!"

나는 바드득 이를 갈며, 드라이기를 '약'으로 내렸다. 내 펀치로 남자의 고막을 날려버릴 수 있을까 궁금해하면서 말이다.

나는 앤 테일러 바지와 J. Crew(미국의 유명 의류 브랜드) 스웨터, 그리고 K마트에서 산 팬티스타킹으로 멋을 내고는 거울 앞에 섰다.

아니나 다를까, 거울에 비친 내 머리카락은 이미 꼬불거리기 시작했다. 제니퍼 애니스톤에서 셜리 템플로 돌변하는 건 이제 시간문제. 서른여섯이나 먹은 양배추 인형이라니!

오, 그래도 이젠 어쩔 수 없다. 서두르지 않으면 데이트에 늦고 말 것이다. 난 지갑을 집어들고 허리를 숙여 프로작에게 작별 키스를 했다.

녀석은 굶주린 늑대처럼 내 목덜미를 핥아댔다. 내가 귀 뒤에 먹이라도 숨겼을 거라고 생각하는 모양이지?

목덜미에서 매크릴 사료 냄새가 나는 것을 느끼며 난 곱슬곱슬한 머리와 함께 경쾌한 발걸음으로 집을 나섰다.


난 멜로즈 거리에 있는 유명한 레스토랑으로 들어갔다.

왜, 그런 곳 있지 않은가. 모든 웨이터들이 배우 뺨치게 잘 생기고, 페스토(파스타에 넣는 이탈리안 소스)가 물처럼 흘러넘치는 곳 말이다.

난 홀을 둘러보다. 한쪽 테이블에서 목까지 올라오는 검정 스웨터에 금속 테 안경을 쓴 잘생긴 남자가 내 쪽을 향해 손을 흔들었다.

하지만 불행하게도 그건 나를 향한 것이 아니라 내 뒤에 서 있던 고집스러워 보이는 빨강머리 여자를 향한 것이었다.

난 칸디가 앉아 있는 테이블로 걸어갔다. 칸디 토볼로스키는 뉴욕에서 온 친구로 부러울 만큼 고운 생머리와 상당한 유머감각을 지니고 있었다(칸디 토볼로스키라는 이름으로 살려면 특히 필요한 것이다).

칸디는 나의 베스트 프렌드다. 우리는 5년 전 UCLA의 한 시나리오 수업에서 만났다. 당시 나는 끔찍한 이혼을 경험하고 있던 터라(하긴 끔찍하지 않은 이혼도 있겠냐만) 스트레스로 인해 여기저기 뭉친 근육을 풀어줄 만한 거리가 필요했다. 오, 정말이다. 적어도 일주일에 하룻밤 정도는 아파트에서 벗어날 방법을 모색 중이었다.

칸디는 뉴욕에서 LA로 이사 온 지 얼마 되지 않던 때였다. 난 늘 뉴요커들을 동경해 왔다. 그들의 날카로움과 조급함, 뻔뻔스러움이 마음에 들었다. 그리고 무엇보다도 그들 중 어느 누구도 '좋은 하루 되세요'라는 말을 하지 않는다는 점이 제일 마음에 들었다.

여름학기의 첫 저녁 수업 날 처음 칸디를 봤을 때, 그녀는 조급한 듯 손가락으로 책상을 두드리며 중얼거리고 있었다.

"제길, 찜통이 따로 없군."

나는 즉시 그녀 옆에 앉았다.

우리의 선생은 훈제생선구이같이 거무튀튀한 살결에 느끼한 꼬랑지머리를 한 남자였는데, 학기 내내 그가 한 일이라곤 우리가 애써 써 온 각본들을 신랄하게 비판하거나 앞줄에 앉은 섹시한 금발에게 추파를 던진 일뿐이었다. 물론 그를 비난하는 건 아니다. 금발은 내가 보기에도 섹시한 남자였으니까!

그러던 어느 날 저녁, 그날도 선생은 어김없이 온갖 에너지를 그러모아 한 불쌍한 학생이 평생에 걸쳐 쓰고 수정해온 각본을 냉혹하게 비판해대고 있었다.

칸디는 역겨운 눈빛으로 선생을 쳐다보다가 쪽지에 뭔가를 끼적여 내게 건네주었다. 쪽지에는 '개자식이 따로 없어.'라고 쓰여 있었다. 순간 나는 칸디가 내 베스트 프렌드가 될 만한 충분한 소양을 지녔음을 깨달았다.

나는 붐비는 레스토랑 안을 헤치고 나아가 칸디가 의기양양하게 맡아놓은 창가 옆 테이블로 향했다.

그녀는 나를 보자 폴짝 뛰어 달려와 행복하게 안겼다.

"무슨 일이 있었는지 알아, 자기? 나 완전 제대로 된 남자를 만났어."

칸디에게는 미안하지만 정말이지 말도 안 되는 얘기다.

뉴욕의 메인 거리에서 온 여자라면 남자를 보는 눈쯤은 제대로일 거라고 생각할 테지만, 칸디는 남자들은 주차장과 같다는 사실조차 아직 모르고 있었다(좋은 자리는 이미 누군가가 차지하고 없다). 매번 새로운 남자를 만날 때마다 완전 제대로 된 남자를 만났다고 하니 말이다.

"지난달에도 완전 제대로 된 남자를 만났다고 하지 않았어?"

내가 물었다.

"해변으로 저녁식사 데이트를 가서는 산타 모니카 만에서 너를 밀어 버리겠다고 협박했던 그 미친 치과의사 말이야."

"그게 언제 적 얘긴데. 이번에는 달라, 정말 완벽하다고. 그 사람 프로필 좀 봐."

칸디는 데이트에 앞서 상대에 대한 상세한 프로필을 제공해주는 데이트 서비스에 가입되어 있었다. 프로필에는 그 사람에 대한 모든 정보들(결코 검증된 바 없는)이 기입되어 있었는데, 어떤 유형의 여성을 원하는지(미셸 파이퍼 같은), 여가 시간은 어떻게 보내는지('로맨틱한 저녁식사'나 '달빛 아래에서의 해변로 산책' 같은 건 꿈도 꾸지 말길. 그들이 원하는 건 당신의 아파트에서 끊임없이 사랑을 나누는 것뿐이다)에 대해서도 적혀 있었다.

난 프로필을 흘끗 내려다보았다.

"봤지? 이 사람, 의사야! 그것도 비벌리힐스에서! 그리고 사진 좀 봐. 안토니오 반데라스를 닮지 않았어?"

난 내 눈을 믿을 수 없었다. 세상에나, 그는 정말 안토니오 반데라스와 꼭 닮아 있었다.

"정말 괜찮은 사람 같지 않아?"

"이런 사람일수록 조심해야 해, 칸디."

"오, 소심하게 굴지 좀 마. 나한테 저녁을 대접하겠대. 해변에 있는 해산물 레스토랑에서 말이야."

"구명조끼 챙기는 거 잊지 말아라."

냉소적으로 들린다고 해도 할 수 없다, 그게 바로 나니까.

블롭('우주생명체 블롭'이라는 영화가 있다)과 함께 3년을 지내는 동안 이렇게 변해버리고 말았다. 블롭은 내 전남편을 부르는 말이다. 그나마 제일 거칠지 않은 별명이다.

우린 산타 모니카의 한 커피하우스에서 만났다. 그는 소설가였는데, 짙은 머리칼에 엘 그레코(그리스 태생의 스페인 종교화가)의 그림에서 막 빠져나온 듯 심오한 눈빛을 한 그 남자는 내가 그토록 꿈에 그리던 감수성 풍부한 예술가의 모습 그대로였다.

그래서 나는 시끄럽게 울려대는 경고 사인을 바람에 날려버린 채 그와 결혼했다. 사실 우리의 결혼은 나무랄 데 없이 훌륭했다. 그 후의 생활이 문제였다. 블롭의 소설이 인기를 잃어가기 시작하면서 그는 대부분의 시간을 컴퓨터 앞에 앉아 '가죽 속옷을 입은 섹시한 아가씨들'이라는 웹사이트에 빠져 지냈다. 그러더니 결국은 펜을 버리고 소파에 뿌리를 내리기 시작했고, 결국 우린 이혼을 했다. 블롭의 손바닥에 파묻혀 버린 리모콘을 빼내기 위해 외과수술을 감행해야 했을 정도였다.

"배고파 죽겠어."

마지막 남은 포카치아(올리브유, 소금, 야채를 뿌려 구운 크고 둥근 이탈리아 빵) 조각을 게걸스럽게 먹어치우며 칸디가 말했다.

우리는 홀을 두리번거리며 웨이터를 찾았다.

그는 한눈에 보기에도 우리보다 중요해 보이는 사람들에게 굽실거리고 있었다.

칸디가 드디어 그와 시선을 맞추는 데 성공했다.

"오, 배우 아저씨!" 그녀가 불렀다.

"메뉴판 좀 갖다 주시겠어요?"

"멋지군."

나는 신음소리를 냈다.

"우리 음식에 침을 뱉을지도 몰라."

"바보 같은 소리. 이렇게 불러줘야 좋아한다고."

끝내주게 환상적인 속눈썹을 가진 젊고 예쁘장한 웨이터가 우리 테이블로 다가와 정중하게 메뉴판을 나눠주었다.

"거봐, 봤지? 우리한테 뻑 갔다니까."

칸디는 브레드 스틱(가는 막대기 모양의 딱딱한 빵)을 흔들며 나의 냉소를 훨훨 날려버렸다.

"자기." 그녀가 말했다.

"굉장한 소식이 있어. 스킵이 자길 한 번 만나보고 싶대. 그러니까 바퀴벌레에 대한 아이디어를 생각해 둬."

UCLA를 졸업한 후 지금껏 5년 동안 칸디는 '비니와 바퀴벌레' 라는 프로그램의 구성작가로 일하고 있다. '비니와 바퀴벌레' 는 일종의 카툰 쇼인데, 즉석 음식을 만들어내는 요리사 비니와 프레드라는 이름을 가진 그의 애완 바퀴벌레 이야기였다.

"미안하지만, 칸디. 내가 백 살까지 산다고 해도 바퀴벌레 같은 소재로 이야기를 만들어낼 순 없을 거야."

"왜 이래, 아주 쉽다고. 같이 생각해보자."

칸디는 지나가던 웨이터 조수 소년에게서 포카치아를 휙 빼앗아서는 생각에 잠긴 채 빵을 씹었다.

"이건 어때? 바퀴벌레가 흰개미와 데이트를 하는 거야. 그래서 그 엄마가 같은 종족과 데이트하지 않는다고 성을 내는 거지. 아니면 비니가 출장뷔페서비스에 바퀴벌레를 데리고 갔다가 한 손님이 연어 무스 위에 앉아 있던 바퀴벌레를 발견하고는 기겁을 하는 건?"

난 어색하게 미소 지었다.

바퀴벌레에 비한다면 하워드의 편지 같은 건 누워서 떡먹기라는 걸 이제야 깨닫다니.

# Chapter Three

친애하는 스테이시,

내 이름은 하워드예요. 당신이 가르치는 에어로빅 수업을 듣는 학생 중 하나죠. 지난 몇 개월 동안 당신과 제대로 얘기를 나눠본 적은 없지만, 먼발치에서나마 당신을 동경해왔어요. 그래서 당신에게 데이트 신청을 하기 위해 이렇게 편지를 씁니다. 당신처럼 아름다운 여자에게는 분명 많은 남자들이 따르겠지요. 그리고 나에 대해서 잘 모를 거라고 생각합니다. 하지만 루퍼트 삼촌은 항상 이렇게 말하셨죠. '모험하지 않으면 얻는 것도 없다.'

당신의 비밀스럽지 않은 동경자,
하워드 머독으로부터

"하지만 나한텐 루퍼트 삼촌이란 분은 없는데요?"

하워드는 식탁 반대편에 앉아 긴장한 듯 발로 마루를 두드리고 있었다. 그의 손톱도 모두 울퉁불퉁하게 잘려나가 있었다.

"이봐요, 하워드." 난 최대한 상냥하게 말했다.

"현실을 직면해요, 우리. 웬만해서 스테이시는 당신과 데이트하지 않을 거예요. 내가 편지에 썼던 것처럼 그녀는 아름다운 여자고, 온갖 멋진 남자들이 그녀의 시선을 끌려 노력할 테니까요."

통역하자면, 그녀는 편지를 받은 즉시 당신을 거절할 테니 당신이 새 되는 건 시간문제죠.

"하지만 당신이 어떻게든 루퍼트 머독과 관련이 있다고 생각한다면, 한 번은 기회를 잡을 수 있을지도 몰라요."

하워드는 모르겠다는 표정으로 눈을 깜빡거렸다.

"루퍼트 머독이 누군데요?"

맙소사, 이 남자, 도대체 어느 별에서 떨어진 거야?

"세상에서 가장 돈이 많은 남자잖아요."

"하지만 스테이시는 남자가 돈이 많다고 해서 데이트에 응하는 그런 여자가 아니에요."

그래그래, 오레오(초콜릿 쿠키)를 먹어도 절대 살이 찌지 않지.

"게다가 그 사람이 내 삼촌이라고 하는 건 거짓말이잖아요."

식탁 위에 앉아 낮잠을 즐기고 있던 프로작이 고개를 들어 나를 쏘아 보았다.

녀석은 마치 이렇게 말하고 있는 듯했다. "이 녀석, 바보 아냐?" 혹은 이렇게 말하고 있었는지도 모르겠다. "확 먹어버릴까?"

정말 난감하기 이를 데 없었다.

"최선의 방법이에요." 내가 말했다.

"내가 루퍼트 머독의 조카가 아니란 걸 알았을 때 그녀가 화를 내면 어떡해요?"

"그녀가 사실을 알게 되는 건 이미 당신과 사랑에 빠져버린 뒤일 거예요."

"세상에, 모르겠어요." 하워드가 아랫입술을 잘근거리며 말했다.

"그거 말고 다른 방법은 없을까요?"

"인질이라도 붙들고 있지 않는 한, 없을 것 같네요."

불쌍한 하워드, 커다란 갈색 눈에 폴리에스테르 바지를 입고 있는 그는 정말 순수해 보였다.

스테이시를 그토록 원한다면, 거짓말쯤이야 뭐가 어떻겠는가. 우리 모두 거짓말이 판치는 세상에 사는 걸. 진실을 찾는 건 말리부 해변에서 주름투성이 얼굴을 찾는 것만큼이나 어려운 일이다.

하워드는 신뢰하는 눈빛으로 나를 바라보며 말했다.

"당신 생각에 그 방법이 통할 것 같다면······."

"그렇게 생각해요."

내가 대답했다, 놀랍게도.

3일 후, 하워드가 잔뜩 흥분한 목소리로 내게 전화를 했다.

"스테이시가 수락했어요! 오늘밤에 데이트하기로 했어요. 믿겨져요?"

사실, 믿을 수 없었다.

"정말 잘됐어요, 하워드."

"어떻게 하면 내 감사한 마음을 전할까요. 밸런타인데이에 여자와 데이트하는 건 내 평생 처음인 거 알아요? 보통 엄마랑 같이 영화 보러 가곤 했거든요."

맙소사, 나보다 더 불쌍한 인간이 여기 있었군.

난 하워드에게 행운을 빈다고 말해주고는 전화를 끊었다.

서두르지 않으면 나도 밸런타인데이 데이트 약속에 늦을 판이었다.

놀랐나? 이렇게 좋은 날 처량하게 방구석에 앉아 1인분의 수프를 홀짝이고 있을 거라고 생각했다면 오산이다.

난 잘 차려입은 뒤 환상적인 데이트를 위해 문 밖을 나섰다.

샬롬 양로원에서 열두 명의 할아버지, 할머니들과 즐기는 데이트 말이다.

난 일주일에 한 번 샬롬 양로원에서 할아버지, 할머니들에게 '기억해 내어 쓰기' 수업을 가르치고 있다. 그저 내가 누리는 것들을 지역사회에 환원하고 할아버지, 할머니들의 생을 조금이나마 의미 있게 만들어주기 위해 자원해서 일하는 것이었다. 그리고 그건 일주일에 한 번쯤 내 아파트에서 완전히 벗어날 수 있는 방법이기도 했다.

처음 양로원에서 수업하기로 했을 때 난 할아버지, 할머니들에게서 멋진 추억들을 들을 수 있으리라 기대했었다.

흥미진진한 모험에 관한 얘기, 잊지 못할 사랑에 관한 얘기, 생의 절박함이 절절히 묻어나는 얘기들 말이다. 하지만 내가 들은 얘기라고는 딱딱하고 무색하기 짝이 없는 '이스라엘에 다녀와서'라든가 '치과교정의인 내 아들'이라는 제목의 이야기들뿐이었다.

참, 재미있는 일이다. 내 나이 때 여자들은 낯선 이에게 자질구레한 얘기까지 모두 털어놓는다. 우린 부모님이나 애인에 대해 불평을 늘어놓지만, 양로원에 계신 나이 든 숙녀분들은(학생의 대부분이 숙녀다) 사적인 생활에 대해 눈곱만큼도 바깥세상과 공유하려 들지 않는다.

내 수업을 듣는 학생의 부모들은 모두 사랑이 넘치고, 자식들은 한결같이 헌신적이며, 이미 세상을 떠난 남편들은 거의 성인대열에 오를 정도의 군자들이다.

인생의 쓴맛이 쏙 빠진 그들의 추억에도 난 할머니들을 무척 좋아한다. 다른 친구들이 제리 스프링거 쇼 앞에 넋 놓고 앉아 있는 동안 70살에서 80살이 넘는 할머니들이 매주 빠짐없이 수업에 나와 펜으로 부지런히 무언가를 적어 내려가는 모습은 매우 감동적이다(어느 나이에서건 쉬운 일이 아니다).

진짜 속마음을 나누지 않는다는 건 별 문제가 되지 않는다. 나에게 중요한 건 그 분들이 매주 빠짐없이 내 수업에 출석하며 치열한 삶의 끈을 놓지 않고 있다는 사실이었다. 나도 나중에 저들처럼 늙고 싶다.

난 내 코롤라를 몰고 피코 거리의 동쪽을 향해 달렸다.

끔찍한 교통체증이었다. 오히려 걷는 게 더 빠를 것 같았다. 도로는 청신호를 기다리는 차들로 가득했는데, 차 안에는 밸런타인데이 커플들의 요란한 애정행각이 차마 눈뜨고 보지 못할 정도였다. 모두 잇몸 질환에나 걸려버리라지.

난 옴짝달싹 못하는 피코 거리의 교통체증에서 벗어나 한적한 샛길로 빠졌다. 물론 '한적하다'는 의미가 무려 19개나 되는 정지신호를 받아야 한다는 걸 뜻한다면 말이다. 그리고는 드디어 샬롬 양로원에 도착했다. 한때 아파트였던 건물은 이제 방 한 개 혹은 두 개짜리의 깔끔한 양로원으로 변해 있었다.

난 헐레벌떡 강의실로 올라갔다. 학생들은 이미 자리에 앉아 자기들끼리 웅성거리며 어제 저녁식사로 먹었던 닭요리에 대한 불평 같은 것을 늘어놓고 있었다(그저 조그마한 조각을 하나 먹었을 뿐인데도 푸석푸석하고 맛이 없더라고).

그중 몇몇은 마지막 순간까지 에세이를 손 보고 또 손 보느라 사람들의 음식 비평 담화에 끼지 않았다.

"늦어서 죄송합니다."

"괜찮아요, 선생."

반에서 유일한 남학생인 골드먼 씨가 내게 윙크를 했다.

사실 골드먼 씨는 긴장성 틱 장애를 가지고 있기 때문에 정확히 말해 그것이 윙크인지 아니면 단순한 눈 깜빡임인지 알 수 없지만, 적어도 내게는 윙크처럼 보였다.

서둘러 책상 위에 가방을 가져다 두는데, 사과 하나가 눈에 띄었다.

"당신을 위해서 가져다 놨어요."

골드먼 씨가 하얀 의치를 드러내 보이며 씩 웃었다.

풍선만한 가슴을 한 부드럽고 보송보송한 피부의 펙터 부인이 어쩔 수 없다는 듯 고개를 흔들었다.

골드먼 씨는 샬롬 양로원의 수많은 할머니들을 마다하고 항상 자신보다 40살이나 어린 여자들(나 같은)에게만 관심을 보였다. 지금 이 수업만 해도 골드먼 씨의 나이 대에 걸맞은 할머니들이 무수히 많은데도 꼭 손녀뻘 되는 여자에게만 추파를 던졌다.

이건 로스앤젤레스에서만 볼 수 있는 질병이다. 일명 '마이클 더글라스 신드롬'이라고.

"내가 잘 닦아놓았다오."

그가 뿌듯한 눈빛으로 사과를 쏘아보며 말했다.

"정말 그랬지." 펙터 부인이 덧붙였다.

"저 사람 스웨터로 말이유."

고기수프 자국이 군데군데 남아 있는 골드먼 씨의 회색 스웨터를 보며 나는 씁쓸한 미소를 지어 보였다.

"고맙습니다, 골드먼 씨."

나는 인사를 건넨 뒤 다시 학생들을 향해 시선을 돌렸다.

"자, 이번 주는 어느 분부터 읽어보실래요?"

나는 빈센조 부인이 나서주길 바라며 그녀를 쳐다보았다.

댄스가수와도 같은 완벽한 몸매에 비단결 같은 머리카락을 가진 베트 빈센조는 반에서 가장 재능 있는 학생이있다.

그녀는 원래 랍비의 딸이었는데, 가톨릭 신자인 소방관 남편을 만나 결혼하면서 어릴 적부터 다짐받아온 유대교를 버렸다. 그녀는 항상 자신의 인생에 대해(문법적으로 정확하진 않지만) 솔직담백하게 털어놓곤 했는데, 다른 할머니들과는 달리 자신의 결혼생활(최근까지 네 번이었던가)이라든가 별난 직업, 그리고 유난한 데킬라 사랑에 대한 글에 겉치레를 하지 않았다.

난 간절한 눈빛으로 그녀를 쳐다보았다. 그리고 역시나 그녀는 내 기대를 저버리지 않고 청록색의 루스리프(페이지를 뺐다 끼웠다 할 수 있는) 노트에 쓴 글을 읽기 시작했다.

"내가 64살 때, 나는 한 포르노 극장에서 티켓 판매원으로 일하고 있었어요……."

정말 굉장한 할머니가 아닌가. 서른여섯인 나도 그녀 앞에선 마치 여든여섯 살 같은 기분이 든다.

펙터 부인이 즐겨 말하듯 나도 어서 내 진짜 인생을 가져야 할 텐데.

포르노 극장에서의 직장생활에 대한 빈센조 부인의 이야기가 끝나자 루빈 부인이 아시아로 여행을 갔던 이야기(의사 아들이 보내준 여행이었다고 한다)를 읽기 시작했고, 잘러 부인은 고인이 된 남편의 자선활동에 대한 자랑이 섞인 글을 낭독했다.

그리고 마침내 나는 골드먼 씨의 절박한 손짓을 차마 모른 척하지 못하고 그의 이름을 호명했다.

"좋아요, 골드먼 씨. 쓴 것을 읽어보세요."

그는 노트에서 엄청나게 두꺼운 종이뭉치를 들고는 그의 장대한 서사극 '카펫 세일즈맨으로서의 나의 인생'의 일부를 읽어 내려가기 시작했다.

그의 인생 이야기에서 자세한 것은 들을 수 없다. 그저 잘 나갔던 때와 그렇지 않았던 때, 좋았던 적과 나빴던 적에 대한 짤막한 문장만 나열되어 있을 뿐이다. 마치 조각 카펫과도 같다.

빈센조 부인과 마찬가지로 골드먼 씨도 인생에 있어 중요한 순간들을 다른 사람들과 공유하지 않았다. 그리고 그의 글에는 항상 가장 화끈했던 데이트 상대에 대한 얘기가 빠짐없이 들어가 있었는데, 그런 글을 읽는 중에는 항상 고개를 들어 나에게 느끼한 윙크를 날리곤 했다. 이제 골드먼 씨의 이야기가 광폭융단에 대한 것으로 흐르고, 나는 강의실을 둘러보았다.

펙터 부인은 골드먼 씨가 두 문장도 채 읽기 전부터 고개를 떨어뜨리고 있었다. 골드먼 씨의 이야기를 귓등으로 들으며 나는 사랑하는 연인들로 가득했던 빈센조 부인의 인생에 대해 생각해보았다.

나는 도대체 뭐가 잘못된 거지? 왜 난 남자를 만나보려는 노력조차 하지 않는 걸까? 마지막으로 밸런타인데이 데이트를 해본 것이 무려 4년 전이었다, 물론 전남편과.

그것도 데이트라고 할 수 있다면 말이다. 그는 내게 5파운드(2㎏)나 되는 초콜릿을 선물했고, 저녁식사 외출을 위해 옷을 갈아입으며 나는 끊임없이 그것을 집어먹었다. 덕분에 난 나머지 저녁시간 동안 화장실 변기에 머리를 박은 채 끊임없이 초콜릿을 토해내야만 했다.

드디어 골드먼 씨의 낭독이 끝났고, 할머니들은 서로 옆구리를 쿡쿡 찌르며 농료를 깨우기 시작했다. 내가 수업이 끝났음을 알리자 골드먼 씨가 주차장까지 달빛 아래를 함께 산책하지 않겠느냐고 제안했다.

"고맙지만, 괜찮습니다."

난 서둘러 문 밖으로 향하며 말했다.

"잠깐만, 사과를 잊어버리고 갔어요."

그가 거의 울부짖었다.

나는 이가 드러나도록 씩 웃으며 다시 강의실로 돌아왔다.

"정말 마음 바꾸지 않을 생각이오?" 그가 말했다.

"내가 키스도 얼마나 잘한다고."

"유혹적이지만, 그냥 넘어가도록 하죠."

"그럼 토요일 밤에 날 만나러 오는 건 어때요? 그날 맘보 댄스파티가 있는데."

"죄송하지만, 바쁠 것 같네요."

"뭘 하느라?"

"모르겠어요. 아직 뭘 할지 결정하지 않았거든요."

"관심 없다는 얘기를 돌려 말하는 거로군."

"돌려 말하는 게 아니라 직접적으로 말씀 드리는 거예요."

그는 놀란 듯 눈을 깜빡거렸다. 이번엔 확실히 윙크가 아니라 깜빡임이었다.

내가 이런 반응을 보이리라곤 생각하지 못한 모양이었다.

"알았소. 그렇다고 그렇게 직접적으로 얘기할 건 없어요. 나도 한두 살 먹은 어린애가 아니니 무슨 말인지 알아들었다고. 그러니까, 관심이 없단 말이지."

그는 돌아서서 떨리는 손으로 자신의 노트를 주섬주섬 챙기기 시작했다.

난 순간 엄청난 미안함을 느꼈다.

도대체 무슨 생각으로 그렇게 매정하게 얘기한 걸까?

"저기, 골드먼 씨. 죄송해요. 언짢게 해 드리려 했던 건 아니었어요."

그가 의심스러운 눈초리로 나를 쏘아보았다.

"정말인가?"

"정말이에요."

"좋아요." 그가 씩 웃었다.

"그럼 일요일은 어때요? 같이 영화 보지 않겠어요? 시청각실에서 '사운드 오브 뮤직'을 해준다는데, 불이 꺼지면 같이 껴안고 봐도 돼요."

난 사과를 집어들고 도망치듯 강의실을 빠져나왔다.


난 곧장 집으로 달려와 스트레스를 받을 때마다 찾는 곳으로 향했다,

욕조 말이다. 물론 냉장고 앞에 들러 와인을 한 잔 따르는 것도 잊지 않았다. 좋다, 좋아. 두 잔.

난 욕조에 딸기향 소금을 넣고, 욕실이 온통 향긋한 딸기 향으로 가득 차는 것을 기분 좋게 음미했다. 그리고는 라디오를 클래식 음악 채널로 맞춰놓고 욕조에 푹 몸을 담갔다.

난 그렇게 욕조에 잠긴 채 베토벤의 달빛 소나타를 들으며 프레스노 산 샤도네를 홀짝였다. 몸에서 긴장이 서서히 풀리는 것을 느낄 수 있었다. 거의 신성하다고 할 수 있을 정도의 분위기였다. 이웃인 랜스가 방해하기 전까지만 해도…….

6백만 불의 사나이에 가까운 청력을 가진 그가 벽을 쿵쿵 때리며 소리를 질렀다.

"그 소리 좀 낮추지 못해요!"

난 한숨을 내쉬며 라디오를 끄고 다시 욕조에 몸을 담갔다.

달빛 소나타를 흥얼거려 봤지만, 어쩐 일인지 런던 필하모니 오케스트라만큼 감미롭지 못했다.

잠시 후, 프로작이 어슬렁거리며 욕실로 들어오더니 변기 위로 폴짝 올라가 나를 물끄러미 바라보았다.

녀석의 눈빛은 마치 "물웅덩이 같은 데 일부러 몸을 담그다니, 인간들이란."이라고 말하는 듯도 했고, "참치 좀 없어?"라고 말하는 듯도 했다. 언제나 말하듯이 고양이들이란 알 수가 없으니까.

난 손가락이 쭈글쭈글해지고, 머리카락이 꼬불꼬불해질 때까지 욕조에 잠겨 있다가 와인잔에 마지막 남은 샤도네 한 방울을 입에 털어 넣은 다음 욕조에서 나왔다. 그리고는 앨리 맥빌(미국의 유명한 드라마 주인공)이 고등학생이었을 때부터 가지고 있던 셔닐사의 목욕타월을 몸에 둘둘 감았다. 타월에는 커피 자국이 남아 있었다.

난 리모콘으로 TV를 켜고 이리저리 채널을 돌렸다. 그러다가 한 뉴스 채널에서 뒤통수가 아래위로 흔들리는 빼빼 마른 한 남자를 경찰이 연행하는 장면을 포착할 수 있었다.

잠깐만, 나 저 남자 아는데. 저 남잔 내가 데이트 기회를 만들어줬던 하워드 머독이잖아. 저 사람이 왜 경찰에 체포되는 거지?

그때 리포터가 나의 의문을 풀어주었다.

나의 온순하기 짝이 없는 고객이, 카운트 쇼쿨라 시리얼(괴물 모양의 시리얼)도 무서워할 정도로 겁 많은 그 남자가 LA 스포츠클럽의 에어로빅 강사 스테이시 로렌스의 살인혐의로 경찰에 체포되고 있었다.

# Chapter Four

"맹세해요, 정말 죽이지 않았어요!"

마치 동굴같이 황량한 공간에 형광등이 반짝 불을 밝히고 있는 지방 구치소 면회실에서 난 하워드와 마주보고 앉아 있었다.

면회소에서는 오래된 오트밀 냄새가 났다. 하워드의 체포 소식을 알게 된 나는 오늘 아침 그를 만나러 이곳으로 달려왔다.

말할 필요도 없이 난 그의 체포에 일말의 책임을 느끼고 있었다. 내가 그 바보 같은 편지만 써주지 않았더라도, 하워드는 처음부터 스테이시와 데이트 할 일도 없었을 텐데.

물론 그가 정말로 그녀를 죽였을 수도 있다. 하지만 나는 단 한 순간도 그가 그랬으리라고 믿지 않았다. 뉴스 리포터는 스테이시가 죽을 때까지 구타를 당했다고 설명했는데, 하워드가 누군가를 그토록 구타하는 장면이라니 상상조차 되지 않았다.

그러니까 내 말은, 그는 병뚜껑 따는 것조차 누군가의 도움을 받아야 할 정도로 나약한 사람이란 말이다.

얼룩덜룩하게 지문이 찍혀 있는 유리창 너머의 하워드는 주황색 죄수복에 싸여 더욱 왜소해 보였다.

하염없이 아랫입술을 뜯는 그의 두 눈은 지금의 상황을 도저히 믿을 수 없다는 듯 휘둥그레져 있었다.

"도대체 어떻게 된 일이에요?"

면회용 수화기를 통해 내가 물었다.

"모르겠어요." 그가 고개를 저었다.

"그녀의 아파트로 갔는데, 그녀가 죽어 있었어요."

"어떻게 들어갔어요?"

"문이 열려 있었어요. 그래서 그냥 안으로 들어갔어요."

"그리고는요?"

하워드는 그때의 상황을 눈앞에 다시 재연해보기라도 하듯 눈을 꼭 감았다.

"아파트 안이 무척 어두웠어요. 그래서 스테이시를 불렀죠. 하지만 아무 대답도 들리지 않았어요. 샤워 중일지도 모른다고 생각했지만 물소리 같은 것도 들리지 않았죠. 다시 그녀를 불렀어요. 여전히 아무 소리도 들리지 않았어요. 그래서 잠시 이것이 그녀가 나를 거절하는 방법인지도 모른다고 생각했어요. 하지만 그건 앞뒤가 맞지 않잖아요. 나를 거절하려고 했다면 왜 직접 나서서 내게 꺼지라든지 뭐 그런 말을 하지 않겠어요? 그때부터 걱정이 되기 시작했어요. 그래서 복도를 지나 침실로 가봤어요."

하워드는 다음 장면을 떠올리기 괴로웠는지 몸을 부들부들 떨었다.

"어둠 속에서 그녀가 침대에 누워 있는 것이 보였어요. 가까이 다가갔더니 향수 냄새가 났어요. 그녀의 향기는 항상 기억하고 있었거든요. 그녀의 이름을 불렀는데, 여전히 답이 없었어요. 그래서 나는, 마침내 용기를 내서 침실의 불을 켰어요. 그리고는 온 사방에 묻은 피를 봤죠."

그의 눈에서 눈물이 또르르 떨어져 내렸다.

"오, 세상에. 끔찍했겠군요. 그래서 경찰에 연락했나요?"

"아뇨, 인공호흡부터 했어요. 목숨을 살릴 수 있을지도 모른다고 생각했거든요. 하지만 소용없었어요. 그때 경찰이 들이닥쳤고, 침실에서 나를 발견했죠. 내 몸에는 온통 그녀의 피가 묻어 있었고요."

그가 아랫입술을 꼭 깨물었다. 피가 나지 않는 게 신기할 정도다.

"엄마가 무척 놀라셨을 거예요. 심장마비라도 일으키지 않으셨는지 걱정이에요."

"걱정 말아요, 하워드. 저지르지도 않은 일 때문에 교도소에 가진 않아요."

"하지만 지금 이렇게 구치소(유죄를 선고받기 전에 감금되는 곳)에 있잖아요."

그의 말이 맞다.

"변호사에겐 연락했어요?"

"네, 전화번호부에서 한 사람 찾긴 했어요."

오, 멋지군. 앞일이 훤하다.

*판사는 하워드에게 물을 것이다.*

*"탄원하시겠습니까?"*

*그럼, 하워드는 전화번호부 변호사에게 얻은 훌륭한 조언에 따라 이렇게 대답하겠지.*

*"무릎을 꿇고 탄원합니다, 존경하는 판사님."*

"다른 변호사는 없어요?"

"사촌인 브루스가 있는데, 얼마 전에 변호사 자격을 박탈당했어요."

난 미소를 지었다, 부디 내 미소가 용기를 실어주는 미소로 비치길 바라면서.

"분명 모두 다 잘 될 거예요."

난 거짓말을 했다.

지문으로 얼룩덜룩한 유리창 너머로 여전히 수화기를 붙들고 있는 그를 남겨둔 채 난 손을 흔들며 작별인사를 했다.

콧속에서 오트밀 냄새를 털어내려고 애쓰며 복도를 걸어가는데, 누군가 내 어깨를 톡톡 두드렸다.

"오스틴 양?"

난 뒤를 돌아보았다. 거기엔 아주 어려 보이는 얼굴을 한 경찰이 무뚝뚝한 표정으로 나를 바라보고 있었다.

"레아 형사님께서 당신을 만나보고 싶어 하십니다."

몇 분 뒤, 나는 티모시 레아 형사의 사무실로 안내되었다.

다행히 거기에선 오트밀 냄새가 나지 않았다. 대신 담배와 체육관에 벗어놓은 듯 고릿한 양말 냄새가 났다.

레아 형사는 큰 키에 붉은 빛이 도는 금발과 다소 큰 귀를 가진 준수한 외모의 남자였다.

흠, 초등학교를 같이 다녔던 조이 로스가 생각나는군. 조이는 엄청나게 큰 엉덩이를 가진 남자애였는데, 항상 선생님들의 권위에 도전하며 마치 세상의 모든 답을 아는 듯 거만하게 굴었다. 사실 가장 견딜 수 없었던 점은 그 애가 정말로 모든 답을 다 알고 있었다는 것이었다. 그래, 확실히 똑똑한 녀석이었다.

레아 형사는 퀴즈 게임을 할 때 조이와 똑같은 표정을 하고 있었다.

"앉으세요, 오스틴 양."

스페인이 로스앤젤레스를 장악했을 시절부터 있었을 법한 의자를 가리키며 그가 말했다.

"하워드 말로는 당신이 편지 쓰는 걸 도와줬다고 하던데요."

그가 저주받아 마땅할 편지를 들어올렸다.

난 기운 없이 고개를 끄덕였다.

"그가 루퍼트 머독의 조카라고 한 것이 거짓이었다는 걸 알고 계십니까? 우리가 머독 씨에게 확인해봤는데, 하워드라는 이름을 가진 조카는 없다고 하더군요."

"사실, 그건 제 아이디어였어요."

창피함이 양 볼에 스멀스멀 올라오는 것을 느끼며 내가 말했다.

"하워드는 거짓말을 하고 싶어하지 않았지만 제가 그러라고 설득했어요. 제 잘못이에요."

"그렇다면 당신도 종범(타인의 범죄를 방조하는 범죄 또는 범인)으로 체포해야겠군요."

레이가 농담을 건넸다. 아니, 그 말이 농담이길 바랐다.

"저기요." 내가 말했다.

"제가 경찰 수사에 관해서는 아는 바가 없지만, 사람 보는 눈 하나만큼은 정확해요. 하워드는 살인을 저지를 만한 사람이 못돼요. 그러니까, 그가 정말로 스테이시를 죽이려 했다면 왜 이런 편지를 증거물로 남겼겠어요? 그냥 체육관에서 집으로 돌아가는 그녀를 뒤쫓다가 으슥한 골목이나 어디 다른 곳에서 죽일 수도 있는데 말이에요."

레아 형사가 관찰하는 시선으로 나를 쳐다보았다.

"당신 말이 맞습니다."

난 안도의 한숨을 내쉬었다.

역시 하워드를 체포한 건 경찰 측에서 봤을 때도 엄청난 실수였다. 이제 남은 일은 집으로 돌아가 욕조에 몸을 담그고 아무 일도 없었던 것처럼 하루를 보내는 것뿐이다.

"당신은 경찰 수사에 대해 아는 바가 전혀 없지요. 안됐지만, 당신은 당신이 지금 무슨 얘기를 하는지도 모르고 있습니다. 우리가 하워드를 발견했을 때 그는 피해자의 피를 뒤집어 쓴 채 타이마스터(허벅지 살을 빼주는 운동기구)를 쥐고 있었죠."

"타이마스터요?"

"살인도구죠."

"스테이시가 타이마스터로 죽을 때까지 구타를 당했다고요?"

그가 음울하게 고개를 끄덕였다.

"7호에 사는 여자가 하워드의 고함소리와 그가 경찰에 연락하는 소리를 들었다고 진술했습니다."

"하지만 그렇다고 해서 그가 그녀를 죽였다고 할 순 없잖아요. 하워드 이전에 누군가 다녀갔을 수도 있잖아요. 어쩌면 하워드가 오는 소리를 듣고 달아난 건지도 몰라요. 스테이시의 아파트 테라스에서 발자국 같은 건 찾아보셨어요?"

"물론 찾아봤습니다. 우리 경찰에서도 과학 수사를 하니까요."

"그래서요? 뭣 좀 찾았나요?"

"사실대로 말하자면, 찾았습니다. 정원사의 것이었지요. 그 사람은 트레이시가 살해당했을 당시 집에서 아내와 네 명의 아이들과 함께 저녁식사를 하고 있었습니다."

"그럼 다른 이웃들은요? 뭔가 이상한 소리를 들었다는 사람은 없었어요?"

"하워드의 고함소리를 제외하고는 없었습니다."

레아가 책상에서 서류 파일을 집어들었다.

"당신의 고객한테 정신 병력이 있었다는 거 알고 계셨습니까?"

어-오.

"그 사람이요?"

그가 고개를 끄덕였다.

레아 형사의 얼굴에는 초등학교 5학년 때 조이 로스가 퀴즈 게임에서 마지막 라운드를 통과했을 때 지었던 확신에 찬 미소가 서려 있었다.

"두 번이나 병원 신세를 졌었죠."

"무엇 때문에요?"

"우울증과 거식증으로."

"거식증이요?" 나는 코웃음을 쳤다.

"살인자의 정신 병력에 딱 맞는 병명이군요."

"어쨌든 나는 그자의 짓이라고 생각합니다."

레아가 담배를 꺼내 피우더니 내 쪽으로 연기를 날렸다.

"하워드에게는 안 된 일이지만, 이 사건의 담당 형사는 납니다, 당신이 아니라."

그가 독선적인 미소를 흘렸다.

그때 또다시 초등학교 5학년 때의 퀴즈 게임이 생각났다.

'euphemistic'의 철자를 맞춰야 하는 문제가 있었는데, 그때 조이는 그것을 'f'로 시작한다고 잘못 대답했다. 그래, 조이도 틀릴 때가 있었다. 티모시 레아 형사라고 별 다르겠는가.

# Chapter Five

　엉망이 된 기분으로 레아 형사의 사무실을 나선 나는 다시 면회실로 향했다.

　"스테이시의 주소가 어떻게 되죠?"

　뿌연 유리 너머로 하워드가 다시 자리에 앉자마자 내가 물었다.

　"웨스트우드에 살아요."

　그의 얼굴에는 고통스러운 기색이 역력했다.

　"그러니까, 벤틀리 가든이라고 하는 곳에요."

　"정확한 주소가 어떻게 되죠?"

　"벤틀리 1622번지. 근데 그건 왜요?"

　"범죄 현장에 잠깐 들러보고 싶어서요."

　내가 대답했다.

5분 후 나는 웨스트우드로 향하는 고속도로를 달리고 있었다.

하워드의 고함소리를 들었다던 7호 여자와 얘기를 해보고 싶었다.

하워드의 소리를 들었다면, 그 밖에 다른 소리도 들었을지 모른다. 진범이 누구인지 말해줄 수 있는 단서가 될 만한 소리 말이다.

잠깐만, 물론 지금 당신에겐 이런 의문이 들 것이다. 이 여자, 프리랜서 작가 아니었어? 그런데 어째서 V. I. 바르샤브스키(미국 추리소설의 여주인공)처럼 말하는 거지? 하고 말이다.

스테이시의 집으로 향하며 나도 스스로에게 그런 질문들을 던졌다.

도대체 내가 뭘 하고 있는 거지? 이미 경찰이 모든 사람들을 심문했을 것이다. 사건과 관련해서 더 캐낼 수 있는 사실이 있다면, 그건 경찰들이 이미 다 캐냈을 거란 말이다.

그런 다음 난 레아 형사를 떠올렸다.

그의 얼굴에 만연했던 젠체하는 미소가 떠오르자마자 난 왜 내가 웨스트우드로 향하고 있는지 분명히 알 것 같았다.

스테이시는 UCLA에서 2마일 정도 떨어진 풀숲이 무성한 거리에 살고 있었다. 벤틀리 가든은 자그마한 아파트였는데, 화단에는 선명한 분홍색의 팬지꽃이 심어져 있었다.

난 차를 주차하고 보안용 인터콤이 있는 포석 계단 위로 올라갔다.

7호실 이름표에는 'E. 짐머'라고 쓰여 있었다.

나는 벨을 누르려다 말고 잠시 생각에 잠겼다.

E. 짐머라는 사람에게 뭐라고 말하지?

"안녕하세요. 저는 어제 당신의 이웃을 살해한 남자의 친구랍니다."

좋은 방법이 아니다. 문 앞에 서서 한참을 골몰하고 있는데, 지프 한 대가 간이차고로 들어가는 것이 눈에 띄었다.

30대로 보이는 말끔한 남자가 차에서 내리더니 트렁크에서 가방들을 꺼내어 이쪽으로 걸어오기 시작했다.

난 일부러 지갑에서 뭔가를 찾는 척했지만, 그는 나와 눈이 마주치자 싱긋 미소를 보이더니 이내 열쇠를 꺼내들고 문을 열었다.

잠시 마주친 그의 눈동자는 에이단 퀸의 눈처럼 너무나도 아름다운 푸른색이었다.

"저기, 제가 문을 잡아 드릴게요."

여러 개의 가방을 든 채 난감해하는 그에게 내가 말했다.

"고마워요."

그는 아까보다 더 눈부신 미소를 보낸 뒤 안쪽으로 사라졌다.

그런 그의 뒷모습에 난 거의 쓰러질 지경이었다.

벤틀리 가든은 우표만큼이나 아담한 크기의 풀장을 가운데 두고 7개의 건물이 둥글게 무리 지어 있었는데, 풀장은 몇 개의 플라스틱 놀이기구만이 여기저기 흩어진 채 황량했다.

푸른 눈의 남자는 4호를 향해 걸어갔고, 나도 문을 통과하며 마치 이곳 주민이나 주민의 친구인 것처럼 자연스럽게 행동하려 노력했다.

운 좋게도 푸른 눈의 남자는 가방들을 챙기느라 너무 바빠서 나에게 주의를 기울이지 않았다. 6호 앞에는 노란색 테이프가 둘러쳐져 있었다. 분명 스테이시의 집일 것이다.

난 곧장 7호 문 앞으로 가 가만히 귀를 기울였다.

안에서는 나지막하게 TV 소리가 들려오고 있었다. 뭐라고 얘기하면 좋을지 마음을 굳힌 다음 막 E. 짐머의 아파트 문을 두드리려는 찰나 등 뒤에서 거친 러시아 억양의 목소리가 들려왔다.

"누구슈?"

난 뒤를 돌아보았다.

거무죽죽한 피부의 뚱뚱한 남자가 의심스러운 눈초리로 나를 쏘아보고 있었다.

나도 소심하게나마 그를 쏘아보며 가까스로 용기를 내어 물었다.

"그러는 당신은……?"

"데리어쉬 코르쉐프. 이 아파트 관리인이우."

"저는 언론사에서 나왔어요."

결심했던 바를 행동으로 옮기며 내가 얼른 말했다.

사실 100% 거짓말은 아니었다. 고등학교 시절 링컨 고등학교 신문사의 잘나가는 기자였으니까. 그래, 뭐. 그다지 잘나가진 않았다고 치자. 그래도 편집장에게 여러 통의 항의 편지를 보낸 저력이 있었다.

러시아 남자가 여전히 의심스러운 눈빛으로 나를 쳐다보았다.

"그래서요?"

"타임스에서 나왔어요."

난 언론사 신분증을 꺼내어 휙 그의 눈앞에 흔들어 보이고는 재빨리 집어넣었다. 사실 그건 언론사 신분증이 아니라 백화점 신용카드였다.

부디 그가 눈치 채지 못했기를.

"로스앤젤레스 타임스 기자들이 어젯밤에도 한 무리 다녀갔수."

"오." 전혀 주눅 들지 않고 내가 말을 이었다.

"전 로스앤젤레스 타임스가 아니라 뉴욕 타임스에서 나왔어요."

"나도 뉴욕에 조카가 있수. 야콥 코르쉐프라고, 혹시 아슈?"

"아뇨, 모르겠는데요."

"그렇군."

그가 몇 가닥 남지 않은 머리카락을 쓸어 올리며 말했다.

"어젯밤에 기자 양반들한테 얘기한 그대로 얘기하겠수. 스테이시 로렌스는 그야말로 하늘에서 온 천사 같았다우. 그 미소하며……, 집세도 꼬박꼬박 잘 냈지요. 여기 세 들어 사는 사람들이 전부 그 여자처럼 예쁘고 착했다면, 난 정말 행복했을 거요."

스테이시에게 반한 것이 비단 하워드뿐만은 아니었던 게 확실하다.

"이봐요, 어째서 받아 적지 않는 거요?"

"그럴 필요 없어요. 전 사진처럼 선명한 기억력을 갖고 있거든요. 머릿속에 이미 다 들어 있답니다."

앞이마를 톡톡 두드리며 내가 말했다.

한 번만 더 거짓말을 했다간 코가 피노키오처럼 쑥쑥 뻗어 나올 것 같았다.

"어젯밤에 뭔가 이상한 걸 보진 못했나요? 수상한 사람이나?"

"물론, 이상한 사람은 하나 봤소만."

"누구죠?" 내가 절박하게 물었다.

"체포된 그 작자 말이요. 내 눈엔 무척 수상하게 보입디다."

"그 밖에 다른 사람은요?"

"못 봤어요. 그때 마누라랑 같이 TV 홈쇼핑을 보고 있었는데, 진짜 컬러 큐빅을 배송비까지 합쳐서 단돈 19달러 95센트에 샀다우."

"좋으시겠네요. 괜찮으시다면 전 이제 그만 짐머 양과 얘기해봐야 할 것 같은데요."

"나보단 당신이 나을 거요."

그가 눈을 굴리며 7호를 향해 손가락질을 했다.

"짐머 말이우. 항상 불평만 해 대는 아주 불행한 여자거든. 그 여자 같은 임차인한테는 정말이지 못 당하지. 스테이시 로렌스처럼 예쁘지도 섹시하지도 않으니."

스테이시의 이름을 말하는 그의 눈가에 살짝 물기가 어렸다. 하지만 감성적인 순간은 그리 오래가지 않았다.

"뉴욕 타임스에 내 이름 철자 정확하게 적어주슈. 데-리-어-쉬-코-르-쉐-프. 여기 내 명함이 있수."

그가 바지 주머니에 손을 넣어 기름이 얼룩덜룩하게 묻은 명함을 한 장 꺼냈다.

"이래 봬도 솜씨 좋은 정비공이유. 고장 난 게 있음 연락하슈."

그때 건너편 아파트 동에서 거대한 몸집의 여자가 나와 이쪽을 향해 소리쳤다.

"여보, 얼른 와요. 지금 TV에서 다이아몬드 팔찌를 팔고 있어요. 무료 배송이래요!"

그는 기름에 절어 있는 명함을 내 손에 던지듯이 건네고는 마누라를 향해 달려갔다.

아무래도 그는 스테이시 로렌스를 좋아했던 모양이다. 어쩌면 지나칠 정도로 좋아했는지도 모른다.

거대한 몸집의 못생긴 그의 부인이 사소한 일에도 질투에 불타오르는 사람이었다면 어떠했을까?

질투는 아마도, 타이마스터로 라이벌의 머리를 날려버릴 만한 힘을 지니고 있을 것이다.

# Chapter Six

유명한 철학자(아리스토텔레스가 아니면 크란츠일 것이다. 정확히 누구인지 기억이 나지 않는다)가 로스앤젤레스에 사는 여자에 대해 이런 말을 한 적이 있다.

'금발에 아름다운 여성이라면 누구와도 교류할 수 있지만, 만약 그렇지 않다면 투명인간이나 마찬가지다.'

엘레인 짐머는 투명인간이었다. 벨소리에 간호사 복장을 한 자그맣고 땅딸막한 여자가 문 밖으로 나왔다.

"누구세요?"

그녀는 의심과 짜증이 섞인 눈빛으로 나를 바라보았다.

"안녕하세요." 난 환한 미소와 함께 백화점 카드를 내밀었다.

"타임스에서 나왔습니다."

아파트 관리인에게 통한 방법이니 또다시 시도해도 좋을 것 같았다.

"이건 언론사 신분증이 아니라 백화점 카드잖아요."

"그래요?" 난 일부러 놀란 척했다.

"이상하다, 여기 어딘가 있을 텐데."

난 있지도 않은 신분증을 찾느라 가방을 뒤적거렸다.

"이런, 아무도 집에 두고 온 모양이에요. 오늘 아침에 가방을 바꿔 들고 나왔거든요. 그런 경우가 많으니 잘 아시죠?"

"아뇨, 모르겠는데요."

그녀는 나를 날카롭게 쏘아보더니 문을 '쾅' 하고 닫고 말았다.

"이봐요, 못 믿겠으면 우리 편집장에게 전화해봐요. 마크 심스, 213-555-3876이에요."

이왕 허풍을 떨 바에야 크게 노는 것이 좋을 것 같았다. 마크 심스는 내 산부인과 주치의의 이름이었다.

엘레인이 전화기를 향해 걸어갔다. 돌아서는 그녀의 바지 솔기가 금방이라도 뜯어질 듯 팽팽했다.

"번호가 어떻게 된다고요?"

"됐어요." 난 미끄러지듯 안으로 들어섰다.

"사실 언론사에서 나온 게 아니에요. 내 고객인 하워드 머독 씨를 대신해서 왔어요."

"오, 스테이시를 죽인 남자 말이군요."

"아직 유죄가 증명된 건 아니죠."

"외침소리에다가 경찰이 온통 그녀의 피로 범벅이 된 그를 발견했잖아요."

"그렇다고 해서 그가 그녀를 죽였다고 말할 순 없죠."

"네, 뭐." 그녀가 나를 문으로 이끌었다.

"내가 그 부자양반에게 동정심을 느끼지 못해서 안됐네요."

"부자양반이라니요?"

"루퍼트 머독의 조카라면서요? 분명 구제불능의 후레자식이겠죠."

"그는 루퍼트 머독의 조카가 아니에요. 그건 내가 맹세할 수 있어요."

"그럼, BMW는 어떻게 된 거예요?"

"하워드는 BMW가 없어요."

"어젯밤 밖에 주차되어 있는 걸 봤어요. 검은색이었죠. 난 그 사람 건 줄 알았는데. 이 주변에 BMW를 갖고 있는 사람은 없거든요. 대부분이 도요타죠."

"짐머 양, 하워드는 부자도 아니고, 구제불능의 후레자식도 아니에요. 그는 보험사정인 일을 하면서 어머니와 함께 살고 있어요."

그녀는 잠시 생각에 잠긴 듯하더니 이내 한결 부드러워졌다. 비슷한 생활상에 동질감을 느낀 모양이었다.

"커피라도 마실래요?" 그녀가 말했다.

"마침 내 것을 한 잔 타고 있었거든요."

"그러면 감사하죠."

난 그녀를 따라 비좁은 주방으로 들어갔다.

아파트 내부는 무척 좁았다. 거실, 성냥갑만한 주방, 그리고 침실인 듯 보이는 복도 끝의 방 하나.

커피 향이 매우 좋았다. 그녀는 UCLA 머그잔에 커피를 따라서 후미진 곳에 놓인 소나무 테이블을 사이에 두고 나와 마주앉았다.

"이제 당신이 누구인지 말해봐요."

그녀가 커피에 프림을 넣고 휘휘 저으며 말했다.

"하워드와 그냥 아는 사이예요. 그가 내 고객이거든요."

"그 사람 변호사인가요?"

"아뇨, 그의 작가예요."

"작가요?"

"스테이시가 자기와 데이트하고 싶을 만한 편지를 써달라고 부탁했거든요. 그에겐 불행히도 내가 그렇게 하겠다고 하고 말았고요."

"그러니까 사람들의 데이트를 엮어준단 말이죠?"

그녀가 흥미로운 듯 두 눈을 반짝이며 물었다.

"물론 대부분 이력서나 안내책자 같은 걸 써주는 일을 해요. 어쨌든 어젯밤에 뭔가 이상한 것을 보거나 들은 기억이 없는지 알고 싶어서 왔어요."

"당신 고객뿐이었어요. 세상이 떠나가라 소리를 지르더군요."

"스테이시의 울음소리 같은 것도 듣지 못했나요? 죽음의 위협을 받고 있다는 걸 느낄 만한 어떤 표시도?"

"못 들었어요. 하지만 TV를 켜놓고 있었으니 못 들을 수도 있겠죠."

"근데 하워드의 외침소리를 듣고 경찰에 연락했군요?"

"우선 무슨 일인지 옆집에 가봤어요. 문이 열려 있더군요. 그 남자는 타이마스터를 쥐고 침실에 있었어요. 온통 피투성이였죠. 완전히 정신이 나갔는지 내가 들어온 것도 모르더라고요. 스테이시가 죽었다는 건 한눈에 봐도 알 수 있었어요. 병원에서 일하다보면 그런 걸 많이 보거든요."

"간호사시군요." 인상적이라는 듯 난 고개를 끄덕였다.

"어디서 일하세요?"

"UCLA 대학병원의 정신병동에서 일해요."

"정말요?"

그녀가 환자에게 구속복을 입히는 장면은 굳이 보지 않아도 상상할 수 있었다.

"어쨌든, 스테이시가 죽은 걸 보자마자 경찰에 신고했어요. 쿠키 좀 드실래요?"

그녀가 말을 이었다.

나보다 그녀가 더 먹고 싶어하는 것 같아 그러겠다고 대답했다.

"감사합니다."

"금방 올게요."

그녀가 주방으로 사라지고 나자 난 좁은 아파트 안을 두리번거렸다.

실내는 하얀색 고리세공 물건들과 섬세한 꽃무늬의 소품들로 가득했다. 흥미로운 취향이군. 로라 애쉴리(홈인테리어 소품과 여성복을 전문으로 하는 영국 토털 브랜드)와 간호사의 만남이라니.

현관 쪽을 흘끔거리던 나는 빨래바구니에 한가득 쌓인 빨래를 발견했다.

 그때 녹색 빛의 얼룩이 묻은 블라우스 하나가 눈에 띄었다. 멀리서 보기에는 핏자국과 흡사했다. 물론 스파게티 소스나 딸기 마가리타 믹스일 수도 있다. 뭐든 확신할 수 없었다.

"여기 있어요."

 엘레인이 쿠키 바구니를 들고 나타났다. 그녀는 바구니를 탁자 위에 내려놓더니 이내 쿠키 하나를 집어들었다.

"그럼."

 독특한 향이 나는 쿠키를 한 입 베어 무는 그녀를 바라보며 내가 입을 떼었다.

"평소의 스테이시는 어땠나요?"

"꼬리가 아홉 개 달린 여우였죠."

 쿠키를 오물거리며 그녀가 대답했다. 그녀의 입가에 초콜릿이 묻어나왔다.

"그래요?"

"자기한테 이득이 되는 사람들한테는 입 안의 혀처럼 굴었지만, 그렇지 않은 사람들한테는 쌀쌀맞기 이를 데 없었어요. 남자들은 그런 여자를 좋아하잖아요. 금발에, 풍선만한 가슴. 남자들이 원하는 건 그런 것밖에 없다니까요. 내면의 아름다움 같은 건 집어치우라고 해요. 정말 중요한 건 겉으로 보이는 것뿐이에요."

 그녀의 말이 맞았다. 인생이란 결코 공평하지 않다. 특히 초콜릿에 열광하는 땅딸막한 간호사에게는 말이다.

"여기 아파트 관리인도 그녀에게 푹 빠져 있는 것 같더군요."

그녀의 얼굴에 언짢음의 기색이 불길처럼 번졌다.

"그 얼간이 말이죠." 그녀가 내뱉듯이 말했다.

"고소해야 마땅할 사람이에요. 원래 내 집이었는데, 그걸 스테이시에게 줘버렸거든요."

"무슨 말씀이세요?"

"옆집 말이에요. 이 아파트에서 제일 크기 때문에 베란다와 서재도 딸려 있어 몇 년 전부터 내가 찜해 두고 있었거든요. 언제든 비게 되면 제일 먼저 내게 말해 달라고 관리인에게 누누이 얘기했다고요. 그리고 그렇게 하겠다고 약속까지 받아냈고요. 근데 2주 전에 그 집에 살던 할머니가 돌아가시자 그는 그 집을 홀랑 스테이시에게 줘버리고 말았어요."

그녀가 또 다른 쿠키를 집어들었다.

"스테이시가 이곳에 산 지 고작 1년밖에 안 됐어요. 난 무려 10년을 살았는데 말이에요. 그런데도 그 집을 스테이시에게 주다니 기가 막힐 노릇이죠!"

그녀의 얼굴은 분노로 새빨갛게 달아올랐다.

사실 난 내심 놀라고 있었다.

UCLA 병원 정신과 프로그램에는 절대 등록하지 말아야겠다.

"이제 그만 가봐야 할 것 같네요."

의외의 밝은 어조로 내가 말했다.

"도와주셔서 감사합니다."

"천만에요."

악몽에서 막 깨어난 듯 그녀가 다시 멀쩡한 얼굴로 대답했다.

현관으로 향하며 나는 머릿속에 의문점을 떠올렸다.

엘레인 짐머가 아파트 문제로 스테이시를 죽일 수도 있지 않았을까? 로스앤젤레스 부동산계에서는 별난 일들도 많이 일어나니까.

그녀는 현관문을 열어주려다 말고 잠시 머뭇거렸다.

혹시 내가 의심하고 있다는 사실을 눈치 채기라도 한 건가? UCLA 머그잔으로 내 머리를 내려치려는 건 아니겠지?

그녀는 긴장된 미소를 보이며 말했다.

"당신이 쓴다는 편지 말이에요, 사람들을 엮어주는. 제 것도 한 장 부탁할 수 있을까요?"

하느님, 감사합니다. 나를 죽이려던 것이 아니었군. 로스앤젤레스에 사는 모든 여자들이 그렇듯이 그녀도 멋진 데이트를 원하고 있었다.

"죄송하지만, 애정사에는 더 이상 관여하지 않으려고요."

"그럼, 공개구혼 같은 건요?"

그녀가 절박하게 물었다.

"그것도 하시나요?"

"아뇨. 유감스럽게도 안 합니다."

난 거짓말을 했다.

"그렇군요."

그녀가 한숨을 쉬며 현관문을 열었다.

난 속으로 미안함을 느꼈다.

불쌍한 그녀는 카터 정부 시절 이후로는 한 번도 데이트를 해본 적이 없을 것이다. 하지만 그렇다고 해도 정말이지 다른 사람의 애정사에는 더 이상 끼어들고 싶지 않았다.

하워드에게 이런 일이 생긴 이후론 더더욱.

난 시간을 내줘서 감사하다고 인사한 뒤 밖으로 나왔다. 그리고 나오는 길에 빨래바구니에 내던져진 블라우스에 다시 한 번 시선을 던졌다. 확실히 핏자국 같았다.

밖은 햇살이 따사롭게 내리쬐는 가운데 새들이 감미롭게 지저귀고, 바람마저 부드럽게 살랑거렸다. 이런 한적한 풍경 속에서 한 젊은 여자가 참혹하게 살해당했다는 사실이 좀처럼 믿어지지 않았다.

난 스테이시의 집 앞에 둘러쳐진 현장보존용 테이프를 바라보다가 혹시 문이 열려 있지는 않을까 생각해보았다. 어디 한 번 해보지, 뭐. 난 테이프 사이로 손을 넣어 손잡이를 돌렸다. 역시나 잠겨 있었다. 아파트 밖으로 향하던 내 머릿속에 범죄 현장에 내 지문을 남기고 말았다는 생각이 퍼뜩 들었다.

이런, 바보 같으니. 안 그래도 레아 형사가 날 공범죄로 잡아넣겠다는 농담까지 한 판국에 이런 실수를 하다니. 손잡이에 남은 내 지문을 발견하고 날 정말 체포하면 어떡하지?

난 가방을 뒤적여 휴지를 꺼냈다. 그리고는 다시 스테이시의 집 앞으로 달려가 손잡이를 깨끗이 닦아냈다. 열심히 지문을 닦으며 주황색 죄수복을 입은 내 모습을 우울하게 상상하던 찰나 누군가 다가왔다.

난 재빨리 휴지를 주머니에 집어넣고 뒤를 돌아보았다.

푸른 눈의 남자였다.

난 그 남자가 아무런 의심도 하지 않기를 바라며 어색하게 웃어 보였다.

"안녕하세요."

미소를 지으며 인사를 건네는 그의 푸른 눈이 매혹적으로 반짝였다.

"경찰에서 나오셨나요?"

"네." 난 거짓말을 했다.

뭐, 완전히 거짓말은 아니다. 방금 경찰서에서 오는 길이니까.

"무슨 일이 있었나요?"

"살인사건이 있었어요."

"농담이시겠죠."

"어젯밤 스테이시 로렌스가 그녀의 침실에서 살해당한 채 발견됐어요."

제법 경찰인 척하며 내가 말했다.

"세상에, 정말 끔찍하군요."

숱 많고 탐스러운 머리카락을 쓸어 올리며 그가 말했다.

"하지만 이상한 일이네요. 스테이시의 집은 6호가 아니라 건너편인데요."

"예전엔 그랬죠. 여기 살던 할머니가 돌아가신 다음에 피해자가 이리로 이사 왔거든요."

어느새 '스테이시' 대신 '피해자'라고 말하고 있는 나 좀 봐. 정말 경찰 같지 않은가?

"엘레인 짐머가 이사 오기로 되어 있는 줄 알았는데요."

"그랬었죠."

"저런, 그녀가 진짜 열 받았겠는데……."

뭐, 대략 그렇게 얘기한 것 같았다. 사실 난 그가 하는 얘기엔 전혀 집중하고 있지 않았다. 대신 시원스럽게 웃는 그의 푸른 눈과 눈가의 주름에만 온통 정신이 팔려 있었다.

도대체 내가 뭐하고 있는 거지? 난 스스로를 꾸짖었다.

블롭과의 무기력했던 결혼생활이 파탄 난 후 내 인생에 두 번 다시 남자란 없다고 맹세하지 않았던가. 적어도 미래를 함께 설계해 나갈 수 있을 만한 남자가 나타나기 전까지는 말이다.

그렇게 몇 분간을 그가 내게 얘기를 하고, 나는 그를 멍하니 바라보며 서 있었다.

그때 날카로운 쇳소리가 공기 중에 울려 퍼졌다.

"이런, 내 찻주전자예요. 가봐야겠네요." 그가 말했다.

"잠깐만요! 물어보고 싶은 것이 몇 가지 있어요."

이를테면, '만나는 사람 있어요?', '잠잘 때 코를 고나요?', '텔레비전 리모콘에 집착하세요?' 같은.

"좋아요."

그가 자신의 아파트를 가리키며 말했다.

"따라오세요."

그의 아파트는 전문가의 용어를 빌리자면 말 그대로 절충적인 인테리어를 고수하고 있었다. 오래된 고가구 위에 미니멀리스트(단순함과 간결함을 추구하는 디자인)의 예술 작품들이 진열되어 있었다.

내가 이런 시도를 했었다면, 끔찍한 배합이 되었을 것이다. 그는 나를 미니멀리스트 예술 작품인 듯 보이는 소파 위에 앉히고는 차를 가지러 주방으로 들어갔다.

커피부터 시작해서 차까지, 나의 방광은 금방이라도 터져버릴 것 같았다.

"아참."

모락모락 김이 나는 우롱차 주전자를 들고 주방에서 나오며 그가 말했다.

"제 이름은 캐머런입니다. 캐머런 배닉이요."

"제인 오스틴이에요."

그는 맞은편에 놓인 안락의자 위로 호리호리한 몸을 던졌다.

"당신 책, 무척 좋아합니다(Jane Austen은 영국의 유명한 여류작가)."

"저는 'i'가 들어간 제인이에요."

"어쨌든, 오스틴 형사님."

그가 말을 이었다.

"가능한 모든 질문에 답해 드리겠지만, 제 답변이 얼마나 도움이 될지 모르겠습니다. 전 거의 한 달 동안 집에 없었거든요."

하느님, 감사합니다. 그 얘긴 이 남자는 살인사건과 아무런 관련이 없다는 걸 뜻하는데다가 당장에라도 데이트를 시작해서 결혼에 골인해 귀여운 고수머리에 아빠를 닮은 파란 눈을 한 아이들을 주렁주렁 낳을 수도 있다는 게 아닌가.

"출장을 갔다 왔거든요."

능력도 있다. 하느님, 다시 한 번 감사합니다.

"제 가게에 둘 고가구들을 사러 샌프란시스코에 다녀왔어요."

앗, 결혼은 취소다. 그러고 보니 게이가 될 만한 소양을 모두 갖추고 있지 않은가. 훌륭한 실내장식가에 남다른 취향. 게다가 고가구 전문점까지 소유하고 있다. 이만하면 답은 나온 것이다.

"자, 무엇이 알고 싶은 거죠?"

그가 말했다.

어째서 멋진 남자들은 모두 게이일까? 그게 내가 정말 알고 싶은 것이었다. 하지만 실제로 내뱉은 질문은 이러했다.

"아파트 내에서 스테이시 로렌스를 죽이고 싶을 만큼 원한을 가졌던 사람이 있을까요?"

"엘레인뿐이죠. 그녀의 아파트를 뺏었으니까. 사실 농담입니다. 엘레인이 조금 다혈질이긴 하지만, 스테이시를 죽일 만한 사람은 아니에요."

"다른 세입자들은요?"

"2호에 사는 가리발디 부부는 80세가 넘으셨어요. 가리발디 씨는 지팡이를 짚고 다니시고, 가리발디 부인도 재주넘기를 할 만한 체력은 아니니 스테이시를 죽일 수 없었을 겁니다. 3호에는 UCLA 의대에 다니는 자넷 요시다가 사는데, 평소 매우 조용해요. 집에 있는 적도 별로 없고. 그러니 스테이시와 갈등이 있었을 리 없죠. 사실 스테이시와 제일 가깝게 지냈던 건 매리안이죠."

"매리안이요?"

"스테이시가 이사 오기 전에 6호에 살았던 분이죠. 3주 전에 돌아가셨어요. 당시 전 샌프란시스코에 있었죠."

그가 깊은 한숨을 내쉬었다.

"정말 좋은 분이셨는데, 저에게도 좋은 친구였고요."

그가 커피 탁자 위에 놓인 사진 액자를 집더니 애정이 담긴 눈길로 그것을 쳐다보았다.

"우리 사진이에요. 작년 그녀의 생일 때 찍은 거죠."

그가 사진을 내게 건네주었다.

"콩가에 모시고 갔었어요."

"콩가요? 거긴 온몸에 피어싱한 한창 나이의 젊은 애들이 가는 힙합 클럽 아닌가요?"

캐머런이 미소를 지었다.

"매리안이 가고 싶어했거든요. 정말 대단한 분이셨죠."

난 사진 속의 짙은 화장에 어깨길이의 금발을 한 70대 여인을 한참 들여다보았다. 기미가 조금 낀 킴 베이싱어 같았다.

젊었을 적에는 남자들을 꽤 울렸을 법한 미모였다. 캐머런이 그녀의 손을 잡은 채 카메라를 향해 웃고 있었다.

'증거 A입니다, 재판장님. 잘생긴 청년이 거의 할머니뻘 되는 사람과 함께 데이트라니, 이거야말로 이 사람이 게이라는 확실한 증거가 아니겠습니까.'

캐머런이 부디 멀쩡한 이성애자이기를 바라는 희망이 조금이라도 내 안에 남아 있었다면, 그 사진으로 인해 모두 사라져버렸을 것이다.

"스테이시는 매리안과 함께 있는 걸 무척 좋아했어요."

캐머런이 말했다.

"보셔서 알겠지만, 매리안은 4, 50대에 꽤 잘 나가는 배우였거든요. B급 영화를 굉장히 많이 찍었지요. 할리우드 세계에 대한 경험도 많아서, 스테이시는 그녀에게 여러 가지 조언들을 구하곤 했어요."

"스테이시가 배우가 되려고 했었나요?"

"스테이시도 금발에 얼굴이 예뻤으니까요. 세상이 자기를 중심으로 돌아간다고 생각했죠. 그랬으니 당연히 배우가 되고 싶어했겠죠."

"그럼, 매리안도 스테이시를 좋아했어요?"

"스테이시는 애교가 많았어요. 매리안은 마치 젊은 시절 자신을 보는 듯했을 겁니다."

"스테이시 주변에 범죄를 저지를 만한 사람이 있었는지, 혹시 매리안이 뭔가 말한 적은 없었나요?"

"그러니까, 질투에 불타는 애인 같은?"

"맞아요."

"수많은 남자를 만나고 다녔죠. 한 번은 영화배우와 사귀기도 했어요. 풀장에 있는 걸 여러 번 봤거든요. 너무 잘생겨서 좀처럼 눈을 뗄 수가 없더라고요."

게이 씨, 당연히 그랬겠지.

"근육질의 마초 타입이었는데, 스테이시에게 완전히 빠져 있던데요. 하지만 그 남자도 얼마 못 가서 차이고 말았죠. 스테이시가 무슨 스포츠 스타 중개인인가 하는 새로운 남자를 만났거든요."

흠, 버림받은 예전 남자친구라. 가능성이 있다.

"그 사람 말고 앙심을 품었을 만한 사람이 또 누가 있을까요?"

캐머런이 웃음을 터뜨렸다.

"그런 사람이라면 아주 줄을 섰을 겁니다. 스테이시는 나쁜 여자였어요. 그래서 그녀를 증오하는 사람들도 많았죠."

"이를테면?"

"같은 헬스클럽에서 에어로빅 강사로 일하는 여자친구가 있겠죠. 이름은 잘 생각나지 않는데……, 아이리스인가 바이올렛인가, 무슨 꽃 이름이었어요. 어쨌든 두 사람은 굉장히 친했었는데, 스테이시가 그 친구의 남자친구인 스포츠 스타 중개인과 놀아나면서 사이가 멀어졌죠. 위험한 추측일지도 모르겠지만, 그 친구가 스테이시에게 원한을 품었을 만해요."

배신을 때린 베스트 프렌드, 돈 많은 스포츠 스타 중개인.

가능성이 농후한 용의자가 두 명이나 물망에 올라왔다.

나는 LA 스포츠클럽에 들러 확인해보자고 마음먹었다.

"사실 스테이시는 도울 만한 가치가 없는 사람이에요. 전에 고가구를 사러 우리 가게에 와서는 마음에 드는 걸 하나 발견했는데, 내가 값을 깎아주지 않자 그 후로는 내게 말도 안 붙이더군요. 어쨌든 그녀를 싫어하는 사람들은 아주 많았어요. 원한을 품지 않은 사람이 없을 겁니다."

"그럼 당신도?"

"이런, 아니요."

그가 말도 안 되는 소리라는 듯 고개를 흔들었다.

"스테이시와는 아무 사이도 아니었어요. 제 타입도 아니고……."

당연히 그랬겠지. 남자가 아닌 여자였으니까.

"차 더 드실래요?" 그가 주전자를 집었다.

"아뇨, 고맙지만 괜찮아요."

그는 주전자를 내려놓으면서 내게 믿을 수 없는 말을 했다.

"저기, 수요일 밤에 아무 약속도 없다면 같이 영화나 보러 갈래요?"

"당신이랑?"

"네." 그가 씩 웃었다.

"실버 레이크에 있는 재상영관에서 매리안이 출현했던 옛 영화들을 보여주고 있거든요."

난 바보처럼 아무 말도 없이 침만 꼴깍꼴깍 삼켰다.

캐머런 배닉이, 저 매력적인 파란 눈의 남자가 지금 나한테 데이트

신청을 한 게 맞아? 그럼 게이가 아니었단 말이야? 그럼, 내가 대쉬할 수 있는 여지가 남아 있다는 거로군?

"혹시 당신 부서에서 나와 데이트하는 걸 허락하지 않을지도 모르겠군요."

"무슨 부서요?"

"경찰서 말입니다."

"오, 그렇군요."

"자, 어때요? 같이 가실래요?"

어느새 난 고개를 끄덕이고 있었다.

# Chapter Seven

    내 심장은 마구 두근거리고, 맥박은 미친 듯 내달렸으며, 손바닥에는 송골송골 땀이 맺혔다. 아니, 사랑을 나누고 있다거나 심장발작을 일으킨 것이 아니다.

    스타벅스 때문이다. 스타벅스 커피에는 디젤 엔진의 트럭도 능히 움직이게 할 만한 양의 카페인이 들어 있는 것이 분명하다.

    난 칸디와 마주하고 앉자 조심스럽게 모카라떼를 홀짝거리며 칸디가 열을 내며 하는 얘기를 듣고 있었다.

    그녀는 화가 머리끝까지 나 있었다. 칸디와 에스프레소 기계 중 어느 것이 더 많은 열을 내뿜고 있는지 거의 구별할 수 없을 정도였다.

    칸디와 안토니오 반데라스를 닮은 남자의 데이트는 내 예상대로 끔찍했다. 하긴 안토니오 반데라스 버금가게 잘생긴 남자가 데이트 서비스 같은 걸 받을 리 있겠는가.

    "키도 작고 뚱뚱한데다가 가발을 썼는데, 분명 상표도 안 뗐을 거야."

"네가 본 사진은 도대체 어떻게 된 거야?"

"안토니오 반데라스 팬클럽에서 얻었대."

"그럼, 그 사진이 정말 안토니오 반데라스였단 말이야?"

"정말 미친놈 아니니?"

분노에 찬 그녀가 냅킨을 잘게 찢으며 말했다.

"내가 안토니오 반데라스의 사진을 보낸 건 너무하지 않았느냐고 따졌더니 뭐라고 한 줄 알아? '저 정말 안토니오 반데라스 닮지 않았습니까?' 이러는 거 있지, 글쎄."

"농담이겠지."

"너무 화가 나서 치킨 맥너겟이 목에서 넘어가지가 않더라고."

"널 맥도널드에 데려갔어? 해변에 있는 무슨 레스토랑에 데려가겠다고 했다며?"

"그래, 그랬지. 근데 거기서 물을 볼 수 있었던 곳이라곤 화장실밖에 없었어. 20분 동안 거기에 틀어박혀 화장실 창문으로 도망칠 수는 없을까 혼자 끙끙 댔더랬지."

"불쌍한 것."

"그 사람이 의사라고 했던 거 기억나지? 그래, 의사는 의사야. 골상학(두개골의 모양을 보고 그 사람의 성격이나 운명을 판단하는 학문) 의사. 사람의 머리통을 보고 주저리주저리 말하더라니까."

"정말이야?"

"웸수타라는 심령술사랑 일하고 있대."

그녀는 마지막 남은 에스프레소를 맹렬한 기세로 입에 털어 넣었다.

"이제 데이트 서비스 같은 건 안 믿을 거야. 애초에 내셔널 인콰이어러 지(미국의 대중지)에 광고를 내는 데이트 서비스를 믿는 게 아니었어."

"있잖아, 이런 말하기 싫지만, 그러게 내가……."

"그럼, 하지 마."

그녀가 내 냅킨을 집어가며 말했다. 그녀의 것은 이미 갈기갈기 찢어져 있었으므로 이제 가련한 내 냅킨이 당할 차례였다.

"설상가상으로 말이야."

이제 그녀는 거의 울부짖고 있었다.

"바퀴벌레가 글쎄 탈장이 됐지 뭐야."

"뭐라고?"

"칼 말이야. '비니와 바퀴벌레'에서 바퀴벌레 프레디 역을 맡은 사람. 글쎄, 심각한 탈장 증상이 있다고 하잖아. 그것 때문에 일주일이나 제작을 멈춰야 해. 사실 대본도 안 나왔지만. 바퀴벌레에 대한 아이디어, 아직도 뭐 생각나는 거 없어?"

"아니, 바퀴벌레의 여신이 아직 내게 당도하지 않았는걸."

그녀는 나를 얄밉다는 듯 쏘아보더니 잽싸게 카운터로 달려가 잠시 후, 폭스바겐만한 크기의 초콜릿 머핀을 가지고 돌아왔다.

"여기." 그녀가 머핀을 반으로 쪼개며 말했.

"반 먹어."

"안 돼, 정말로. 허벅지가 조금만 더 두꺼워져도 아파트가 다 비좁을 지경일걸."

"왜 이래, 그냥 머핀이잖아. 머핀은 몸에도 좋아."

"절대로 안 돼." 나는 머핀을 집었다.

우리는 몇 분간 말없이 열정적으로 머핀을 우물거렸다.

"어쨌든, 탈장은 치료될 거고, 나도 다시 데이트를 할 수 있을 거야. 그러니까 생각나는 선데, 멋진 남자들을 만날 수 있는 곳에 대한 얘길 들었어. 크리스티 경매장이야."

초콜릿으로 충분히 마음을 진정한 듯 칸디가 입을 열었다. 여자들이란 운명의 상대를 찾는 일엔 결코 지치지 않는다, 결코.

"쓸 만한 사람들이 많이 온대. 우리 프로 작가도 거기서 약혼자를 만났잖아. 주식중매인이었는데, 어떤 그림을 두고 서로 경쟁했었대. 결국 그 남자가 그림을 손에 넣었고, 그녀는 그 남잘 손에 넣었지. 경매 일정표 보내줄 테니까, 같이 가자."

"글쎄, 그런 호화로운 곳은 왠지 주눅이 들어서 말이야."

"바보 같은 소리 하지 마. 너도 얼른 누군가를 만나야지."

"사실, 이미 만났어."

칸디가 먹던 머핀을 내려놓았다.

"정말?"

"뭐, 사귀는 건 아니지만 데이트는 맞지."

"누구?"

"살인사건을 수사하다가 만난 사람."

"살인사건? 오, 세상에. 얼른 얘기해봐."

그래서 난 얘기했다.

"믿을 수 없어." 얘기가 다 끝나자 칸디가 말했다.

"경찰인 척했단 말이야?"

"신문사 기자인척도 했지."

"잘못하면 하워드와 감방 동무가 되겠는걸."

"왜 이래! 선의의 거짓말 좀 했다고 해서 교도소에 가진 않아."

"그냥 조심하란 말이야, 알았어? 나한텐 무척 위험하게 들려."

사실 그녀의 말이 맞다.

이건 위험하다. 놀랍게도 이미 위험 신호가 반짝이고 있다는 것을 난 느낄 수 있었다. 아주 오랜만에 내 안에서 아드레날린이 마구 샘솟고 있었다. 그리고 기분도 무척 좋았다.

"용의자와 데이트라니, 그래도 되는 거야?"

"말했잖아. 사귀는 건 아니라고. 그냥 같이 영화 보러 가기로 했을 뿐이야. 사실 따지자면 용의자도 아니고. 살인사건이 일어났을 때 그는 샌프란시스코로 출장 중이었어."

"그건 그 사람 얘기지. 샌프란시스코에서 로스앤젤레스까지 단번에 날아오는 비행기도 있어."

그녀의 말이 맞았다. 하지만 난 그다지 신경 쓰고 싶지 않았다.

"게다가, 내 조언을 구한다면, 그 사람 게이야."

그녀가 다시 입을 열었다.

"그렇게 생각해?"

"당연하지. 고가구 중개상인데다가 멋진 아파트에 할머니와의 정신적인 교감을 나누며, 너를 베트 미들러의 콘서트에 몰리는 게이의 수보다 더 많은 게이가 살고 있는 실버 레이크에 데려가겠다고 한 것도 수상해. 거긴 동성애자들 천지라고."

이제 내가 냅킨을 갈기갈기 조각낼 차례였다.

정말 칸디의 말이 맞았다. 캐머런이 나에게 이성적으로 관심을 보인 거라고 생각했다니, 나 정말 바보 아냐?

난 그저 매리안을 대신할 친구였을 뿐이다. 그 이상은 아니다.

게다가 살인사건이 있던 밤에 LA로 날아와 스테이시를 죽이고 다시 샌프란시스코로 가서는 다음날 아침 자신의 차로 LA에 돌아온 것일 수도 있다. 그리고는 경찰인 척하는 멍청한 작자 앞에 매력적인 푸른 눈을 반짝이며 극적으로 등장한 것이겠지.

난 독한 스카치를 들이키는 기분으로 마지막 남은 모카라떼를 깨끗이 비웠다.


다음날 나는 캐머런에게 전화를 걸어 살인사건이 일어났던 날 밤의 행적에 대해 물었다.

나는 그에게 살인사건에 연루되어 있을 것이라고는 눈곱만큼도 의심하지 않는다고, 그저 수사의 일부일 뿐이라고 말하며 그를 안심시켰다.

"그렇겠죠." 그가 말했다.

"이해합니다. 그때 전 유니언 스트리트 호텔에 있었어요."

난 안도의 한숨을 내쉬었다.

매우 협조적인 용의자, 이건 좋은 징조가 분명하다.

"우리 영화 약속은 아직도 유효한 거죠?" 그가 물었다.

"당신의 알리바이가 확인되는 대로요."

우리는 함께 웃음을 터뜨렸다.

그는 농담으로 넘겼지만, 사실 난 아니었다.

난 전화를 끊자마자 샌프란시스코로 전화를 걸었다.

"유니언 스트리트 호텔의 앤 개리티입니다."

간결한 음성의 여자가 전화를 받았다.

"전 LA 경찰서의 오스틴 형삽니다."

될 수 있는 한 엄중하고 딱딱한 어투로 내가 말했다.

"그래요?"

그녀가 호기심 어린 음성으로 되물었다.

"뭘 도와 드릴까요?"

"호텔 손님 중 한 명의 행적을 조사하고 있습니다. 캐머런 배닉씨라고, 2월 14일 밤입니다."

"오, 맞습니다. 저희 호텔에 계셨어요."

"확실한가요?"

"네, 그날 밸런타인데이 특별 저녁식사가 준비되어 있었거든요. 근데 테이블에 혼자 앉아 계시기에 저렇게 잘생긴 남자가 오늘 같은 날 왜 혼자일까 궁금했었죠."

"정말 14일 저녁 8시에 캐머런 배닉이 호텔에서 저녁식사를 했던 것이 확실한가요?"

"네, 확실해요."

"감사합니다."

"천만에요. 저희 호텔 안내책자를 좀 보내 드릴까요? 주중 숙박비가 특별가로 89달러밖에 안 합니다. 2인실에 아침식사와 와인 바 이용은 무료예요."

"그래요, 보내주세요."

난 주소를 불러주었다.

누가 알겠는가? 언젠가 2인실을 다정하게 나눠 쓸 누군가가 생길지.

난 전화를 끊고 나서 프로작을 번쩍 안아 들었다.

"캐머런에겐 알리바이가 있어, 프로작! 살인범이 아니야!"

프로작은 내게 날카로운 눈빛을 쏘아 보내며, 마치 "그 작자에게 완전 빠져버렸군."이라고 말하는 듯했다.

"무슨 말을 하는 건지 모르겠네."

난 괜스레 화를 내며 녀석을 소파 위로 휙 떨어뜨렸다.

"캐머런 배닉에 대한 내 감정은 그저 우정일 뿐이라고. 내가 게이와 사랑에 빠질 리가 없잖아. 나를 그런 바보로 생각하는 건 아니겠지?"

녀석은 대답하지 않았다.

사실 우리 둘 다 내가 얼마나 어리석은지 아주 잘 알고 있었다.

프로작과 마음 대 마음으로 대화를 나눈 뒤, 나는 LA 스포츠클럽에 들러보기로 했다. 혹시나 스테이시의 전 베스트 프렌드인 아이리스 혹은 바이올렛을 만날 수 있지 않을까 해서였다.

문 밖을 나서는데 6백만 불의 사나이에 버금가는 청력을 가진 랜스 베너블이 휙 하니 집에서 나와 내 앞을 막았다. 분명 창문 밖으로 내가 나오기만을 기다리고 있었을 것이다.

"오, 제인!" 그가 불렀다.

"안녕, 랜스. 요즘 어때요?"

내가 왜 이런 걸 묻고 있는 거지? 랜스에게 좋을 일이라곤 전혀 없을 텐데.

"저기, 불평하고 싶진 않지만······."

거짓말, 당신은 불평하는 걸 매우 좋아하지. 대학 때 전공도 아마 불평이었을걸.

"제인의 고양이가 또 내 봉선화 위에 오줌을 쌌어."

그건 사실이었다. 가끔가다 프로작은 몰래 집에서 빠져나와 랜스가 키우는 봉선화 위에 오줌을 누곤 했다. 그게 그를 얼마나 열 받게 하는지 잘 알고 있는 것 같았다.

"죄송해요."

"당연히 그래야지. 의무적으로 묶어 두도록 하는 법률도 있다는 거 알죠?"

"그건 개의 경우 아닌가요?"

"개나 고양이나."

그의 금발 곱슬머리가 성이 난 듯 흔들렸다.

"다음번에 당신 고양이랑 대화를 나눌 땐 내 봉선화에 오줌을 싸지 말라고 꼭 일러둬요, 알았어요?"

세상에, 이 남자 24시간 우리 집 벽에 귀를 갖다 붙이고 사는가 보다.

LA 스포츠클럽은 아름다운 몸매 만들기의 가히 기념비적인 곳이었다. 스텝기가 있는 타지마할이라고나 할까. 호화로운 대리석과 금장식, 그리고 반짝반짝 빛나는 마룻바닥은 내가 다니는 곰팡이 천지인 YMCA 체육관과는 차원이 달랐다.

회원들 대부분은 모델같이 날씬한 몸매였는데, 하나같이 한 10년간 썬데 아이스크림이라곤 입에 대지도 않는 것 같은 말라깽이들이었다 (먹었더라도 그 자리에서 다 토해냈거나).

77 사이즈 이상인 사람은 아예 회원으로조차 받지 않을 것 같았다.

하지만 난 용기를 내어 영국식 발음의 안내원을 지나 회원 가입 상담가인 웬디 노스롭의 사무실로 들어갔다.

웬디는 왠지 거만해 보이는 갈색머리에 믿을 수 없을 만큼 마른 여자였다. 마치 이뇨제를 과다 복용한 낸시 리건 같았다.

"무슨 일 때문에 오셨죠?"

차가운 미소와 함께 그녀가 물었다.

그녀의 완고한 태도를 보아하니 가짜 경찰이나 기자 행세는 먹히지도 않을 것 같았다. 그래서 난 그녀가 가장 좋아할 만한 인물로 가장하기로 했다, 그건 바로 예비 회원.

"이 클럽에 가입해볼까 해서요."

"우리 클럽이죠." 그녀가 바로잡아 주었다.

"우리는 오시는 모든 손님들을 저희 식구로 생각합니다."

그래, 그렇겠지. 나도 가끔은 스스로를 줄리아 로버츠라고 생각할 때가 많으니까.

"어쨌든 가입해볼까 하는데……."

"제때 오셨군요, 뚱보 양."

물론, 그렇게 얘기하지 않았다. 하지만 분명히 속으론 그렇게 생각하고 있을 것이다.

"가입비는 3천 달러부터 시작해요."

이런, 맙소사. 이게 그나마 최대한 열을 가라앉힌 표현이었다.

"그게 말이 돼요? 3천 달러면 에스키모 파이가 몇 갠데."

대신 나는 침착하게 되물었다.

"그래요?"

"거기에 월 회비 3백 달러를 내셔야 합니다."

나도 모르게 떡 벌어진 입으로 침이라도 줄줄 새고 있었는지 그녀가 재빨리 덧붙였다.

"보통 사람들에겐 부담이 되는 돈이죠."

"아뇨, 아니에요, 전혀요."

난 3천 달러를 껌 값으로 여기는 사람처럼 보이려고 애썼다.

"전혀 문제없어요."

그러자 그녀의 미소가 한층 환해졌다.

"시설을 보여 드릴게요. 분명 마음에 드실 거예요."

너무 놀라 어리둥절할 지경이었다는 게 정확한 표현일 것이다.

한 지붕 아래 떡 벌어진 가슴과 날렵한 허리, 길고 탐스러운 말총머리의 사람들이 그렇게 많이 모여 있는 광경을 한 번도 본 적이 없었다. 그래, 저게 바로 남자라고 하는 거지.

모델 같은 남녀가 서로 짝을 이루어 게임을 하는 라켓볼 연습장과 '상어와 함께 헤엄치세요.'라는 문장이 기이하게도 잘 어울리는 올림픽 수영 경기장 크기의 수영장과 스텝기로 가득 차 있는 헬스장까지.

호화로운 카펫이 깔린 에어로빅장에는 신경성 무식욕증 환자처럼 보이는 여자들이 마지막 남은 한 덩이의 지방까지 모두 소모하고 있었으며, 스무디를 팔고 있는 구석 바에서는 비트가 강한 음악에 맞춰 믹서가 윙윙거리며 돌아가고 있었다.

사실 믿을 수 없는 일이지만 거기에도 바가 있었다. 진짜 술을 파는 바 말이다. 물론 채소 주스 따위를 팔 것 같은 내부 분위기와는 어울리지 않았지만 열심히 발차기를 하고 난 뒤 살짝 얼음이 얼은 마가리타 한 잔을 마시는 것도 괜찮을 것 같았다. 물론 그놈의 마가리타 때문에 내 허벅지가 돼지 허벅지만 해졌지만.

마지막으로 화학 실험실보다 더 많은 양의 실리콘이 들어 있는 여자 탈의실까지 둘러본 다음에 우리는 다시 웬디의 사무실로 돌아왔다.

"자, 어떠셨어요?"

온통 베이지색인 사무실로 돌아와 나와 마주앉자마자 그녀가 물었다.

"스테이시가 말한 그대로네요. 정말 훌륭해요."

난 조심스럽게 스테이시에 대한 화젯거리를 꺼냈다.

"스테이시요?"

"네, 스테이시 로렌스요."

내가 굳건한 음성으로 대답했다.

"얼마 전 살해당한 에어로빅 강사 말이에요. 불쌍한 스테이시가 내 고객이었거든요."

"고객이라면?"

"전 변호사거든요."

하느님, 맙소사! 나의 거짓말 행진은 정녕 끝이 없구나.

"정말요? 그거 재미있군요."

웬디의 두 눈에서 달러 아이콘이 마구 번쩍였다.

그녀는 서랍에서 계약서 한 장을 꺼냈다. 이미 새로운 회원 영입에 성공했다고 생각하는 모양이었다.

"불쌍한 스테이시." 내가 말했다.

"그렇게 갑자기 죽어버리다니, 아직도 믿을 수가 없어요."

웬디는 상대방의 기분을 잘 맞춰주는 타입의 사람이었다.

"그러게요. 정말 비극적인 일이죠."

그녀는 슬픈 듯 힘없이 고개를 저었다. 그리고는 매우 정확히 백만분의 일초의 적당한 시간이 지난 후, 다시 기운을 회복하며 되물었다.

"자, 회원비는 현찰로 내실 건가요, 카드로 하실 건가요?"

"스테이시는 정말 좋은 사람이었어요."

옆길로 빠지지 않기 위해 안간힘을 쓰며 내가 한숨을 내쉬었다.

"오, 그랬죠."

웬디가 다시 선거 공약을 하듯 성의를 다해 동조했다.

"스테이시는 우리 클럽에서 가장 촉망받고 사랑받는 강사 중 하나였답니다."

웬디의 말을 들으며 나는 영화 '맨츄리언 캔디데이트'가 생각났다.

그 영화에서 프랭크 시나트라가 자신이 싫어하는 로렌스 하비라는 사람에 대해 좋은 것만 기억하도록 세뇌당하는 장면 말이다. 그 이후로 시나트라는 하비를 칭찬할 때마다 어투와 눈빛이 기계처럼 딱딱해져버리곤 했다. 스테이시를 칭찬할 때 웬디의 어투와 눈빛도 바로 그러했다. 그녀의 말에 진심이라곤 조금도 들어 있지 않다는 데 내 전 재산을 걸 수도 있다.

"물론 회원비를 일시 지급하실 필요는 없어요. 원하신다면 할부로 해드릴 수 있답니다."

"사실, 지금 회원 가입하기에는 사정이 조금 그러네요."

"그러세요?"

얼음장처럼 차가운 목소리가 사무실에 울려 퍼졌다.

난 가방 안을 뒤적여 로스앤젤레스 매거진에서 찢어낸 LA 스포츠클럽의 무료이용권을 꺼냈다.

"우선 이걸로 하루 사용해볼게요."

"좋아요."

웬디가 패배를 인정하며 새된 소리로 말했다. 하지만 이내 다시 입을 열었다.

"일정은 어떻게 잡아 드릴까요? 목요일 오후 어떠세요? 3시에 초심자를 위한 스트레칭 클래스가 있는데. 그거면 처음 시작하시기에 적합하실 거예요."

나를 무슨 풍보로 아는 모양이지?

"사실 스테이시가 평소에 또 다른 에어로빅 강사에 대한 얘길 많이 했어요. 그녀 말로는 정말 잘 가르친다고 하더군요. 그래서 말인데, 그 강사가 하는 반에 들어가고 싶어요. 이름은 잘 생각나지 않는데, 아이리스인가 바이올렛인가 그랬어요. 무슨 꽃 이름이었는데……."

"오, 재스민을 말하는 거군요."

"맞아요, 재스민."

"하지만 재스민은 상급반을 맡고 있어요. 그 반은 따라 가시기가 벅찰 거예요."

"오, 그렇지 않아요." 내가 항변했.

"보기보다 기본기는 탄탄하답니다."

웬디는 이 말을 믿는 듯했다.

"그럼, 목요일 오전 8시에 시작이에요."

"멋지네요. 그럼 그때 올게요."

그녀와 작별의 미소를 주고받은 다음 난 사무실에서 나와 영국식 억양의 안내원을 지나 거리로 나섰다.

지구상에 아직도 뚱뚱한 사람들이 많이 남아 있음을 행복해하면서 말이다.

# Chapter Eight

 돌아오는 길에 나는 스테이시의 이웃인 가리발디 부부와 자넷 요시다와 얘기해볼 수 있을까 해서 벤틀리 가든에 들렀다.

 운 좋게도 난 그들을 만날 수 있었는데, 가리발디 부부는 캐머런이 묘사한 그대로였다. 연약하기 짝이 없어 보이는 80대 노부부는 이빨 닦을 힘조차 없어 보였다.

 이런 부부가 스테이시를 죽도록 때릴 수 있었을 리 만무하다. 그들은 초인종 소리에 문 밖에 나와 보는 일도 힘겨워했다.

 난 아파트 관리인에게 했던 그대로 노부부에게도 뉴욕 타임스에서 나온 기자라고 둘러댔다. 이쯤 되니 내가 정말 기자가 아닐까 스스로도 헷갈릴 지경이었다. 내심 내가 쓴 기사가 신문의 앞면을 장식하게 되길 바라고 있었으니 말이다.

 "뉴욕 타임스라고요!"

 가리발디 부인이 탄성을 지르며 말했다.

"세상에, 부모님이 정말 자랑스러워하셨겠군요! 어서 들어와요. 와서 복숭아 주스 좀 들어요."

그녀는 내 허리에 팔을 두르고 거실로 안내했다.

"오프라를 아슈?" 가리발디 씨가 물었다.

그러자 가리발디 부인이 남편을 쏘아보며 핀잔을 주었다.

"이 아가씨가 오프라를 어떻게 알겠어요?"

"나야 모르지. 뉴욕에서 왔으니 혹시 오프라를 알까 해서 물어본 거유."

"당연히 이 아가씬 모르죠."

"그럼 로지는? 로지는 아슈?"

난 가리발디 씨에게 그 어떤 오프라도 로지도 레지스나 몬텔도 에디도 모른다는 사실을 확인시켜 드린 다음 살인사건이 있던 밤에 이상한 소리 같은 걸 듣지 못했는지 물었다.

"전혀요." 가리발디 부인이 대답했다.

"우린 제퍼러디 쇼가 끝난 다음에는 항상 보청기를 꺼놓거든."

가리발디 씨가 설명했다.

나는 가리발디 부부에게 기사의 복사본을 꼭 보내 드리겠다는 약속을 한 후 시간을 내줘서 감사하다는 인사와 함께 집을 나섰다. 그리고는 UCLA 의대생인 자넷 요시다에게로 향했다.

자넷은 허리 두께가 내 무릎만한 작은 몸집의 가냘픈 여학생이었다.

내가 문을 두드렸을 때 그녀는 한창 해부학 시험공부 중이었다. 두꺼운 안경테 너머로 나를 바라보는 그녀는 테레사 수녀만큼이나 선량해 보였다. 그녀 역시 그날 밤 아무것도 본 것도 들은 것도 없다고 했다.

난 그녀를 다시 교과서의 품으로 돌려보낸 뒤 캐머런과의 데이트를 준비하기 위해 서둘러 집으로 돌아왔다.

난 끊임없이 자신에게 별 거 아닌 데이트라고. 그저 캐머런과 나는 플라토닉한 관계일 뿐이라고 타일렀지만, 침실은 여기저기 흩어져 있는 옷들로 어느새 아수라장이 되어버리고 말았다.

왜 죄다 이렇게 작은 거야? 아무래도 건조기를 교체해야겠어. 싸구려 건조 약품 때문에 옷이 다 줄어든 거야.

결국 난 백화점을 차려도 좋은 분량의 옷들을 다 입어보고 나서야 늘 입는 똑같은 의상을 골랐다. 바로 청바지와 티셔츠.

난 머리를 높이 올려 묶은 다음 청바지를 입고 특별한 때를 위해 아껴 신던 스웨이드 부츠를 꺼내 신었다.

캐머런은 7시에 나를 데리러 왔다. J. Crew의 치노 바지와 샴브레이 셔츠를 입은 그의 푸른 눈이 반짝반짝 빛났다.

그런 그의 모습을 보며 나는 어째서 그의 이런 차림이 웨딩 턱시도보다 더 격식 있어 보이는 걸까 스스로 의아해했다.

"내부가 흥미롭군요."

그가 내 아파트를 둘러보며 말했다.

그도 그럴 것이 가구들은 모두 관리하기 손쉬운 이케아 제품들이었다.

"얘는 누구죠?"

프로작이 사랑에 미친 십대처럼 그의 발목을 감아 돌자 캐머런이 물었다.

"프로작이에요. 내 절친한 친구죠."

"인형 같네요."

그가 말하면서 녀석을 안았다.

"낯선 사람을 싫어해요. 할퀼지도 몰라요."

내가 경고했다. 하지만 어이없게도 프로작(내 존재도 쉽사리 무시해 버리곤 하는)은 성인영화의 주연배우처럼 에로틱하게 캐머런의 얼굴을 핥아댔다. 까다롭게 굴지 않는 녀석의 모습은 그저 놀라울 따름이었다.

난 한참을 믿을 수 없다는 표정으로 녀석이 캐머런의 품에 안겨 환희를 즐기고 있는 모습을 멍하니 바라보았다.

이런, 정말 부럽잖아.

매리안이 출연한 영화는 1945년도 RKO사의 뮤지컬 영화였다. 두 자매가 마이애미로 와서 부자 남편을 만난다는 내용이었는데 매리안은 거기서 천방지축 소녀로 출연했다. 눈에 띄는 역할은 아니었지만, 재미있는 몇 마디의 대사도 있었고, 연기도 제법 잘했다.

그녀의 재기발랄한 모습에 대부분의 게이 관객들이 웃음을 터뜨렸다. 캐머런이 왜 그녀를 그토록 좋아했었는지 이제야 알 것 같았다. 그녀는 확실히 재미있는 사람 같았다.

영화가 끝나자 우리는 실버 레이크의 게이 구역 중심가에 있는 '가랜드의 집'이라는 커피하우스로 갔다. 거기엔 잘생긴 남자들이 가득했는데, 그중 몇몇은 캐머런을 흘끔거리곤 했다.

우리 담당 웨이트리스는 주황색의 짧은 머리를 한 20대 여자였는데 코가 체리처럼 높았다.

"코 좀 봐요. 성형수술을 한 것 같은데요."

캐머런이 속삭였다.

"아닌 것 같아요. 원래 저런 코인 것 같은데요."

"그럼, 한 번 물어볼까요?"

그가 웨이트리스를 가리키며 말했다.

"웨이트리스!"

"캐머런, 뭐하는 거예요? 어떻게 그런 걸 물어봐요?"

"가슴도 진짜가 아닌 것 같은데."

"설마 그것도 물어보려는 건 아니겠죠?"

"에이, 여긴 LA잖아요. 별로 개의치 않을 거예요."

"안녕하세요." 웨이트리스가 우리 테이블로 다가왔다.

난 너무 당황한 나머지 그녀의 얼굴을 제대로 쳐다볼 수 없었다.

"저기, 한 가지 궁금한 것이……." 캐머런이 입을 열었다.

"뭐죠?"

"에스프레소, 리필 되나요?"

"당연히 됩니다."

그녀는 이내 자리를 떠났고, 캐머런은 날 향해 씩 웃었다.

"속았죠."

"오, 당신! 깜빡 넘어갔잖아요."

그는 정말 날 넘어가게 만들었다. 어쩌면 장난치는 모습까지 이리 귀여울까.

"잘 속네요." 그가 말했다.

"직장에서도 그러면 안 될 텐데."

"직장이요? 무슨?"

"경찰서 말이에요."

"아, 그렇죠."

그가 나를 쏘아보았다.

"경찰이 아니죠?"

"어머나, 역시 서툴러서 다 들통났군요. 네, 사실은 경찰이 아니에요."

"서투르진 않았어요."

"그럼, 어떻게 알았어요?"

"흠, 우선." 그가 말했다.

"당신이 백화점 카드를 보여줬단 얘기를 엘레인에게 들었죠."

"두 사람이 서로 얘기를 주고받을 걸 생각했어야 했는데 그랬군요."

"게다가, 경찰이 '어머나' 같은 말을 할 것 같진 않은데요."

"넵, 그것 역시 적당한 표현이 아니었네요."

그는 비스코티(이탈리아식 아몬드 쿠키)를 한 입 베어 물었다.

내 몫의 비스코티는 이미 먹어버리고 없었다.

난 다른 쿠키를 집어 새처럼 조금씩 먹는 여자같이 보이길 바라며 쿠키를 깨작거렸다. 하지만 다섯 번째 깨작임부터는 어느새 새처럼 조금씩 먹는 여자 연기는 잊어버리고 부두 노동자처럼 으적으적 먹어댔다.

"엘레인 말이 작가라면서요?"

"들은 그대로예요."

"머독이라는 사람의 데이트를 성사시켜줬다고 하더군요."

"네, 근데 그가 스테이시를 죽였다니 믿을 수가 없어요."

"경찰에서는 그렇게 믿고 있잖아요."

"경찰도 실수는 해요. 로드니 킹(1991년 LA경찰국 소속 백인 경찰관 4명이 흑인인 로드니 킹을 집단 구타한 사건)에게 물어봐요."

"무슨 말인지 알았어요." 그가 말했다.

그의 접시에는 비스코티가 아직도 두 개나 남아 있었다.

나는 하나를 슬쩍 집어먹고 싶은 충동을 누르느라 애썼다.

"그래도 조심해요, 알았어요? 형사 흉내를 내는 건 아주 위험한 일이잖아요."

"괜찮아요. 실은 직접 해보니 재미있기까지 한 걸요."

놀라운 정도로 허심탄회하게 내가 말했다.

"살면서 이런 흥분은 처음 느껴보는 것 같아요."

그가 흥미롭다는 듯 나를 쳐다보았다.

"바보 같은 짓을 할 때 느끼는 것 말이죠?"

"궁극적으론 그렇죠."

"나도 마찬가지예요."

정말? 그의 말 뒤에는 뭔가 숨겨진 또 다른 말이 있는 것 같았다. 내가 듣고 싶어하는 그 말.

그가 비스코티를 집어들더니 이내 다시 내려놓고는 한숨을 내쉬었다.

"사실 얼마 전에 이별을 경험했어요. 그 후로 계속 멍하니 벽만 바라보며 지내고 있지요."

이별? 그래서 밸런타인데이에 혼자였던 거로군. 도대체 누구랑 헤어진 걸까? 여자? 아님 남자?

대놓고 물어보고 싶은 걸 참느라 나는 혀를 지그시 깨물었다.

# Chapter Nine

 우리는 거리 아래쪽에 있는 바로 자리를 옮겨 마가리타를 피처째로 깨끗이 비워버렸다.

 난 캐머런이 그의 전 연인에 대해 이야기해주길 바랐지만, 그는 온통 영화 얘기만 늘어놓았다. 자신이 좋아하는 영화(바람과 함께 사라지다, 로즈메리의 아기, 의혹의 그림자), 그리고 싫어하는 영화(잉글리쉬 페이션트, 런어웨이 브라이드, 폴리 쇼어가 출연한 모든 영화)에 대해.

 캐머런은 두 손을 가지런히 모은 채 나를 향해 그 어떤 로맨틱한 행동도 취하지 않았다. 그야말로 연소자관람가 데이트였다.

 새벽 2시가 되어서야 마가리타 잔에 남아 있던 마지막 소금까지 깨끗하게 핥아먹고는 캐머런이 나를 집까지 바래다주었다.

 집 앞에서 그는 현관문까지 데려다주겠노라고 고집했고 그 말에 난 또 흥분하고 말았다. 골목길 어귀까지만 데려다줄 수도 있었는데, 이건 혹시 내게 관심이 있단 얘긴가?

나는 기억도 제대로 안 나는 햇수 만에 기분 좋은 울렁임을 느꼈다.

"재미있었어요."

현관문 앞에서 그가 말했다.

나는 그가 키스나 포옹 같은 스킨십을 해주길 바라며 머뭇거렸지만, 그는 그저 주름진 눈가로 미소만을 보낼 뿐이었다.

"그럼, 다음에 봐요."

그는 작별인사를 하고는 복도를 지나 차를 향해 걸어갔다.

캐머런이 랜스의 문 앞을 지날 때 나는 보았다. 밖을 내다보는 조그마한 구멍을 통해 캐머런을 흥미롭게 쳐다보는 랜스의 눈을 말이다.

"아예 번호를 매기지 그래요, 랜스."

나는 중얼거리며 곧장 침실로 향했다.


다음날 아침 난 게슴츠레 한 눈으로 일어났다. 머리는 성난 랩 가사처럼 마구 울렁거렸다. 가까스로 눈을 떴을 때 제일 처음 본 것은 먹을 것을 달라며 내 가슴 위에 올라앉아 있는 프로작이었다.

간신히 침대에서 일어나 비틀비틀 주방으로 향하며 나는 다짐했다.

밤 11시 이후에는 절대로 마가리타를 마시지 않으리. 절대 예외는 없다. 알코올을 흡수시킬 수 있는 부리토를 곁들이지 않는 이상은.

난 고양이 먹이용 캔 하나를 따 프로작에게 주었다. 냄새 나는 이 캔은 좋게 말해 새우나 대구, 가자미 등으로 만들었다고 하지 실은 쓸모없는 생선내장으로 만든 것들이었다.

신이 난 녀석은 폴짝 뛰어들더니 거의 입 안에 쓸어 담듯이 먹어치우기 시작했다. 누가 봤다면 적어도 일주일은 굶었다고 생각했을 것이다.

생선 비린내를 애써 무시하며 나는 커피 물을 올려놓았다. 그때 머릿속에 퍼뜩 떠오르는 것이 있었다.

아침 8시 LA 스포츠클럽에서 있는 에어로빅 강좌.

재빨리 시계를 쳐다보았다, 7시 30분.

난 얼른 침실로 달려가 잠옷을 벗어 던지고 체육복으로 갈아입었다. 그리고 YMCA에서 요가 수업을 들을 때 구입했던 케케묵은 레깅스를 집었다. 딱 두 번밖에 입지 않은 것이었다. 불행하게도 그때는 일이 너무 많아서 수업을 끝까지 들을 수 없었다(그래, 알았다. 알았어. 실은 드라마 보려고 땡땡이쳤다).

막 집 밖으로 나서려는데 전화벨이 울렸다.

난 그냥 자동응답기가 받도록 내버려 두었다. 전화를 건 사람은 신경이 곤두설 대로 곤두선 내 단골이었다.

내가 써주기로 한 회사 소개서는 도대체 어떻게 됐느냐며 화를 내고 있었다. 요즘 들어 신경 쓰지 못했던 프로젝트 중 하나였다. 난 집으로 돌아오자마자 그 작업부터 해야겠다고 다짐했다.

난 내 코롤라에 나를 쑤셔 넣고는 거리를 내달리기 시작했다.

커피 한 잔에 지방흡입술까지 받을 만한 시간이 있다면 좋겠는데.

바비와 켄으로 가득할 에어로빅반에서 홀로 군살을 드러낼 생각을 하니 소름이 돋을 만큼 끔찍했다.

기적적으로 클럽까지 단 5분 만에 도착했다. 잘난 척하는 영국식 억양의 안내원에게 방문용 패스를 보여준 후 내게 떨어질 조롱의 시선에 마음을 단단히 먹은 채 에어로빅 상급반으로 향했다.

오늘 겪어야 했던 고생은 차라리 듣지 않는 편이 나았다. 난 한 번도 몸을 당겨보거나 늘려본 적이 없는 사람처럼 벅벅거리며 몸을 당기고 늘렸다. 덕분에 레깅스가 내 엉덩이에 착 달라붙었다.

재스민 매닝은 초록색 눈에 황갈색 피부, 허리까지 치렁치렁하게 내려오는 갈색의 곱슬머리를 한 매력적인 여자였다. 스테이시가 그녀에게서 남자를 빼앗을 수 있었다는 게 신기할 정도였다.

재스민은 폭발하는 에너지로 사람들을 이끌었다(반은 치어리더풍으로, 나머지 반은 해병대 장교풍으로). 섹시한 복부와 탄탄한 엉덩이를 한 내 동료 수강생들은 아무런 어려움 없이 그녀의 지도를 따랐지만, 물렁물렁한 허벅지와 마시멜로 같은 배를 한 나는 숨 한 번 내쉬기도 힘에 겨웠다.

내 의지대로 움직여지는 부위라고는 눈꺼풀뿐이었다. 정말이다. 이건 결코 아름다운 장면이 아니다. 엉킨 스텝으로 문대지는 내 허벅지는 레깅스 위로 불이 붙지 않을까 걱정될 정도였다. 하지만 결국 고문도 끝이 났고, 나는 절뚝거리며 재스민에게로 다가갔다.

난 돼지처럼 땀을 흘리고 있었지만, 그녀는 재스민 향기가 나며 데이지처럼 상큼했다.

센스 있는 여자군. 자신의 이름과 똑같은 향기를 풍기다니.

"멋진 수업이었어요."

젖 먹던 힘을 다해 입을 벌려 내가 말했다.

"괜찮으세요?"

걱정스러운 눈으로 그녀가 물었다.

"물이라도 한 잔 갖다 드릴까요?"

"아뇨, 아뇨, 괜찮아요."

난 과연 내가 전처럼 멀쩡하게 다시 숨 쉴 수 있을까 의아해하며 그녀를 안심시켰다.

"정말이세요?"

"네, 정말 괜찮아요. 잠깐 얘기 좀 할 수 있을까요?"

"그럼요."

그녀가 환한 미소로 대답했다.

"근데 무슨 얘기죠?"

"스테이시 로렌스요."

불현듯 그녀의 얼굴에서 미소가 싹 사라져버렸다.

"그녀가 왜요?"

"살해당한 거 알고 계시죠?"

"넵."

확실히 슬픔이 어렸다고는 말할 수 없는 어조로 그녀가 대답했다.

"그것 때문에 몇 가지 여쭤볼 것이 있어요."

"경찰에서 나오셨나요?"

"아뇨, 전 변호사예요."

웬디에게도 통한 방법이니 재스민에게도 변호사인 척하는 게 좋을 것 같았다.

"클리브 머독을 변호하고 있어요."

"그게 누군데요?"

내가 방금 만들어낸 인물이니, 그녀가 알 리 없다.

"스테이시를 살해한 혐의로 경찰에 체포된 젊은 친구의 아버지죠. 머독 씨는 아드님이 결백하다고 믿고 계세요. 그래서 저에게 사건의 진실을 밝혀달라고 하셨어요."

"죄송하지만, 별로 도움이 되어 드리지 못할 것 같네요."

그녀는 단호하게 말했다. 그리고는 탐스러운 곱슬머리를 휘날리며 휙 돌아섰다.

"머독 씨는 굉장히 부유한 분이랍니다."

내가 서둘러 말했다.

"진범을 밝힐 수 있는 단서나 정보를 주는 사람에게 10만 달러의 보상금을 주겠다고 약속하셨어요."

그녀가 발걸음을 멈췄다.

"가서 스무디나 마실까요?"

그렇게 말하는 그녀의 얼굴엔 어느새 예전의 환한 미소가 돌아와 있었다.

온몸의 근육들이 쿡쿡 쑤셔댔다. 난 간신히 스무디 바 의자 위에 엉덩이를 걸쳤다. 반면 재스민은 팬케이크 위에 뿌려진 시럽처럼 부드럽게 그녀의 자리에 앉았다.

난 칼로리 초과 경고는 저 멀리로 날려버린 채 나는 바나나와 요구르트, 초콜릿 시럽을 섞은 스무디를 주문했다.

재스민은 딸기 스무디를 주문해서는 한 번에 1밀리그램도 될까 말까 한 양을 소심하게 빨아 마셨다.

"자."

단숨에 절반 이상을 마셔버린 후 내가 입을 열었다.

"스테이시에 대해 얘기해주세요. 그녀를 좋아했나요?"

"그럼요. 스테이시는 정말 좋은 친구였어요."

또다시 맨츄리언 캔디데이트의 프랭크 시나트라가 떠올랐다.

"그녀를 정말 좋아했었지요."

"당신 남자친구를 빼앗았는데도 말이에요?"

재스민이 자신의 스무디를 조심스럽게 저었다.

"그 얘길 누가 하던가요?"

"나름대로 정보를 얻었어요."

"좋아요, 실은 별로 좋아하지 않아요. 아무도 그녀를 좋아하지 않았죠. 거만하고 이기적인 여자였거든요. 하지만 그렇다고 해서 그녀를 죽이진 않았어요."

"물론이죠. 당신이 그녀의 죽음과 관련이 있을 거라고는 단 한 번도 생각해본 적이 없답니다."

난 거짓말을 했다.

재스민은 불안을 누그러뜨리려는 듯 스무디를 조금 마셨다.

"그저 기록을 위해서 묻는 건데, 사건이 있었던 밤에 어디 계셨죠?"

"꼭 알아야 한다면."

그녀가 화가 난 듯 코를 킁킁거렸다.

"혼자 집에 있었어요. 껍질을 벗기면서요."

"껍질을 벗겨요?"

"다리 왁스랑 비키니 왁스, 눈썹 정리 같은 것들 말이에요. 한 달에 한 번은 꼭 저녁시간을 투자해 몸의 털을 제거하곤 하죠."

난 깜짝 놀라고 말았다.

재스민 같은 여자가 밸런타인데이에 혼자 집구석을 지키고 있을 정도면, 나나 엘레인 짐머 같은 무능한 영혼의 여자들은 어떻겠는가?

"그럼 스테이시를 죽일 만한 사람이 누가 있을지 혹시 짚이는 데가 없나요?"

그녀는 숨을 크게 들이마셨다.

분명히 뭔가 말하기를 망설이고 있었다.

"이렇게 얘기하면 안 될 것 같긴 하지만, 정말 수없이 생각이 나더라고요."

"얘기해봐요."

내가 재촉했다.

"그게." 그녀가 한숨을 쉬었다.

"앤디일 수도 있어요."

"앤디?"

"앤디 브럭크너. 스테이시의 남자친구였죠. 제 남자친구이기도 하고."

아, 캐머런이 말한 그 매력적인 요원 말이군. 이름을 듣자마자 단번에 알 수 있었다.

앤디 브럭크너는 할리우드의 메이저급 선수였으며, 근방에서 가장 영향력 있는 에이전시 중 하나인 CTA Creative Talent Agency의 동업자이기도 했는데, CTA는 연간 평균 이상의 수입을 올리는 제작자와 작가들을 대표하는 에이전시였다.

"스테이시가 앤디를 협박해서 돈을 뜯어냈을지도 몰라요."

"왜 그렇게 생각하죠?"

"그냥 느낌이죠. 지난 몇 달간 스테이시는 비싼 물건들을 많이 사들이더라고요. 다이아몬드 반지에 새 오디오, 심지어 앤디가 자기에게 BMW를 사주기로 했다고 자랑까지 했었거든요."

"그게 앤디의 선물이 아니라는 걸 어떻게 확신하죠?"

"이봐요, 나도 그 남자와 사귀었었어요. 가끔 근사한 저녁을 사주고 때때로 캐시미어 스웨터를 선물하곤 했지만, 그게 전부였어요. 선물 때문에 남자를 택한다면 앤디 브럭크너는 영 꽝이라고요."

"그럼 뭣 때문에 그 남자를 만난 거죠?"

순진하게도 그녀의 대답을 '사랑'이나 '애정', 혹은 '이성적인 끌림'

일 거라고 생각했다면, 그 길로 다시 유치원에 돌아가 열등생 꼬리표를 달고 있길 바란다.

"계약 때문이죠. 앤디는 할리우드에서 잘 나간다는 프로듀서들을 많이 알고 있거든요."

"그럼 스테이시는 뭘 가지고 앤디의 돈을 뜯어냈을까요?"

"아마 그 사람 부인에게 외도 사실을 알리겠다고 협박했을 거예요."

"앤디가 유부남이었어요?"

"그럼요. 모두 그렇잖아요." 그녀가 푸념하듯 말했다.

"앤디가 나랑 스테이시 사이에서 양다리를 걸치기 전에는 부인과 나 사이에서 양다리를 걸치고 있었어요. 물론 지금은 나와 스테이시, 부인 사이에서 세 다리나 걸치고 있지만……."

하, 앤디는 어린 여자들을 좋아하는 모양이군.

"앤디가 스테이시 때문에 부인을 떠난다거나 부인이 남편의 외도 사실을 알고도 신경 쓰지 않았을 리는 없었겠죠?"

"당연하죠." 재스민이 단호하게 대답했다.

"앤디는 원래 여기저기 치근대고 다니는 걸 좋아해요. 그러면서도 절대 부인을 포기하지 않죠."

"어째서요?"

"캐서린 오웬스 브럭크너는 늘씬한 키에 화끈하고 아름다운 여자거든요. 게다가 LA에서 대대로 내려오는 부자이기도 하고요. 그야말로 브루클린에서 온 유대인 남자아이에게는 꿈에 그리던 여신이었을걸요.

그런 완벽한 부인을 절대로 포기할 수 없죠."

"더 젊고 예쁘고, 돈 많은 여자가 나타난다면 마음이 달라지지 않을까요?"

"그럴 리가 없어요. 앤디는 부인의 재력의 일부가 되는 걸 무척이나 좋아했거든요. 게다가 부인과 헤어지려면 준비해야 할 위자료가 어마어마할 거예요."

"감동적이군요."

난 퉁명스럽게 대답하며 마지막 남은 바나나 음료를 모두 마셔버렸다.

"그래서 스테이시의 입을 막기 위해 앤디가 그녀를 죽였을 수도 있어요."

재스민이 다시 한 번 의견을 말했다.

어쩌면, 정말로.

"자, 이제 난 그만 가봐야겠네요."

그녀가 자리에서 일어서며 말했다.

"그렇지 않으면 다음 수업에 늦겠어요."

"도와줘서 고마워요, 재스민."

그녀가 시원스러운 눈길로 나를 쳐다보았다.

"이유는 아마 수만 가지쯤 될걸요."

곱슬머리를 휘날리며 그녀는 다시 고문의 방으로 돌아갔다.

바에 홀로 남은 나는 재스민의 스무디를 쳐다보았다. 거의 손도 안 댄 채 그대로 놓여 있었다. 내가 빨대를 빼내어 분홍색 거품이 가득한 재스민의 스무디에 꽂는 찰나 누군가 내 어깨를 두드렸다.

뒤돌아보니 재스민이었다. 젠장, 이렇게 당황스러울 수가.

"저기, 남긴 스무디를 제가 먹어도 괜찮을지 모르겠네요."

발그레하게 달아오른 얼굴로 내가 말했다.

"다 마신 줄 알았거든요."

"괜찮아요. 신경 쓰지 말고 드세요. 난 단지 앤디가 왔다는 걸 알려주려고요."

그녀는 안내데스크 앞에 서 있는 호리호리한 근육질의 남자를 가리켰다. 물론 여기 클럽 남자들의 90%가 호리호리하고 근육질이지만, 갈색의 곱슬머리를 한 이 남자는 경박한 매너를 갖고 있었다.

그는 잘난 척하는 영국식 억양의 안내원 앞에 바짝 기대어 뭔가를 속삭이고 있었는데, 그녀는 자지러질 듯 웃음을 터뜨리며 말했다.

"오, 브럭크너 씨!"

"그럼, 나중에 봐, 자기."

그는 매력적인 미소를 지으며 출구를 향해 걸어갔다.

난 할 수 없이 재스민의 스무디를 버려두고 후다닥 그의 뒤를 쫓았다. 하지만 회전문에 거의 다다랐을 때 내 앞을 막고 나선 이가 있었으니, 바로 웬디였다.

"오스틴 양!" 그녀는 출구 앞을 막으며 말했다.

"제 사무실에 들러서 회원 가입서에 사인하고 가셔야죠?"

"그러고 싶지만, 곧 재판이 있어서요."

난 거짓말을 했다. 그리고는 그녀를 제치고 회전문을 통과했다.

"그럼, 언제 다시 오시겠어요?"

그녀가 내 등 뒤에 대고 소리쳤다.

"해가 서쪽에서 뜨면요."

난 혼자 중얼거렸다.

그리고는 서둘러 거리로 나왔다.

마침 앤디 브럭크너는 검정 BMW를 타고 저 멀리 사라지고 있었다.

# Chapter Ten

　스포츠클럽에서 집으로 돌아와 가장 먼저 한 일은 욕조로 향하는 것이었다. 욕조 안에서는 항상 좋은 생각이 떠오르곤 한다.

　고객의 이력서를 작성할 때나 까다로운 낱말 퍼즐의 답을 생각해낼 때도 욕조만큼 좋은 곳이 없다. 그리고 저녁식사로 중국 음식을 주문할지 피자를 주문할지와 같은 내 인생에 있어 중요한 결정을 내릴 때도 욕조를 이용하곤 했다.

　욕조는 내가 블롭과 이혼을 결정한 곳이기도 했다. 욕조에 누워 그가 머리에 샴푸하는 모습을 지켜보면서 유아용 샴푸로 머리를 감는 남자와는 단 하루도 같이 살 수 없다고 생각했던 것이다.

　난 욕조 안으로 몸을 쭉 뻗고 따뜻한 열기가 쿡쿡 쑤셔 대는 근육 곳곳에 퍼져 나가기를 기다리며 앤디 브럭크너의 검정 BMW에 대해 생각했다. 엘레인 짐머가 사건이 있던 날 밤 아파트 밖에 검정 BMW가 세워져 있던 것을 봤다고 하지 않았나?

그럼 앤디가 범인일 수도 있지 않은가? 재스민이 얘기한 대로 스테이시의 협박을 참다못해 그녀를 죽인 걸까? 아니면 단순히 재스민이 복수심에 불타 자기를 버리고 간 남자에게 복수를 하려는 것일까?

그럼 재스민은 또 어떤가? 어쩌면 그녀가 범인일 수도 있다. 정말 그날 밤 집에서 혼자 몸의 털을 제거하고 있었을까? 아니면 스테이시의 집에 찾아와 그녀에게 타이마스터를 휘두르지는 않았을까?

여러 가능성을 점쳐보던 나는 나도 모르게 저녁으로 중국 음식을 먹을까, 피자를 먹을까를 고민하고 있었다. 마침내 신혼여행 때의 블롭처럼 온몸이 늘어지자 욕조에서 나와 타월로 몸을 닦아냈다.

CTA에 있는 앤디 브럭크너의 사무실로 그를 만나러 갈까도 생각해봤지만, 안내책자를 기다리는 고객의 성난 전화 메시지가 생각났다. 형사놀이가 재미있기는 하지만 현실을 덮어놓고 무시할 수는 없었다. 난 결코 기자나 경찰이 아니다.

고지서들을 잔뜩 쌓아둔 채, 뚱뚱한 고양이까지 부양해야 하는 처량한 신세의 프리랜서 작가일 뿐이다. 난 머리를 높이 올려 묶고는 파자마를 입고 컴퓨터를 켰다. 그리고 남은 하루를 모두 안내책자 만들기에 투자했다. 그저 중간 중간 프로작에게 먹이를 주고, 팝콘을 데우러 전자레인지에 다녀왔을 뿐이었다.

작업을 끝냈을 때 밖은 이미 어두워져 있었다. 난 쓴 글을 다시 한 번 읽어보면서 뿌듯함을 느꼈다. 9시간 만에 그나마 덜 지루한 안내책자 한 권을 만들어내지 않았는가. 안내책자에도 퓰리처 상 같은 것이 있었다면 내가 단연 우승이었다.

고객에게 팩스로 완성작을 보내는 일만큼 즐거운 때도 없다. 물론 청구서를 보낼 때의 즐거움에 비하면 새 발의 피지만 말이다. 나의 즐거운 기분을 감지라도 한 듯 프로작이 다가와 내 발목에 몸을 비벼대기 시작했다.

이건 이렇게 말하는 것과 진배없었다.

"바보 같은 안내책자 따위야 어찌되든 무슨 상관이야? 정말 중요한 게 뭔지를 생각하라고. 자, 이제 내 배를 문질러줄 차례야."

프로작의 튼튼한 배를 열심히 문질러주던 나는 문득 내가 바나나 스무디와 팝콘, 키보드 옆에서 발견한 캔디를 제외하고는 하루 종일 먹은 것이 없다는 사실이 떠올랐다.

그러자 갑자기 배가 고파졌다. 피자 배달을 기다리기에도 너무나 배가 고팠다. 난 땅콩버터와 젤리를 넣은 샌드위치를 만들어 우유 한 잔과 함께 주방 식탁에 앉아 신문을 집어들고는 내가 제일 좋아하는 면을 펼쳤다. 부고란.

내가 왜 그토록 부고란을 좋아하는지 나도 모른다.

조지 번즈는 매일 아침 일어나 부고란을 보며 내 이름이 그곳에 올라와 있지 않은 것을 확인하곤 한다는 얘기를 들었던 것 같다. 물론 난 아직 그 정도는 아니지만, 그래도 부고란을 읽는 것이 좋았다. 앨마나 글라디스 같은 이름을 가진 여자들이 다시 LA로 돌아와 여생을 보냈다는 내용의 이야기를 좋아한다.

네브라스카나 아이오와 등지에서 온 그녀들은 그곳에서 첫 남편을 만나 결혼하고 아이들을 낳고 직장을 구한다. 그 후 2차 세계대전이 발발하자, 적십자사에서 일하면서 첫 남편을 전장에서 잃고, 두 번째 남편, 혹은 세 번째 남편을 만나 신혼여행을 즐긴 후 다시 일을 하고, 70세에 은퇴한 뒤 사랑하는 자식들과 손자와 외손자들을 남긴 채 85세의 나이로 세상을 떠났다.

그런 기사를 읽으며 나는 생각하곤 한다. 오, 세상에. 얼마나 불편한 삶이었을까. 그들은 전자레인지도 없이, 청소기나 비키니 왁스도 없이 세상을 살아야 하지 않았나. 하지만 가끔은 내 인생을 되돌아보기도 한다. 그것의 끔찍함을 되새기며 말이다.

난 가끔 스스로에게 묻곤 한다. 고양이를 평생의 동반자 삼아 여생을 보낼 것인가? 남편도 없이? 아이들도 없이? 배에 임신선도 없이? 내가 죽으면 누가 내 무덤에 찾아와줄까? 어느 누가 눈시울을 붉히며 요리 솜씨는 형편없었지만 참으로 좋은 사람이었노라고 나를 기억해줄까?

이건 모두 블롭 탓이다. 그가 나를 남자들에게서 영원히 멀어지도록 만들었다. 아니다. 그건 사실이 아니다.

사실은 내가 겁쟁이기 때문이다. 기회를 잡길 두려워하는 것이다. 또 다시 상처받느니 프로작과 함께 뒹굴며 부고란이나 읽으며 지내는 편이 훨씬 나았다.

그래서 오늘밤에도 난 이렇게 주방 식탁에 혼자 앉아 땅콩버터와 젤리를 넣은 샌드위치 사이로 부고란을 확인하고 있다. 길고 행복한 생을 고대하면서 말이다.

그때 스테이시 로렌스의 이름이 눈에 들어왔다. 사랑하는 아버지이자 할아버지인 모튼 랜더스와 보고 싶은 이모 프리다 립맨 사이로 그녀의 이름이 실려 있었다. 스테이시가 누군가에게 사랑을 받았다고 한들 그게 부고란에 실릴 리 없었다.

그녀는 14일에 죽었고, 장례식은 19일에 열릴 예정이라고 했다. 19일이면 내일 모레다. 난 목구멍으로 묵직한 땅콩버터를 삼켜 내리며 그녀의 장례식에 가기로 마음먹었다.

스테이시는 떡갈나무 숲과 꽃 울타리가 둘러쳐진, 할리우드 고속도로가 한눈에 내다보이는 곳에 평화롭게 묻혔다. 장례를 진행하는 신부님은 으르렁대며 달리는 차 소리를 이기기 위해 고래고래 소리를 질러야 할 판이었다.

난 비벌리힐스에서 나와 스테이시의 죽음을 슬퍼하는 사람들의 무리에 섞였다. 내가 왜 여기에 있는지 아무도 묻지 않기를 바라며 말이다. 신부님이 하느님이 하시는 일은 매우 신비롭다는 말씀을 하는 대목에서 난 애도객들을 둘러보았다.

신부님 옆에 서 있는 완고한 표정의 중년 부부, 분명 스테이시의 부모일 것이다. 어머니는 스테이시와 꼭 닮았는데, 트럭휴게소의 웨이트리스처럼 고집 센 얼굴을 하고 있었다. 그녀도 한때는 아름다웠겠지만 그 시절은 이미 저 멀리 사라져버리고 없었다.

스테이시의 아버지는 콧등에 복잡하게 얽힌 혈관이 훤히 들여다보이는 뚱뚱한 남자였는데, 셔츠는 그의 복부비만으로 인해 금방이라도 터져버릴 것 같았다.

둘 중 어느 누구도 감정을 드러내지 않고 있었다. 슬픔을 애써 감추고 있는 것일까? 아니면 보여줄 슬픔이라곤 전혀 없는 것일까? 자신들의 딸에게 평소 조금의 염려나 관심도 없었던 것일까?

스테이시의 부모 옆에는 벤틀리 가든의 관리인인 코르쉐프가 서 있었다. 스테이시의 부모와는 달리 그는 완전히 감정에 취해 있었다. 그는 눈물로 흠뻑 젖은 눈가를 결코 깨끗하다고 말할 수 없는 티슈로 끊임없이 닦아내고 있었다.

다른 애도객들은 하나같이 젊고 예쁘고 잘 생겼다. 두 번 생각할 것도 없이 모두 스테이시의 배우 지망생 친구들일 것이다. 그들은 검은 옷을 세련되게 차려입고 스테이시의 무덤 주변으로 반구 모양으로 줄지어 서 있었다.

나는 마치 '슬픔'이란 주제에 대해 연습하는 배우지망생들의 수업을 참관하는 듯한 기분이 들었다. 두 손을 차분히 모아 잡은 사람들 사이로 들려오는 슬픔 어린 한숨과 그들의 어두운 표정들. 하지만 그 어느 것도 진짜처럼 보이지 않았다. 물론 내 옆에 서 있는 흑단처럼 검은 머리에 한쪽 귀에는 링 귀고리를 한 체격 좋은 남자를 제외하고 말이다.

그는 통제가 불가능할 정도로 흐느끼고 있었는데, 쉴 새 없이 흘러내리는 눈물이 그의 볼을 타고 콧망울에 대롱대롱 맺혔다. 그다지 보기 좋은 광경은 아니었지만, 어쨌든 그 눈물만큼은 진짜처럼 보였다.

신부님은 계속 고속도로에서 들려오는 굉음들과 씨름하며 이제 세상을 떠난 젊은 여자에 대해 좋은 이야기들을 외쳐댔다. 기도를 드리던 중간에 나는 우연히 저 멀리에 있는 떡갈나무 쪽을 흘끗 쳐다보았는데, 거기에는 우비를 차려입고 선글라스를 쓴 남자가 사람들 무리에서 떨어진 채 홀로 서 있었다.

분명 어딘가에서 본 듯한 얼굴이었다. 누구인지 기억해내는 데 1, 2분의 시간이 걸렸지만 결국 나는 기억해내고 말았다. 그는 앤디 브럭너였다. 앤디 브럭너가 스테이시의 장례식엔 어쩐 일일까?

지금이라면 스테이시와 연관되어 있다고 의심받을 만한 일에는 접근조차 하고 싶지 않을 때일 텐데 말이다. 어쩌면 그녀를 정말로 사랑해서 마지막 가는 길을 배웅하러 왔는지도 모른다. 아니면 그녀를 죽이고 난 뒤 그녀가 정말로 죽었는지 확인하기 위해서 온 것일 수도 있다.

온갖 생각들이 파리처럼 내 머릿속을 휘젓고 다녔다. 이 형사일이란 건 정말 복잡하기 짝이 없다.

킨시 밀혼이 어떻게 해서 알파벳 B로 단서를 잡을 수 있었는지 궁금해하던 찰나 내 옆에서 흐느끼던 남자가 갑자기 내 쪽을 돌아보더니 소리쳤다.

"당신이 그녀를 죽였지!"

그는 바로 나를 가리키고 있었다.

모두들 나를 쳐다보았다. 마치 첩자가 된 듯한 기분이었다.

"분명히 말하지만, 난 로렌스 양의 죽음과는 아무런 관련이……."

하지만 그는 내 말을 전혀 듣고 있지 않았다. 대신 바람처럼 내 옆을 지나쳐 앤디가 서 있는 곳으로 달려갔다.

난 안도의 한숨을 내쉬었다. 나를 가리킨 것이 아니었다.

그의 볼에서는 여전히 눈물이 흐르고 있었고, 그는 앤디의 멱살을 잡으며 소리쳤다.

"이 망할 자식! 당신만 아니었으면, 스테이시는 멀쩡하게 살아 있었을 거야!"

나는 애도객들 중 한 명을 쳐다보았다. 그녀는 보라색 머리를 하고 코에 다이아몬드 피어싱을 하고 있었다.

"저 사람, 누군가요?" 내가 그녀에게 물었다.

"데본 맥리. 스테이시의 전 남자친구예요." 그녀가 말했다.

아하, 캐머런이 벤틀리 가든의 풀장에서 스테이시와 함께 있는 것을 보았다는 덩치 좋은 남자가 바로 저 사람이었군.

배우 지망생 몇몇이 달려가 데본을 앤디로부터 떼어놓았다.

앤디는 난투 중에 땅에 떨어진 선글라스를 집어들었다. 그는 다시 선글라스를 끼고는 데본의 위협 따위는 아무렇지도 않다는 듯한 표정으로 우리를 돌아보았다.

"취했군."

그가 데본을 경멸하듯이 말했다.

사실 정말 그랬다. 데본에게선 술 냄새가 나고 있었다.

장례식장에 마티니를 만들 만한 진은 충분했을 것이다.

그때 경비원들이 달려와 데본 맥리를 데리고 갔다.

재미있군.

경비원들에 의해 끌려가면서도 앤디를 향해 저주의 말을 퍼붓는 데본을 보며 나는 생각했다. 스테이시의 전 남자친구는 폭력적인 사람이었다, 성질도 급하고 술도 좋아하고.

나에게는 또 다른 용의자가 생긴 셈이다.


데본 맥리가 벌인 소동 때문에 가련한 스테이시는 애도객들의 머릿속에서 잊힌 듯 사람들은 어느새 슬픔을 저 멀리 제쳐 두고 자기들끼리 모여 조금 전의 상황에 대해 수군댔다.

난 그들 쪽으로 다가갔다.

"실례합니다." 내가 말했다.

"데본 맥리를 만나려면 어떻게 해야 하나요?"

그들은 차가운 시선으로 나를 쳐다보았다.

보라색 머리의 주인공이 마침내 나섰다.

"내가 마지막으로 들은 소식으로는 팔메토에서 주차 일을 한다고 했어요."

'팔메토'는 잘 나가는 사람들이 중국식 치킨 샐러드를 사이에 두고 잡담을 나누곤 하는 LA에서 아주 유명한 레스토랑이었다.

난 언제 한 번 거기에 들러 내 낡은 도요타로 그곳 주차장의 물을 흐려 보자고 머릿속에 메모해 두었다.

"고마워요."

난 보라색 머리를 한 친구에게 미소를 보냈다.

그때 아파트 관리인이 야단을 떨며 내게 다가왔다.

"정말 비극적인 일이잖수?"

그가 손수건으로 코를 팽하니 풀며 말했다.

화덕에 산 오리를 굽는 소리가 아마 이렇지 않을까. 젊고 예쁜 것들 몇몇이 우리 쪽을 바라보며 자기들끼리 킥킥거렸다.

"그리고 스테이시의 남자친구라는 그 미친놈 말이유."

그가 코를 킁킁거렸다.

"그런 난동을 피우다니, 창피한 일이지."

나는 동정심에서 혼자 중얼거렸다.

"흠."

"근데, 아직도 뉴욕 타임스에서 일하슈?"

"네."

기자다운 모습으로 내가 고개를 끄덕였다.

아파트 관리인이 젊고 예쁜 것들을 돌아보며 자랑스럽게 말했다.

"여기 계신 숙녀분은 뉴욕 타임스에서 나온 기자양반이라우."

그러자 갑자기 모두 나를 향해 미소를 지었다. 그리고는 현재 자신들이 하고 있는 작품에 대해 늘어놓기 시작했다.

"그렌데일 극장에서 헤다 개블러 공연을 해요."

보라색 머리의 친구가 말했다.

"잘 됐으면 좋겠네요."

"전 루터교 만찬에서 리어왕을 하고 있어요."

또 다른 남자가 말했다.

"난 갭에서 일하면서 내 생에 대해 원맨쇼를 하는 중이에요."

다들 바쁘게 사는군, 그렇지 않은가?

난 갑자기 늘어난 베스트 프렌드들 사이를 헤치고 나와 주차장으로 향했다. 옆에는 여전히 아파트 관리인이 함께였다.

"근데, 부인이 같이 못 오셨네요."

걸음을 옮기며 내가 말했다.

그러자 관리인이 불편한 걸음으로 대답했다.

"그래요, 안됐지만 같이 못 왔수."

하긴 아파트 관리인의 부인과 스테이시 사이에 좋은 감정이 있을 리 만무하다.

"기사 보내준다는 약속 잊진 않았죠?"

그가 더러운 흰색 밴에 올라타며 말했다.

"그럼요. 걱정 마세요."

그의 차가 멀리 사라지는 것을 바라보며 나는 그가 스테이시의 일로 평생 부인에게 시달리겠다고 생각했다.

그때 유혹적인 목소리가 들려왔다.

"저기, 안녕하십니까."

난 뒤를 돌아보았다.

앤디 브럭크너가 백만 와트짜리 미소를 빛내고 있었다.

"뉴욕 타임스에서 나오셨다고요."

"에……, 맞아요."

"스테이시 살인사건에 대한 기사를 쓰신다고요."

난 고개를 끄덕였다.

"이렇게 만나 뵙게 되어 반갑군요, 이름이……?"

난 모린 도우드라고 둘러댈까 하다가 어쩌면 그가 정말로 모린 도우드를 알지도 모르겠다는 생각에 사실대로 말하기로 했다.

"오스틴, 제인 오스틴이에요."

그리고는 그가 '당신의 책 좋아합니다.'라고 말하기 전에 재빨리 선수를 쳤다.

"작가와는 상관없고요."

"CTA의 앤디 브럭크너입니다. 우리 에이전시에 대해 알고 있을지도 모르겠군요."

"그럼요, 브럭크너 씨."

"오스틴 양, 아까 있었던 일을 오해하지 않았으면 좋겠군요. 데본 맥리는 매우 불안정한 친구랍니다."

"그런 것 같네요."

"스테이시와 나에 대해 잘못 생각하지 않았으면 좋겠군요. 우리는 공적인 관계 그 이상도 이하도 아니었습니다. 스테이시 로렌스는 우리 에

이전시의 고객이었죠. 그 이상은 아무것도 아닙니다."

난 그의 말을 정말로 믿는 것처럼 고개를 끄덕였다.

"그러니 당신 기사에서 내 이름을 빼주었으면 좋겠습니다."

그가 또다시 미소를 날렸다.

반은 아부가 섞이고, 반은 위협이 섞인 미소를.

"죄송합니다, 브럭크너 씨. 그건 약속드릴 수 없겠네요."

한순간 난 그의 눈에서 분노가 반짝이는 걸 볼 수 있었다.

하지만 그는 눈을 깜빡여 재빨리 성난 기색을 털어냈다.

"우리 CTA에서는 항상 새로운 작가들을 찾곤 합니다."

"그래요?"

"그 예쁜 머릿속에 혹시 영화에 대한 아이디어가 있는지 궁금하군요."

세상에, 이 남잔 맥 트럭(미국의 대중적인 트럭 회사)만큼이나 교활하다.

"별로요."

"언제 한 번 내 사무실에 들러 같이 얘기나 해봅시다. 파라마운트 영화사에서 로맨틱 코미디를 제작하려고 하는데, 당신에게 적격일 것 같군요."

"브럭크너 씨. 전 영화에 대해선 아무것도 아는 게 없어요."

"누구에게나 다 처음은 있는 법이죠. 내일 4시, 어때요?"

"좋아요." 내가 대답했다.

"여기 내 명함입니다."

그가 윙크를 하며 명함을 건네주었다.

스포츠클럽에서 안내원에게 날렸던 윙크와 똑같은 것이었다. 그리고 자신의 BMW를 타고 저 멀리 사라져버렸다.

난 앤디 브럭크너가 내게 거절하기엔 아까운 뇌물을 쥐어주고 갔다는 사실을 깨달았다. 그를 내 '기사'에서 제외시켜준다면, 그는 내게 영화 시나리오 계약서를 안겨줄 터였다. 그리고 그 계약 건은 분명 0이 6개짜리일 것이다. 그래, 인정해야 했다.

솔직히 난 놀랐다. 그가 내게 뇌물을 제안해서가 아니다.

결국 여기는 할리우드가 아닌가.

내가 놀랐던 이유는 정말로 내일 4시에 그의 사무실로 찾아갈 생각을 하는 나 자신 때문이었다.

# Chapter Eleven

 난 공상에 잠긴 채 집으로 돌아왔다.

 만약 내가 앤디의 제안을 받아들인다면 어떨까? 내가 참여한 영화가 대박을 터뜨린다면?

 물론 언젠가는 앤디도 내가 진짜 뉴욕 타임스의 기자가 아니라는 것을 알게 될 테지만, 그때쯤이면 나의 진실성 여부와는 상관없이 내 아이디어에 반해 영화 제작을 계획대로 밀고 나갈 것이다.

 그가 제작사를 대형급으로 고르게 된다면, 영화는 순풍을 타고 순조롭게 진행될 것이고 그렇게 되면 난 몇 십만, 아니, 몇 백만 달러에 달하는 돈을 벌게 될지도 모른다.

 차를 집 앞에 주차했을 쯤엔 내 공상은 말리부 해변의 멋진 집에 바브라 스트라이샌드를 베스트 프렌드로 두고 멋진 청색의 재규어를 몰며 멜 깁슨과 결혼하는 데까지 다다라 있었다.

 한창 멜과의 결혼식을 계획하며 아파트 복도를 걷는데, 랜스 베너블이 문틈으로 빠끔히 머리를 내밀었다.

"당신 집에서 아침 내내 전화벨이 울렸어요."

그가 성난 목소리로 말했다.

"전화가 다 그렇죠."

난 최대한 차분하게 대꾸했다.

"집에 없을 땐 전화기를 좀 꺼놓을 순 없어요? 방음이 얼마나 약한지 알잖소."

이 작자는 정말 구제불능이다. 내가 양파를 깔 때 눈물을 흘리지 않는 게 신기할 정도였다.

"알았어요." 난 한숨을 내쉬었다.

"기억하도록 할게요."

난 집 안으로 들어가 전화 메시지를 확인했다.

2개의 메시지가 녹음되어 있었는데, 하나는 잘못 걸려온 전화였고, 하나는 캐머런에게서 온 것이었다. 전화기에서 흘러나오는 그의 음성에 내 속이 다시 울렁거렸다. 소화불량일 거라며 스스로 다독거렸지만, 사실은 그게 아니라는 걸 나도 잘 알고 있었다.

난 이 남자에게 완전히 빠져버린 것이다.

"안녕, 제인. 캐머런이에요. 오늘 저녁에 시간 괜찮아요? 내 가게로 전화해줘요. 전화번호는 555-4849예요."

심장이 미친 듯 쿵쾅거렸다. 그가 나와 저녁식사를 함께하고 싶어한다. 매리안의 영화를 보러 가는 것보다(표도 내 건 내 돈으로 계산했다)

이쪽이 훨씬 데이트다웠다.

그래, 캐머런은 정말 게이일지도 모른다. 하지만 아직까지 확실한 건 아니지 않은가. 어쩌면 양성애자일지도 모른다. 따뜻한 마음에 넓은 허벅지를 가진 여자를 만나 달콤한 사랑을 만들어 나가길 꿈꾸고 있을지도 모르는 일이다.

난 다시 공상의 세계로 빠져들었다. 말리부 해변과 멜 깁슨은 어느새 잊어버리고 이번에는 캐머런과 버뮤다에서 즐기는 신혼여행이었다.

태평양이 한눈에 보이는 전망 좋은 호텔방에, 우리의 발을 간질이는 해변의 파도, 버뮤다에 한창 피어 있는 하이비스커스와 치자나무 꽃향기가 묻어나는 낭만적인 밤. 별빛 아래에서 저녁식사를 마치고 우리는 로맨틱하게 춤을 춘 후 별 다섯 개짜리 호텔방으로 돌아와 달콤한 사랑을 나눌 것이다. 캐머런이 내 허리를 감싸고 막 키스하려는 찰나 전화벨이 울려댔다.

난 공상에서 퍼뜩 깨어나 신경질적으로 수화기를 집어들었다.

"네?" 난 퉁명스럽게 받았다.

"오스틴 양, LA 경찰서의 레아 형사입니다."

그의 음성에서 왠지 불길한 기색이 느껴졌다.

"뉴욕 타임스에서 일하지 않지요, 오스틴 양?"

"네, 그렇죠."

"아파트 관리인은 당신을 기자라고 생각하는 것 같던데요."

"그래요?"

"당신이 언론사에서 나온 기자라고 했다더군요. 게다가 스포츠클럽에서 일하는 웬디 노스롭에게는 변호사라고 했다면서요? 다음은 뭡니까, 의학박사?"

"그저 진범을 잡을 수 있는 단서를 얻을 수 있을까 해서 그랬던 것뿐이에요."

"진범은 이미 잡혔습니다. 하워드 머독 말입니다."

"난 그렇게 생각하지 않아요. 앤디 브럭크너가 스테이시와 바람을 피우고 있었다는 사실, 알고 있었나요? 그리고 그녀가 그를 협박했다는 사실도? 그것만 들어도 살인의 동기는 충분할 듯싶은데요."

어때, 거만한 아저씨!

"혹시 알고 있는지 모르겠군요. 앤디 브럭크너는 사건이 있던 날 밤에 완벽한 알리바이를 갖고 있습니다."

그가 역공을 하고 나섰다.

이런.

"그는 그날 사무실에서 밤늦게까지 일했더군요. 그의 비서가 내내 함께 있었답니다."

쳇.

"청부살인은? 그가 청부살인업자를 고용했을 수도 있잖아요?"

"이봐요, 오스틴 양. 이 정도면 나도 많이 참은 겁니다. 더 이상은 봐줄 수 없어요. 형사 노릇은 경찰에 맡겨 두시죠. 믿거나 말거나 우리도 우리 일을 제대로 하고 있으니까요."

"네, 그러시겠죠. 그래서 OJ 심슨이 여생을 플로리다에서 한가롭게 골프나 치면서 보내는 거로군요."

그가 툭하고 전화를 끊어버렸다.

"나도 즐거운 통화였어요."

'뚜뚜' 울려대는 신호음에다 대고 내가 중얼거렸다.

불쾌한 남자 같으니라고.

나는 점심을 만들러 주방으로 향했다. 실망스럽게도 호밀로 만든 로스트비프 샌드위치가 내 냉장고에서 기적처럼 부활하진 않았다. 할 수 없이 찬장을 뒤져 아침 신문과 함께 한 주 전에 받아놓은 공짜 시리얼 샘플을 꺼냈다.

난 우유가 다 떨어져 생 시리얼을 먹어야 한다는 우울한 사실을 애써 외면하며 시리얼을 그릇에 부었다. 그리고는 소파에 몸을 쫙 펴고 누워 시리얼을 입 안에 던져넣었다.

살인사건이 있던 날 밤에 앤디가 늦게까지 일했다는 레아 형사의 말을 떠올리며 나는 재미있는 일이라고 생각했다.

그는 왜 집에서 부인과 함께 있지 않았을까? 살인사건이 일어나긴 했지만, 그날은 일 년 중 가장 로맨틱한 밸런타인데이가 아닌가. 브럭크너 가정사에 뭔가 일이 있었던 것은 아닐까? 그게 혹시 스테이시 로렌스와 관련된 일이었다면?

마지막 시리얼을 입에 털어 넣다가 문득 캐머런의 메시지가 떠올랐다.

"믿어지니?"

난 책꽂이 위에서 낮잠을 즐기는 프로작에게 말했다.

"그렇게 매력적인 남자가 나한테 저녁식사를 대접하겠다고 했단 말이야."

정이 넘쳐흐르는 내 친구 프로작은 하품을 한 번 하더니 이내 다시 잠에 곯아떨어지고 말았다.

난 그의 앤티크 가게로 전화를 걸었다.

자, 기억해. 신호음을 들으며 나는 스스로 다짐했다.

차분하게 말하는 거야. 너무 목매는 것처럼 보이면 안 돼. 남자란 도전하는 것을 좋아하니까.

캐머런이 전화를 받았다.

"캐머런입니다."

"안녕, 캐머런."

나는 애달아서 안절부절 못하는 강아지처럼 인사를 했다.

"제인이에요. 메시지 들었어요. 저녁식사라니, 정말 근사해요!"

나도 참 구제불능이지 않은가?

"잘 됐네요." 그러다 문득 생각난 것이 있었다.

오늘 밤엔 샬롬 양로원에서 수업이 있다.

"아참, 안 되겠네요." 내가 한숨을 내쉬었다.

"오늘 수업이 있다는 걸 깜빡했어요."

"가르치는 일을 하는 줄 몰랐는데요."

"양로원에서 노인분들에게 글쓰기를 가르치고 있어요."

"그거 멋지네요. 함께 가도 될까요?"

"그럼요! 정말 좋은 생각이네요."

확실히 '차분하게 굴자'는 내 다짐은 저 멀리 사라져버린 지 오래였다. 캐머런은 수업에 들어가기 전에 햄버거 가게에서 간단하게 요기라도 하는 것이 좋겠다고 제안했다.

난 전화를 끊고 행복에 겨워 혼자 춤을 추었다. 그런 나 때문에 프로작이 잠에서 깨서는 깜짝 놀라 커다래진 두 눈으로 멍하니 나를 쳐다보았다. 프로작의 시선에도 아랑곳없이 나는 발끝을 들고 발레리나처럼 우아하게 춤을 췄다.

그때 랜스가 또다시 벽을 두드리기 시작했다.

"조용히 좀 할 수 없어요!"

"알았어요!" 나도 외쳤다.

캐머런과의 데이트를 앞두고 내 기분을 망칠만한 것은 아무것도 없었다. 적어도 내 생각은 그랬다.


캐머런은 6시에 나를 데리러 왔다.

또 한 번 나는 옷장 문을 모두 열어 놓고는 어떤 옷을 입어야 좋을지 고민해야만 했다. 이번에는 앤 테일러에서 산 검은색 얇은 바지에 노드스트롬(미국의 대형 백화점)에서 세일 때 산 매혹적인 베이지색 블라우스를 골랐다.

간사한 프로작은 이번에도 캐머런에게 꼭 달라붙어 그의 발목에 연방 몸을 비벼대고 있었다. 저러다가 아기 발목을 낳는 건 아닐까 걱정스러울 정도였다.

결국 난 맛있는 새우 꼬리 캔으로 녀석의 주의를 캐머런의 발목에게서 멀리 끌어냈다. 프로작이 흥겨운 저녁식사를 즐기는 동안 난 수업 자료가 담긴 노트를 챙겨 캐머런과 함께 집을 나섰다.

캐머런의 차로 향하는 동안 우리를 몰래 훔쳐보는 랜스의 시선을 느낄 수 있었다. 손 떼라고, 그는 내 거야.

캐머런의 지프 안은 엉망이었다. 매리안의 영화를 보러 갈 때부터 이런 상태였다. 뒷좌석에는 빈 물병과 오래된 송장들, 그리고 섬유 샘플이 가득 담긴 책자로 어수선했다. 하지만 이게 바로 내가 그를 좋아하는 이유 중 하나였다.

물론 지저분한 남자를 좋아한다는 뜻은 아니다. 그저 블롭과 함께 살게 되면서 깨끗한 차에 대한 강박관념이 생겨 한동안 괴로워했던 때가 있었기 때문이다.

블롭은 영국식 애스턴 마틴을 갖고 있었는데, 그 차를 무척이나 애지중지해서 항상 안팎으로 청결하게 관리하곤 했다. 조수석 서랍에는 항상 세정제가 있었고 쓰레기통은 계기판 밑에 달랑달랑 매달아 놓았으며, 믿을 수 없겠지만 운전석 밑에는 휴대용 청소기가 있었다. 청소기는 담배 라이터를 통해 전기를 공급받을 수 있었다.

어쩌다 내가 바닥에 껌 종이라도 버리는 날에는 그야말로 난리가 났다. 그러니 캐머런의 지프는 나에겐 반가운 광경일 수밖에 없었다.

난 뒷좌석에 노트를 던져놓고 캐머런 옆자리에 올라탔다. 내 깜찍한 엉덩이를 조수석 위로 올리느라 얼마나 진땀을 뺐는지 캐머런이 눈치채지 못하기를 바라면서 말이다.

지프에 우아하게 올라타는 여자를 내게 보여준다면 내 모습이 얼마나 우스꽝스러웠는지 직접 보여주겠다.

난 안전벨트를 매고 캐머런의 애프터세이브 향을 깊게 들이마셨다.

사랑스러운 시트러스 향이었다. 블롭의 땀 향수와는 차원이 틀렸다.

"그나저나, 사건과 관련해서 새로 얻은 정보라도 있어요?"

캐머런이 근처에 있는 햄버거 가게로 차를 몰며 입을 열었다.

"사실, 오늘 스테이시의 장례식에 갔었어요."

"그래요? 어땠어요?"

"아주 드라마틱했죠."

"전부 얘기해봐요!" 그가 재촉했다.

그래서 난 전부 얘기했다.

데본이 어떻게 앤디에게 달려들었는지, 그리고 보라색 머리를 한 여자와 루터교 만찬에서 공연한다는 리어왕 이야기, 앤디가 시나리오 계약 건으로 날 매수하려 했다는 얘기까지 전부 들려주었다.

"와우." 내가 이야기를 마쳤을 때 그가 말했다.

"믿을 수가 없네요."

"뭐가요? 데본이 앤디의 멱살을 잡은 게요, 아니면 앤디가 나에게 뇌물을 주려고 했던 게요?"

"아뇨, 루터교 만찬에서 리어왕 공연을 한다는 사실이요."

그러더니 그는 평소의 살인 미소를 날렸다.

난 몇 번이고 머릿속으로 줄을 쳐가며 내 햄버거에는 양파를 빼달라고 주문해야지 다짐하고 또 다짐했다.

내가 캐머런과 함께 강의실에 들어서자 학생들은 호기심 어린 눈빛으로 수군대기 시작했다.

할머니들은 서로를 쿡쿡 찔러가며 고개를 끄덕이고 미소를 지었다.

드디어 노땅 선생이 제 짝을 찾았구먼.

학생들 모두 내 친할머니들처럼 뿌듯한 눈길을 보냈다.

잔뜩 화가 난 사람은 골드먼 씨뿐이었다. 그는 여느 때와 마찬가지로 내 책상 위에 놓아두었던 사과를 냉큼 집어 맹렬하게 베어 먹었다.

난 그의 의치가 상하지 않을까 염려스러웠다.

잘 됐다. 남자친구가 생겼다고 생각할 테니, 그도 이젠 나를 가만히 내버려두겠지.

난 학생들에게 캐머런을 '친구'라고 소개했다. 그 '친구'라는 것이 사실은 '열정적인 연인'이라는 뜻으로 학생들이 알아서 잘 이해하기를 바라며 말이다. 캐머런은 펙터 부인과(내 아들은 성형외과 의사라우) 루빈 부인(내 딸은 임상심리사라오) 사이에 앉았다.

그는 두 할머니를 향해 친근한 미소를 보내자, 할머니들도 그에게 미소로 답해주었다. 특히 루빈 부인은 십대 소녀처럼 킥킥거리며, 가방을 뒤적여 그에게 민트 껌을 건네주기도 했다. 어쩌면 나중에는 그에게 당신의 딸을 소개시켜주려 할지도 모르겠다.

난 누가 먼저 읽어보겠느냐고 물었더니, 골드먼 씨가 단번에 손을 들었다. 난 어쩔 수 없이 고개를 끄덕였고, 그는 카펫 세일즈맨으로서 자신의 인생에 관해 최근에 쓴 글을 읽기 시작했다.

오늘의 글에는 라스베가스로 여행을 가 올해의 판매 우수왕 상을 탄 얘기가 섞여 있었다. 또한 웨인 뉴튼과 로라 팰러나를 만난 이야기도 포함되어 있었는데, 둘 다 호텔에서 공연하던 여자 댄서들이었다.

골드먼 씨의 표현을 따르자면 이렇다.

"로라는 게슴츠레한 눈으로 나를 바라보았다. 내가 행복한 결혼생활을 누리고 있는 사나이만 아니었다면, 뭔가 사단이 나도 크게 났을 것이다."

그래요. 계속 꿈이나 꾸세요, 골드먼 씨.

그가 또 카펫에 대한 따분한 얘기를 늘어놓는 동안 난 블라우스를 내려다보았다. 햄버거에 양파를 빼는 대신 케첩을 주문했더니 아니나 다를까 블라우스에 빨간색 얼룩이 묻어 있었다.

젠장. 칠칠맞지 못한 건 어쩔 수 없다니까.

마침내 내가 고개를 들었을 때 골드먼 씨의 이야기도 끝났다.

"잘 하셨어요, 골드먼 씨."

내가 제대로 듣지 않았다는 사실을 모두가 눈치 채지 않기를 바라며 말했다.

"좋아요, 다음엔 누가 읽어볼까요?"

빈센조 부인이 손을 들었다.

그녀가 글을 읽기 시작하자 캐머런이 흥미로운 시선으로 그녀의 날렵한 몸매와 곱게 쪽지어진 은발을 바라보았다.

뉴저지 위호큰에 있는 나이트클럽에서 코러스 걸로 일했을 때의 일을 쓴 빈센조 부인의 글은 초보자 치고는 매우 훌륭했다.

캐머런은 가만히 그녀의 글을 경청했다. 그런 캐머런의 모습을 보니 매리안 해밀턴이 떠올랐다. 캐머런은 그녀를 얼마나 많이 좋아했던 것일까? 또 얼마나 많이 그녀를 그리워하고 있는 것일까? 오늘 수업에 따라온 것도 나와 함께 있기 위해서가 아니라 매리안의 자리를 대신해줄 다른 누군가를 찾기 위해서가 아닐까?

그 후의 낭독들은 전혀 내 귀에 들어오지 않았다. 내 머릿속은 캐머런에 대한 생각과 블라우스에 얼룩져 있는 케첩 생각으로 가득했다.

마침내 수업이 끝나자 골드먼 씨가 내 쪽으로 다가왔다.

"저 작자가 정말 남자친구요?"

그가 교실 한쪽에서 빈센조 부인과 얘기를 나누고 있는 캐머런을 향해 고개를 까딱해 보이며 물었다.

"아뇨, 남자친구가 아니에요." 내가 대답했다.

"나도 그럴 거라 생각했소." 골드먼 씨가 능글맞게 웃었다.

"게이처럼 보였거든."

"빈센조 부인은 정말 굉장한 분이에요."

집으로 돌아오는 지프 안에서 캐머런이 말했다.

"네, 정말 그래요."

나도 마지못해 동의했다.

"그녀를 보니 크리스틴이 생각나요."

"크리스틴?"

"네, 전 약혼녀였죠."

내 심장이 또다시 울렁거리기 시작했다.

크리스틴이라면 분명 여자다. 즉 그 얘기는 골드먼 씨의 생각이 틀렸다는 걸 뜻한다. 내 의심도 눈 녹듯이 사라져버렸.

그래, 캐머런은 게이가 아니었다.

"우린 두 달 전에 파혼했어요."

"흥미롭네요." 난 생각 없이 말을 내뱉었다.

"아니, 파혼한 것이 흥미롭다는 게 아니라 당신이 약혼했었다는 사실이 흥미롭다는 얘기였어요. 그러니까, 여자랑 말이에요. 그러니까 그게……."

"설마 날 게이라고 생각했던 건 아니겠죠?"

"솔직히 약간은요."

"괜찮아요." 그가 미소 지었다.

"항상 그런 오해를 받곤 하니까요. 앤티크 사업을 한다고 하면 간혹 그런 오해를 불러오기도 하는가 봐요."

이 얼마나 멋진 일인가. 게이가 아닌 완벽한 이성애자라니.

내가 아는 대부분의 남자는 게이로 오해받으면 길길이 날뛰며 화를 내곤 했다. 그들에게 크리스마스 선물로 핑크색 셔츠라도 사줬다가는 그야말로 사단이 날 것이다.

아파트 앞에 차를 세우며 그가 입을 열었다.

"크리스틴은 분명 여자였어요. 로스앤젤레스 발레단에서 발레를 하죠."

그녀의 모습을 상상할 수 있었다. 백조같이 긴 다리와 우아한 목을 가진 오드리 헵번 스타일의 여자였을 것이다.

갑자기 난 캐머런이 게이가 아니라는 사실에 마냥 기뻐해야 할지, 내가 그의 타입이 아니라는 사실에 슬퍼해야 할지 의아해졌다. 그래, 현실을 직시하자. 섬세한 발레리나를 좋아하는 남자가 퀸 사이즈에 해당하는 팬티스타킹을 신는 여자에게 관심이 있을 리 없다.

"왜 파혼했어요?"

캐머런이 고통스러운 표정을 지었다.

"결혼을 하고 싶어하더라고요. 불행하게도, 내가 아닌 다른 사람과."

"저런, 안됐네요."

"그렇죠." 그가 나를 향해 미소를 보였다.

"자, 당신은요? 결혼한 적 있나요? 약혼한 적은? 아님 그 밖에 다른 일들이라도?"

"결혼한 적이 있어요, 딱 한 번."

"그리고?"

"하늘이 맺어준 연은 아니었죠."

내가 얘기를 털어놓길 기다리며 그가 사려 깊게 고개를 끄덕였다.

하지만 난 블롭과 보냈던 괴로운 시절에 대한 이야기 따위로 그를 지루하게 만들고 싶지 않았다. 그때 나도 모르는 사이 그가 내 쪽으로 몸을 기울였다. 순간 나는 그가 나에게 키스하려 한다고 생각했다. 하지만 대신 그는 조수석 서랍을 열었다.

"껌 줄까요?"

"고맙지만, 괜찮아요."

그리고는 활기찬 음성으로 말했다.

"오, 이런! 시간 좀 봐요. 이제 그만 들어가 봐야겠어요."

난 노트를 집기 위해 뒷좌석으로 손을 뻗었다. 그 바람에 내 엉덩이가 캐머런 쪽으로 기울어졌다.

오, 하느님. 이렇게 창피스러울 수가.

바닥에 흩어진 신문들을 그러모으는 내 눈길에 신문 제1면 헤드라인에 이렇게 쓰여 있는 듯했다.

'거대한 엉덩이가 지프 세로키를 공격하다. 운전자, 에어백을 부풀려 방어에 나서다.'

오, 그래. 어쨌든 상관없다. 그는 아직도 그의 전 여자친구와 사랑에 빠져 있으니 말이다.

# Chapter Twelve

선셋 거리에 위치한 CTA 건물은 화려하고 장대한 위용을 뽐내고 있었다. 온통 빽빽한 창문으로 뒤덮인 건물은 전망이 매우 좋았는데, 안개가 깨끗이 걷힌 맑은 날에는 도시에 뒤덮인 스모그를 내려다볼 수 있을 정도였다.

난 앤디 브럭크너를 만나기 위해 엘리베이터로 향했다. 그동안 조금씩 생각해 두었던 시나리오 아이디어를 모두 그러모아 봤지만, 건진 것이라곤 하나도 없었다. 그야말로 어마어마하게 유명한 시나리오 작가가 될 수 있는 기회를 날려버릴 위험에 처해 있는 것이다.

하지만 어쨌든 앤디처럼 불쾌한 작자를 위해 머리를 쥐어짜내고 싶지는 않았다. 그래서 난 아침시간 내내 시나리오 아이디어를 생각하는 대신 내 단골고객인 화장실 배관회사에서 부탁받은 작업에 몰두했다 (볼일이 급하시다고요? 토일렛 마스터를 불러주세요!).

난 엘리베이터 밖으로 발을 디뎠다. 바닥에 카펫이 어찌나 두껍게 깔려 있는지 내 리복 운동화가 파묻혀 보이지도 않을 정도였다.

최신 유행하는 앤티크풍의 책상에는 얼음처럼 차가워 보이는 금발머리의 여자가 사르트르(프랑스의 작가)의 'No Exit'을 읽고 있었다. 그녀는 3페이지를 읽고 있었는데, 꽤 오랫동안 펼쳐놓고 있었던 듯했다. 분명 그녀에게 2페이지는 너무나 먼 옛날에 읽었던 일이라 기억에서 희미하고 4페이지까지 진도를 나간다는 건 꿈같은 일일 것이다.

그녀는 책에서 머리를 들어 나를 대강 훑어보았다.

"배달 왔어요?"

그녀가 짐 꾸러미라도 찾는 듯 대수롭지 않은 눈길로 물었다.

"아뇨." 난 발끈 화를 냈다.

"난 제인 오스틴이에요. 앤디 브럭크너 씨와 약속이 있어요."

"아, 그렇군요. 그리고 말이죠. 난 이 쓰레기 같은 책도 모두 제대로 이해하고 있다고요."

정말 그렇게 얘기하진 않았다. 단지 이렇게 말했을 뿐이다.

"오?" 그러더니 수화기를 들고는 다이얼을 돌렸다.

"안녕, 케빈. 여기 오스틴 양이라는 분이 앤디를 만나러 왔다는데."

그녀는 수화기 건너편에서 들려오는 음성을 잠시 듣고 있더니, 패배를 인정한 듯 조용히 수화기를 내려놓았다.

"그의 비서가 곧 나올 거예요."

그녀가 마지못해 하는 미소로 말했다.

"앉아 계세요."

그녀는 군데군데 흩어져 있는 가죽소파를 가리켰다.

난 두 명의 호리호리한 남자들 건너편에 앉았다. 두 사람은 지저분한 청바지를 입고 있었는데, 몹시 긴장한 듯 온갖 종류의 틱 장애를 선보이고 있었다. 분명 시나리오 작가들이다. 한 명은 대본처럼 보이는 원고를 돌돌 말아 손에 꼭 쥐고 있었고, 다른 한 명은 일정한 스타카토 박자에 맞춰 발로 바닥을 두드리고 있었다.

"커피 좀 드릴까요?"

금발머리의 여자가 물었다.

막 '네'라고 대답하려는 순간, 난 그녀가 내게 물은 것이 아니라는 사실을 깨달았다. 그녀는 시나리오 작가들에게 묻고 있었다.

"아뇨, 고맙지만 괜찮습니다."

발로 바닥을 두드리던 남자가 대답했다. 그리고는 걱정스러운 얼굴로 동료를 돌아보며 말했다.

"처형 장면에서 뭔가 코믹적인 요소를 가미했어야 하지 않았을까?"

맹세컨대, 그는 정말 그렇게 말했다. 내가 지어낸 얘기가 아니다.

요즘 영화들이 토일렛 마스터로 뻥 뚫은 것처럼 거칠 것 없이 만들어지는 것도 다 이러한 과정을 통해서가 아니겠는가. 얼마 후 양쪽으로 여닫는 문으로 세련된 빨간 머리에 내 자동차보다 비싸 보이는 정장을 입은 여자가 나와 바람처럼 작가들 앞에 와 섰다. 그리고는 최대한의 신체 접촉은 피하면서 그들을 문 안쪽으로 안내했다.

난 자리에 앉아 기다리고 기다리고 또 기다렸다. 앤디를 만나러 온 사람들이 줄을 섰지만, 그들 모두 안으로 안내받고 나온 이후에도 내 차례는 돌아오지 않았다. 컴퓨터 앞에 앉아 자신을 찾아온 손님이 충분히 오래 기다리고 있는지를 시계로 확인하고 있는 중개인의 모습이 자꾸만 연상되었다.

대기실에 있는 대부분의 사람은 작가들이었다. 손에 꼭 쥔 원고와 두 눈에 깃든 편집증 기색만 보아도 쉽게 알 수 있었다. 다만, 매혹적인 다리를 가진 예쁘장한 한 여인은 오자마자 바로 안으로 안내되었는데, 여배우이거나 정부임이 분명했다. 그때 눈에 띄는 쓰리피스 정장을 입은 남자가 모습을 보였다. 난 그 사람이 분명히 테드 터너일 거라고 생각했지만, 그는 사실 제록스사에서 출장 온 수리기사였다.

많은 사람들이 대기실을 오갔다. 그렇게 40분이 지난 후, 내가 막 자리에서 일어나 안내원에서 뭔가 얘길 꺼내려는 순간 곱슬머리에 양 소매를 걷어붙인 앤디의 미니판이라고 할 수 있는 모습의 남자가 내 옆에 와 섰다.

"제인 오스틴이십니까?"

"네."

"전 케빈 딜레이니입니다. 앤디의 비서죠."

"만나서 반가워요."

난 악수를 청하기 위해 손을 내밀었지만, 그는 바스마티 쌀(길쭉하고 향기로운 인도, 파키스탄산 쌀)이 뿌려진 침대 위에서 징그러운 바퀴벌레라도 본 것처럼 내 손을 쳐다보았다.

"죄송하지만, 앤디 씨와의 약속이 방금 취소됐습니다."

그가 간략하게 말했다.

"뭐라고요?"

속에서 분노가 부글부글 끓어올랐다.

"당신의 정체에 대해 전부 알았다고 전해달라고 하시더군요. 뉴욕 타임스에 전화해봤다고, 거짓말쟁이와는 상종할 수 없다고 하셨습니다."

"그렇다면 이 동네에선 별로 볼 일이 없으시겠네요."

"네, 그렇죠. 할리우드식 유머라. 매우 재미있군요."

그런 후 그는 뒤돌아 다시 문 쪽으로 향했다.

"저기요! 잠깐만요." 내가 소리쳤다.

내 소리에 깜짝 놀란 안내원이 여전히 3페이지인 책에서 고개를 들었다.

남자가 발걸음을 멈추고 나를 돌아보았다.

"네?"

"앤디가 타임스에 전화를 걸어본 게 언제였나요?"

"아마 어제였을 겁니다."

"그럼, 결국 만나주지도 않을 거였으면서 교통체증을 뚫고 여기까지 오게 한 것도 모자라 40분씩이나 기다리게 했단 말이에요?"

"그런 것 같군요, 안 그래요?" 그가 빈정거렸다.

그는 다시 발걸음을 옮겼고, 나는 성큼성큼 다가가 그를 붙잡았다.

"이봐요, 아저씨."

난 대기실의 사람들이 다 들을 수 있을 만한 큰 소리로 말했다.

"브럭크너 씨에게 가서 나도 그에 대해 모두 알고 있다고 전하세요. 스테이시 로렌스와 바람피운 일까지 포함해서 전부. 그리고 내 다음 행선지는 경찰서라는 것도 빠트리지 말고 전하세요."

이쯤 되자 모두들 나를 쳐다보았다. 그들 중 절반은 분명 이 뜻밖의 상황을 시나리오에 어떻게 반영하면 좋을까 생각하고 있을 것이다.

엘리베이터로 향하며 내 등 뒤로 안내원이 경비원에게 전화하는 소리가 들렸다.

엘리베이터가 도착하기까지는 꽤 시간이 걸렸다. 엘리베이터를 기다리면서 내 등에 콕콕 박히는 안내원의 따가운 시선을 느낄 수 있었다.

드디어 엘리베이터 문이 열리고 안에서 두 명의 건장한 경비원이 뛰어나왔다.

"어떤 미친 여자가 대기실에서 소란을 피우고 있어요."

내 얘기에 그들은 허겁지겁 대기실로 달려갔다.

난 재빨리 엘리베이터에 올라타 경비원이 그 '미친 여자'가 나라는 걸 깨닫기 전에 얼른 닫힘 버튼을 눌렀다.

차고로 내려간 나는 발레파킹 구역에서 내 차를 찾아냈다.

출구 쪽에서 따분한 표정의 계산원이 나에게 손을 내밀었다.

"8달러예요."

8달러? 이런 싸구려 주차장이?

돈을 끄집어내며 난 이를 악물었다.

계산원은 실실거리며 내게 초콜릿 민트를 내밀었다.

난 앤디 브럭크너에 대한 분노로 거칠게 그것을 받아 챙겼다, 그것도 두 개씩이나. 한 개에 무려 4달러짜리 민트를 빨며 집으로 향하는 길에 난 데본 맥리가 일한다는 팔메토 레스토랑을 지나게 되었다. 그리고 충동적으로 레스토랑 주차장으로 들어서고 말았다.

아직 5시 밖에 되지 않은 시각이라, 주차장은 거의 비어 있었다. 세 명의 발레파킹 직원들이 빨간색 재킷을 입고 티켓 부스 안에 서 있었는데, 그들 중에 데본도 끼어 있었다.

티켓 부스 앞에는 '발레파킹 4달러'라고 쓰여 있었는데, 또다시 4달러를 낭비할 수 없었던 나는 일반 주차구역에 차를 댔다. 그리고는 차에서 내려 발레파킹 직원들에게 다가갔다.

데본을 제외한 다른 두 명의 직원도 멕시코계의 잘 생긴 청년들이었다. 그들 중 한 명이 내게 주차티켓을 건네주려 했다.

"아니요." 난 그를 막았다.

"레스토랑에 가려는 게 아니에요. 여기 맥리 씨를 만나러 왔어요."

데본이 멀뚱멀뚱하게 나를 쳐다보았다.

나를 전혀 알아보지 못하는 눈치였다.

"스테이시의 장례식 때 만났었죠."

내가 나서서 말했다.

"아, 그렇군요."

그가 대답했다. 그날의 난동을 지켜보았던 사람을 만났다는 것이 당황스런 모양이었다.

"잠시 얘기 좀 할 수 있을까요? 둘이서만?"

"그럼요."

우리는 내 코롤라 쪽으로 걸어갔다.

이번에는 어떤 신분으로 위장을 할까(변호사? 기자? 경찰관?) 한창 고민을 하는데, 그가 내 결정을 쉽게 만들어주었다.

"잠깐만, 이제 기억났어요. 당신은 그때 제 옆에 서 있던 사람이 맞죠?"

"맞아요."

"신문기자라면서요."

"어떻게 알았어요?"

"재인이 말해줬어요."

"재인?"

"보라색 머리를 하고 있던 애요."

"아, 그렇군요. 재인."

"뉴욕 타임스에서 일한다고 하더군요."

"음." 난 대충 얼버무렸다.

난 데본도 자신이 한창 열연 중인 공연에 대한 전단지를 나눠주겠지 생각했는데, 감사하게도 그는 그러지 않았다.

"장례식 때 있었던 일은 기사로 쓰지 않으셨으면 좋겠어요. 그땐 제가 정신이 나갔었나 봐요."

그가 고개를 도리질했다.

어느새 그의 눈가에는 눈물이 그렁그렁 맺혔다.

"스테이시를 정말 많이 사랑했었거든요. 그래서 그랬던 것 같아요."

"정말로 앤디 브럭크너 씨가 스테이시를 죽였다고 생각해요?"

"누가 알겠어요?" 그가 어깨를 으쓱해 보였다.

"적어도 가능성은 있어요. 누군가를 시켜 죽였을 수도 있고."

아하, 나의 살인청부업자 이론이 영 헛소리만은 아니었군.

"하지만 앤디가 아니었으면 스테이시가 아직까지 살아 있을 거란 말은 그런 뜻이 아니었어요."

"그러면요?"

"그녀가 나랑 헤어지지만 않았어도 지금쯤 우린, 우리만의 보금자리에서 행복하게 살고 있을 거예요. 경찰에 체포된 얼간이랑 데이트하러 나갈 마음도 먹지 않았을 거고요."

"체포된 사람이 스테이시를 죽인 것 같진 않았어요. 직접 만나서 인터뷰를 해봤는데, 정말 착한 사람 같더군요."

"스테이시에겐 누군가 따뜻하게 돌봐줄 사람이 필요했어요."

그래, 맞는 말이다. 지옥의 천사들에게도 회전 불꽃을 돌리는 연습이 필요하듯이.

"스테이시는 인생을 막 살았어요. 자기 자신을 전혀 돌보지 않았죠. 그야말로 땅콩기름을 끌어안고 사는 격이었죠."

"땅콩기름?"

"스테이시는 땅콩에 알레르기가 있거든요. 사실 땅콩 말고도 딸기, 꽃가루, 향수 알레르기가 있었어요. 그래도 그중에서 땅콩 알레르기가 제일 심했죠. 한 조각만 먹어도 앓아누울 정도였으니까. 그래서 식당에 갈 때마다 웨이터에게 음식에 땅콩기름을 넣는지를 꼭 물어봤었죠. 근데 그녀는 그렇게 물어보는 걸 어찌나 자주 잊어버리는지 셀 수도 없을 정도였어요."

"그런데, 그녀가 날 차버린 후, 어느 날엔가 앤디와 타이 레스토랑엘 가더군요. 근데 또 음식에 땅콩기름을 넣었는지 묻는 걸 잊어버렸던 모양이에요. 그 다음 일은 얘기하지 않아도 아시겠죠? 응급실 신세를 지고 말았죠."

그가 손가락으로 그의 짙은 머리칼을 쓸어올렸다.

"나랑 같이 있었으면 그런 일은 절대 일어나지 않았을 거예요. 난 꼭 기억해 두곤 했으니까요. 위세척을 하고 밤새 병원에 입원해 있었대요. 그때 앤디가 스테이시와 있었던 줄 아세요? 절대 아니죠. 그 망할 자식은 그녀를 혼자 병원에 남겨 두고 자기 부인에게 달려가 버렸어요. 스테이시가 다음날 나한테 전화를 해서 데리러 와달라고 하더군요. 앤디가 아니라 바로 나한테. 그건 그녀가 정말 사랑한 사람은 나였다는 거 아니겠어요?"

그는 자신이 듣고 싶어하는 대답을 기다리며 간절하게 나를 쳐다보았다.

"그러네요."

난 그의 소원을 들어주기로 했다.

"그녀가 정말 사랑한 사람은 분명 당신이었을 거예요."

그의 눈이 고마움으로 반짝반짝 빛났다.

"고통스러운 일인 줄은 알지만요, 데본. 앤디 씨를 제외하고 스테이시를 죽일 만한 인물이 또 있을까요?"

"말도 안 돼요. 그런 사람은 없어요. 모두들 그녀를 좋아했다고요."

이런. 사랑에 눈먼 이가 여기 또 있었군.

"어쨌든." 그가 불편한 기색을 보이며 말을 이었다.

"어제 있었던 일은 기사에 쓰지 않을 거죠? 지금 드라마에서 역할을 하나 맡고 있는데, 안 좋은 기사가 나가게 되면 타격이 커요."

"네, 기사에 당신 일은 절대 넣지 않을게요."

그는 윤기 나는 치아를 드러내 보이며 사람의 마음을 족히 흔들 만한 매력적인 미소를 지어보였다.

검은 머리카락에 고혹적인 갈색 눈, 한쪽 입 꼬리가 살짝 올라가는 미소까지, 그는 마치 인형처럼 완벽했다.

"이 정도면 된 것 같네요." 내가 말했다.

"시간 내줘서 고마워요."

그와 악수를 한 뒤, 난 다시 차에 올라탔다.

"와우." 그가 내 코롤라를 보며 말했다.

"뉴욕 타임스 월급이 상당히 짠 모양이죠?"

난 희미한 미소를 지어 보이고는 차에 시동을 걸었다.

출구를 향하는데 그때부터 주차장으로 차들이 들어오기 시작했다. 칵테일 시간에 맞춰 사람들이 몰리기 시작하는 것이다.

이제 5시 30분밖에 되지 않았는데도, 주차장에는 검정 BMW가 세 대나 주차되어 있었다. 난 데본을 돌아보며 작별의 인사로 손을 흔들었다. 그는 정말 괜찮은 사람 같았다. 하지만 그 옛날의 현자들이 말하듯 눈으로 보는 것만 믿을 순 없다.

데본 맥리가 팔메토 주차장에서 검정 BMW 한 대를 빼내어 스테이시의 아파트까지 몰고 가 그녀를 죽인 다음 제시간에 다시 레스토랑으로 돌아와 여느 때처럼 미소를 뽐내며 손님으로부터 10달러의 팁을 챙겼을 가능성도 충분히 있는 것이다.

# Chapter Thirteen

 프로작과 나는 침대에서 뒹굴며 그간 수집한 단서들에 대해 생각해 보았다. 프로작은 자기 배를 열심히 핥고 있었다.
 팔자 좋은 녀석 같으니라고.
 난 모든 단서들을 노트에 하나하나 적어나가며 논리정연하게 생각해 보기로 했다.

 -매력적인 에어로빅 강사 스테이시 로렌스가 잘 나가는 할리우드의 스포츠중개인을 만나면서 사귀던 남자친구를 차버렸고, 그 뒤 타이마스터로 두개골이 박살난 채 살해당했다.
 -용의자? 엄청 많다.
 -목캔디 사는 것, 잊지 말자. 아, 오레오도.
 좋다, 내가 조금 헤매고 있다는 것을 인정한다. 확실히 하나하나 메모해 나가는 방법도 소용없었다.

난 노트를 잠시 밀어 두고 마음이 이리저리 방황하는 대로 내버려 두기로 했다. 우선 용의자들을 생각해보자.

앤디 브럭크너가 단연 1위다. 난 스테이시의 알레르기에 대해 데본이 해준 얘기를 떠올렸다. 레스토랑에서 앤디나 그녀 중 어느 누구도 음식에 땅콩기름을 썼는지 물어보지 않아서 거의 죽을 뻔 했다는 얘기 말이다. 만약 앤디가 그 사실을 잘 기억하고 있었으면서도 일부러 물어보지 않았다면?

"이 가설 어때?"

난 프로작에게 물었다.

"스테이시가 외도 사실을 부인에게 말하겠다고 협박하기 시작하자 앤디는 그녀가 성가셔진 거지. 그래서 일부러 땅콩기름으로 만든 요리가 많은 태국음식점으로 그녀를 데려간 거지. 당연히 그녀는 아무 생각 없이 음식을 주문했고, 곧 격렬한 반응이 오기 시작했어. 하지만 앤디에게는 불운하게도 그녀는 죽지 않았지. 그래서 더 확실한 조치가 필요하다고 생각한 그는 결국 타이마스터로 그녀의 머리를 박살내버리고 만 거야."

난 프로작을 쳐다보았다. 하지만 녀석은 내 가설 따위는 관심도 없다는 듯 계속 자기 배만 핥고 있을 뿐이었다.

그때 문득 CTA에서 내가 벌였던 소동이 떠올랐다. 어쩌면 경찰서에 가서 모든 걸 말해버리겠다는 말은 하지 말았어야 했던 건지도 모르겠다. 앤디가 부인이 외도 사실을 알게 되는 것이 두려워 스테이시를 죽인 것이라면, 나라고 죽이지 못할 이유가 없지 않은가?

갑자기 두려움이 밀려왔다. 이런 바보 같으니, 그야말로 잠자는 사자의 코털을 건드린 꼴이잖아?

난 안정을 되찾아보고자 프로작을 향해 손을 뻗었지만, 녀석은 침대에서 훌쩍 뛰어내리더니 거실로 사라져버렸다.

난 마음을 진정시키기 위한 처방으로 심호흡 운동과 샤도네 한 잔을 마셨다. CTA의 대기실에 있었던 사람들이 모두 내 얘기를 들었으니 만약 내가 살해당한 채로 발견된다면, 첫 번째 용의자로 단연 앤디가 떠오를 것이다. 그러니 그가 바보가 아닌 이상 그런 위험을 감수하면서까지 나를 죽일 리 없다.

게다가 범인이 앤디가 아닐 수도 있다. 어쩌면 데본일 수도 있지 않은가. 그의 불같은 성미는 장례식장에서 이미 목격한 바 있다. 스스로 스테이시를 미치도록 사랑했었다고 말했다. 내가 아니면 어느 누구도 그녀를 가질 수 없다는 생각에 그녀를 죽여 버렸을지도 모른다.

재스민 매닝은 또 어떤가? 그리고 코르쉐프의 아내는? 두 사람 다 질투라는 살해 동기를 가지고 있다. 뿐만 아니라 스테이시에게 반한 수많은 남자친구와 남편들의 조강지처가 모두 살해 동기를 가지고 있다.

수많은 가능성들로 머릿속이 터질 것 같았다. 모두가 신빙성 있게 다가왔다. 가설들은 많았지만, 확실한 증거는 하나도 없었다. 머리털 끝만큼도 말이다.

난 주차장에서 데본과 나눴던 얘기들을 떠올렸다. 그의 말 중에 뭔가 중요한 것이 있었던 것 같은데, 확실히 그게 뭔지 잘 생각나지 않았다.

정말이지, 형사 노릇은 TV에서 보는 것만큼 간단하지가 않다.

난 다시 침대에 털썩 누워 선과 악의 실체에 대해 생각했다. 그리고 냉동실에 아이스크림이 아직 남아 있는지 생각하던 중 전화벨이 울렸다, 하워드였다.

"나 보석으로 풀려났어요." 그가 말했다.

"잘됐네요."

"보석금을 내느라 엄마가 집을 담보로 잡히셨어요."

오, 저런.

"변호사 말로는 나를 확실하게 빼낼 수 있대요. 정말 좋은 사람이에요. 매우 열성적이기도 하고. 법대를 졸업한 이후 처음 맡는 사건이래요."

오, 저런, 저런.

"어쨌든 고맙다는 인사를 하려고 전화했어요. 레아 형사가 변호사한테 당신이 나에 대해 좋게 말해줬다는 얘길 하더래요. 정말 고마워요."

"내가 할 수 있는 최선이었어요, 하워드."

"교도소까지 면회와준 사람도 당신밖에 없었어요. 물론 우리 엄마를 빼고요."

이 얼마나 애처로운 상황인가.

"그래서 말인데, 언제 한 번 저녁식사를 대접하고 싶어요."

"그러지 않아도 돼요."

"그러고 싶어요, 정말이에요. 중국음식 어때요? 페어팩스 가에 정말 괜찮은 중국음식점을 알고 있어요. 원톤의 집이라고."

"괜찮겠네요."

난 거짓말을 했다.

"내일 5시에 거기서 만날까요? 얼리버드(일찍 오는 손님들에게 할인 혜택을 주는 상품) 쿠폰이 있거든요."

"좋아요." 난 또 거짓말을 했다.

수화기를 내려놓는 내 눈가가 눈물로 촉촉해졌다.

불쌍한 하워드, 생애 첫 데이트를 하려는 순간 살인범으로 몰려 철창 신세를 지지 않았는가.

난 하워드가 스테이시의 시체를 발견했을 당시의 이야기를 떠올렸다. 염려스러운 마음에 어둑어둑한 스테이시의 아파트로 들어갔던 얘기며, 공기 중에 가득했던 그녀의 향수 냄새, 그녀를 찾아 침실로 향하는 어두운 복도를 걸었던 얘기와 피로 범벅이 된 채 누워 있던 그녀를 발견했던 것까지.

그건 끔찍한 악몽과도 같았을 것이다. 정말이지 내 잘못이 크다.

난 밴 앤 제리 아이스크림으로 내 죄책감을 달래보고자 했다. 30분 뒤, 주방에 앉아 멍하니 텅 빈 아이스크림 통을 내려다보고 있는데 순간, 데본이 일러준 중요한 단서가 머릿속에 떠올랐다.

성가신 파리처럼 저녁 내내 내 머릿속을 횡횡 날아 다니던 그것이 무엇인지 이제 확실히 알 것 같았다. 데본은 스테이시가 여러 개의 알레르기를 앓고 있었다고 했다.

땅콩은 물론이거니와 꽃가루와 딸기, 그리고 향수까지도!

하워드는 그녀를 발견하던 날 밤에 그녀의 침실에서 향수 냄새가 났다고 했다. 스테이시가 향수 알레르기가 있었다면, 그건 그녀의 것일 리가 없다. 그렇다면 다른 누군가가 그녀의 아파트에 함께 있었단 얘기가 된다. 그리고 난 그 사람이 누구인지 금방 알 수 있었다.

다음날 난 토일렛 마스터 안내책자의 마무리 작업에 열중했다.

머리글 중에는 '기억을 되살리는 저장고' 라는 문구도 있었다. 이봐, 난 내가 셰익스피어라고 말한 적 없다고.

4시경에 난 센추리시티 쇼핑몰로 향했다. 센추리시티는 센추리 폭스 영화사 스튜디오 뒤편에 딸려 있는 공간으로 아카데미상을 수상한 '분노의 포도'나 '신사협정', '이브의 모든 것' 등의 영화들이 만들어진 곳이기도 하지만, 이제는 갭 티셔츠를 살 수 있는 곳이다.

재미있지 않은가? 블루밍데일을 지나치며 난 그곳에서 쇼핑할 수 있을 만큼 여유로웠던 시절을 떠올렸다.

그때 로라 애쉴리 쇼핑백을 잔뜩 짊어지고 내 쪽으로 걸어오는 엘레인 짐머가 눈에 띄었다.

"엘레인." 난 그녀를 불렀다.

"안녕하세요."

그녀는 멍한 눈빛으로 나를 쳐다보았다.

"제인이에요." 내가 나서서 말했다.

"제인 오스틴."

"오, 그렇군요." 그녀가 히죽 웃었다.

"경찰서 일은 어때요? 아님 뉴욕 타임스 일은? 이번 주에 일하는 곳이 어디든 말이에요."

내 양 볼이 부끄러워 발갛게 달아올랐다.

"당신이 기자가 아니라는 사실을 알게 되자 관리인이 엄청 열 받았어요. 러시아에 있는 가족들에게까지 자기가 신문에 나오게 될 거라고 떠벌렸다죠, 아마?"

이런.

"그나저나 당신의 그 '수사'는 잘 돼가고 있나요?"

"그럼요." 난 거짓말을 했다.

"당신은요?"

난 로라 애쉴리 상표의 린넨이 가득 담긴 쇼핑백을 쳐다보며 물었다.

"지름신이라도 내렸나보네요."

"그래요."

그녀가 나를 쏘아보았다.

"다음 주 토요일에 스테이시의 아파트로 이사하기로 했거든요."

그녀는 지난번 봤을 때보다 몇천 배는 더 밝아 보였다.

"이만 가봐야겠어요. 블루밍데일에서 지금 엄청난 세일을 하고 있어서요."

그녀는 양쪽으로 쇼핑백을 덜렁거리며 서둘러 사라져버렸다.

꿈에 그리던 집으로 이사하게 됐으니 지금처럼 행복한 때도 없을 것이다. 한 사람의 죽음이 가져다준 변화라고 하기엔 참으로 오묘한 일이다. 엘레인이 블루밍데일 안으로 들어가는 것을 바라보며 난 그녀의 집 빨래바구니에 던져져 있던 블라우스에 묻은 핏자국을 떠올렸다.

엘레인이 스테이시를 죽였을 가능성도 있는 것일까? 단순히 아파트 때문만이 아니라 그냥 그녀가 싫어서 죽였을 수도 있다. 땅딸막하고 뚱뚱한 자신과는 달리 모든 이의 관심을 끄는 늘씬하고 아름다운 스테이시를 증오한 나머지 그녀를 죽였을지도 모른다. 자신의 신세가 부당하다고 생각한 나머지 자신이 일하는 병원의 정신병자들처럼 변모해버린 것일지도 모를 일이다.

난 생각에 잠긴 채 쇼핑몰 안으로 들어갔다. 산만한 엄마들과 거식증에 걸린 빼빼 마른 여자들을 지나 내 목적지인 '올 내추럴' 바디 오일 가게에 당도했다. 도대체 누가 '자작나무 껍질'이나 '헤너(흰 꽃을 피우는 이집트의 화초) 뿌리' 같은 향을 풍기고 싶어할까 의아해하며 여러 향 속을 헤엄쳐 나갔다. 그리고는 마침내 내가 찾던 향을 찾아내고야 말았다.

# Chapter Fourteen

페어펙스 가에 있는 원톤의 집은 코서 정육점과 구제 옷가게 사이에 샌드위치처럼 끼어 있는 자그마한 레스토랑이었다.

정확히 오후 5시에 난 저녁식사를 위한 외출을 했다. 밖은 여전히 대낮처럼 환하고, 문명 속의 사람들은 점심때 먹은 음식물을 미처 다 소화시키기도 전인 시간에 말이다.

레스토랑 안은 텅 빈 듯 보였지만 주방 옆에 있는 제일 끝 부스에서 하워드가 나를 향해 손을 흔들고 있었다.

불쌍한 하워드. 손님이 없는 시간인데도 레스토랑에선 그에게 제일 후미진 자리를 내준 모양이다. 그래, 그는 그런 남자다.

난 그에게로 다가갔다.

"안녕, 하워드."

금이 간 플라스틱 의자에 미끄러지듯 앉으며 내가 인사를 했다.

하워드는 내가 기억했던 것보다 더 창백하고 해쓱했다.

구치소에서의 며칠이 그를 이렇게 만들었다. 칙칙해진 피부도 그의 음울함을 더했다.

"이렇게 다시 보게 돼서 반가워요, 하워드."

"저도요."

그는 냅킨을 내려다보며 대답했다. 아무래도 그는 사람의 눈을 똑바로 바라보는 일이 어려운 모양이다.

"좀 어때요?" 내가 물었다.

"좋아요. 아주 좋아요. 음, 저기, 사실은……. 저 오늘 직장에서 잘렸어요."

오, 하느님. 불쌍한 사람.

내 죄책감 지수가 쏘아 올린 로켓처럼 마구 치솟았다.

"정말요?"

"변호사가 이번 사건을 매듭짓는 대로 회사를 고소하자고 하더군요."

"그래요."

"어쨌든 구치소에 있을 때 면회와줘서 정말 고마워요. 전화로도 말했지만, 당신이 유일했어요."

"마실 것 좀 주문할까요?" 난 갈증이 났다.

"식사를 시키면 음료는 무료예요."

"잘됐네요."

난 희미하게 웃어 보였다.

하워드는 확실히 음주 타입은 아니다. 물주 타입도 아니지만.

난 하워드보다 더 빼빼 마른 동양인 웨이터를 불러 칭다오 맥주를 시켰다.

"음료는 제가 낼게요." 내가 말했다.

"고맙지만, 전 그냥 차를 마실게요." 하워드가 말했다.

웨이터가 건조기에서 방금 꺼낸 듯한 뜨끈뜨끈한 잔에 미적지근한 맥주를 가득 담아서 휘적휘적 걸어왔다. 나중에 알게 된 사실이지만, 그나마도 맥주가 제일 나았다.

하워드는 16번 메뉴(초우멘과 볶음밥, 에그롤)를 주문했고, 난 특별 재료가 들어간 로 메인 메뉴를 주문했다. 물론 그 특별 재료라는 것이 고무접착제라는 사실도 나중에 알게 되었지만 말이다.

"음식이 맛이 없어요?"

내가 음식을 깨작거리고 있자 하워드가 물었다.

"오, 아니요."

난 서둘러 입 안 가득 음식을 밀어 넣었다.

"아주 맛있어요."

"엄마랑 같이 왔었어요."

근데 왜 자꾸 우리가 먹다 남긴 음식을 먹는 것 같은 기분이 드는 걸까?

"엄마랑 굉장히 가까운 모양이네요?"

"네, 제 베스트 프렌드예요. 물론 당신을 제외하고요."

오, 하느님.

하워드의 그 한마디에 내 동정심 저울은 바늘마저 부러지고 말았다.

하워드는 차를 홀짝이다 말고 깊은 한숨을 내쉬었다.

"이젠 더욱 나랑 데이트해줄 사람도 없을 것 같아요."

"그렇게 말하지 말아요, 하워드. 당신은 좋은 사람이에요."

"오, 아니에요. 전에도 데이트 한 번 하기가 벅찼는데, 이젠 전과기록까지 생겼으니 그야말로 절망이에요."

"분명 당신과 데이트하고 싶어하는 여자들이 많이 있을 거예요."

"그래요? 그래도 당신 같은 여자들은 나와 같이 다니고 싶어하지 않을 거잖아요."

"무슨 말이에요. 그렇지 않아요."

"그럼 토요일 밤, 어때요?"

"네?"

하느님, 맙소사. 이게 웬 마른하늘에 날벼락?

"나 같은 남자와도 데이트하고 싶을 거라면서요?"

그가 잠시나마 내 눈을 똑바로 보며 물었다.

"그래서 데이트 신청을 한 건데요."

"가정 삼아 물어본 건 줄 알았어요." 내가 더듬거렸.

"정말로 물어보는 건 줄 몰랐다고요."

"그럴 줄 알았어요. 엄마한테도 당신이 나랑 데이트해줄 리가 없다고 말했거든요. 엄마는 내가 눈을 낮춰야 한다고 했어요. 말도 안 되게 예쁜 여자들만 찾지 말라면서. 그래서 당신을 생각한 건데."

멋지군. 괴짜들을 위한 혼인 시장에 발을 들여놓았다면, 바로 내게 전화하라.

"당신과 데이트하기 싫은 게 아니라요, 하워드. 그게 그러니까……."

뭐라고 하지? 뭐라고 해야 그를 단념시킬 수 있을까?

"난 이미 약혼한 몸이에요."

"약혼했다고요?"

"네." 난 뻔뻔스럽게도 거짓말을 했다.

"오."

그의 얼굴엔 실망의 기색이 역력했다.

"약혼하지만 않았다면, 분명히 당신과 데이트를 했을 거예요."

"정말요?"

"그럼요."

나는 진심인 것처럼 들리게 하려고 젖 먹던 힘까지 모두 그러모아 대답했다.

하워드는 정말 믿고 싶어하는 것 같았다.

크리니크 화장품의 판매원이 신제품으로 나온 립스틱 하나로 내 인생을 확 바꿀 수 있다고 했을 때 내가 지었던 표정과 똑같은 표정으로 나를 바라보고 있었기 때문이다.

"우리, 어서 포춘 쿠키나 열어봐요." 내가 말했다.

명나라 시대에 구운 듯한 우리의 포춘 쿠키는 푸석푸석하게 건조되어 하얗게 자국이 나 있었다. 그걸 쪼개려면 얼음송곳이라도 빌려 와야 할 판이었다.

하워드는 쿠키를 쪼개어 그 안에 들어 있는 쪽지를 읽어주었다.

"당신은 검은 머리의 귀여운 여자를 만나게 될 것이다. 당신은 그녀에게 돈을 줄 것이다. 그녀는 바로 우리의 계산원이다."

"장난인가 봐요, 하워드."

"오, 그렇군요. 이제 알았어요."

그가 기운 없이 웃었다.

"당신 것은 뭐예요?"

난 내 쿠키 안을 살펴보았지만, 속은 텅 비어 있었다.

하워드가 어두운 얼굴로 말했다.

"그건 불길한 징조인데요."

난 머리끝이 곤두섰다.

난 스스로 내가 너무 예민한 거라고, 나쁜 일은 전혀 일어나지 않을 거라고 되뇌었다. 물론 로 메인이 얹혀서 배탈이 나는 건 예외가 되겠지만 말이다.

"하워드, 가기 전에 물어볼 것이 있어요."

"물어봐요."

난 가방에서 좀 전에 쇼핑몰에서 산 바디 오일을 꺼냈다.

"사건이 있던 날 밤 스테이시의 아파트에서 맡은 향수 냄새 기억해요?"

"네."

"그 냄새가 혹시 이 냄새였나요?"

난 그에게 오일병을 건네주었고, 그는 병을 받아들고는 냄새를 맡아보았다.

"네, 맞아요."

"확실해요?" 그가 확실하다는 듯 강하게 고개를 끄덕였다.

"평생 이 냄새는 잊지 못할 거예요. 이게 무슨 향이죠?"

"재스민이에요."

마치 셜록 홈스가 된 것 같은 기분을 느끼며 난 집으로 돌아왔다(물론 파이프 담배와 우스꽝스러운 모자는 없었지만). 난 정말 영리하지 않은가. LA 스포츠클럽에 딱 한 번 방문했을 뿐인데 재스민의 향수를 기억하고 있었다니 말이다. 물론 다른 사람의 향일지도 모르겠지만, 그럴 가능성은 거의 희박했다.

재기가 넘쳤던 내 수사력에 너무나 흥분한 나머지 난, 처음엔 내 아파트 밖에 세워져 있던 검정 BMW를 보지 못했다. 뒤늦게 그것을 목격했을 때는 이미 차가 코너를 돌아 거리 아래로 사라져버리려는 참이었다. 신기에 가까운 내 관찰력으로 미처 번호판을 살펴보기도 전이었다.

난 사건이 있던 날 밤에 벤틀리 가든 밖에서 검정 BMW를 봤다던 엘레인의 말을 다시 한 번 떠올렸다. 그저 우연일 뿐이다. LA에 깔린 검정 BMW가 얼마나 많겠는가. 그중 99.999퍼센트는 스테이시의 죽음과는 아무런 연관도 없을 것이다.

하지만 내 속의 무언가는 지금 내 집 앞에 서 있던 검정 BMW는 그

99.999퍼센트에 속해 있지 않다고 계속 경고하고 있었다.

나는 풀숲에서 칼을 든 괴한이 나타나진 않을까 불안해하면서 집으로 올라갔다. 하지만 아무도 나타나지 않았다. 심지어 랜스의 집마저 불이 꺼진 채 조용했다. 집 안으로 들어선 나는 거실을 둘러보았다.

소파 뒤에 숨어 있는 사람도 없었고, 누군가 강제로 침입한 흔적도 없었으며, 창문도 모두 꼭 잠겨 있었다. 모든 것이 내가 집에서 나올 때 그대로였다. 심지어 프로작마저 내가 집을 나섰을 때 그대로 내가 가장 좋아하는 캐시미어 스웨터 위에 앉아 여유를 즐기고 있었다.

왠지 안도감을 느낀 난 주방으로 들어가 샤도네를 한 잔 가득 따라 들이켰다. 그때 거실 저편 현관 아래로 흰색 봉투 하나가 눈에 띄었다. 누군가 문 밑으로 봉투를 밀어놓고 있었다.

난 그 사람이 얼른 사라지길 기다렸다가 현관으로 다가가 봉투를 집었다. 아마 집주인이나 광고 전단을 뿌리는 사람일 것이다. 봉투에는 아무것도 쓰여 있지 않았다. 난 조마조마한 마음으로 봉투를 열어 흰색의 종이 한 장을 꺼냈다.

신문의 글자들을 오려붙인 종이에는 "M.Y.O.B."라고 적혀 있었다. 이건 "My Yak is Out on Bail."(내 친구가 지금 보석으로 풀려났어)을 뜻하는 말일 것이다. 즉, '네 일에나 신경 써.'란 말과도 같다.

이건 분명 살인범이 보낸 러브 메시지다.

종이를 다시 봤을 때 알파벳 'B'가 뒤집혀 붙여져 있었다.

환상적이군. 독서 장애를 가진 살인범이라.

난 지문 채취를 위해 종이를 비닐백에 넣기로 마음먹었다. 물론 남아 있는 지문이라곤 온통 내 것밖에 없을 것 같았지만 말이다.

살인범이 비록 독서 장애를 가지고 있을지언정 그런 것에 부주의할 만큼 바보는 아닐 것이다.

비닐백을 찾아 찬장을 뒤지는 순간, 뭔가 날카로운 소리가 들려왔다. 그것이 전화벨 소리라는 걸 깨닫는 데는 가히 몇 분이 걸렸다.

신경이 곤두설 대로 곤두서 있는 탓이다.

난 자동응답기가 받게 할까 어쩔까 여러 번을 망설이다가 결국 수화기를 집었다.

"여보세요."

난 남자인지 아니면 호르몬 부작용을 일으킨 여자인지 알 수 없게 하려고 목소리를 최대한 낮추어 말했다.

"제인? 당신이에요?" 캐머런이었다.

"독감에라도 걸린 것 같은 목소린데요."

"오, 캐머런. 당신이군요."

"왜요? 무슨 일 있어요?"

"오, 아무것도 아니에요. 내가 좀 예민했나 봐요."

"무슨 일이에요?"

"별일 아니에요, 정말이에요."

"대답이 불충분한데요. 자세한 얘긴 식사를 하면서 듣기로 하죠."

와우! 그가 나를 또 만나고 싶어한다.

"사실 저녁은 이미 먹었어요."

"아직 7시도 안 됐는데요."

"알아요. 하워드 머독이랑 얼리버드 쿠폰으로 중국음식점에 갔었어요."

"그럼, 술 한 잔 하러 가는 건 어때요?"

"솔직히 말하자면, 그래도 아직 배가 고파요. 파리가 자살을 감행할 만큼 음울한 곳이었거든요. 거의 먹질 못했어요."

"30분 내로 데리러 갈게요."

난 한결 든든해진 기분으로 전화를 끊었다.

그리고는 비닐백을 찾아 난독증(발음 기관에는 문제가 없는데 글을 원활하게 읽지 못하는 증상)을 가진 살인범이 쓴 종이를 집어넣고 책상의 제일 위 서랍에 납부일이 밀린 고지서들과 함께 보관했다.

고작 이런 것으로 내가 겁먹을 줄 알았다면 오산이다.


캐머런은 산타모니카 외곽에 있는 프랑스 식당으로 나를 데려갔다.

창가에는 레이스 커튼이 달리고 주방에서는 감미로운 아로마 향이 솔솔 풍겨 나오는 아늑한 곳이었다. 감자수프처럼 걸쭉한 억양을 구사하는 호리호리한 프랑스인 주인이 직접 서빙을 하고, 그의 부인이 요리를 하는데, 부부의 십대 아이들이 두 사람을 도와 분주히 식당 안을 오갔다. 그야말로 사랑스러운 풍경이었다.

이렇게 멋진 식당을 찾아내다니 확실히 이 남자, 감각이 남다르다. 최고로 로맨틱한 식당이라며 벨벳 벽지가 두껍게 발려져 있고, 바 위에는 어니스트 보그나인의 서명이 담긴 사진이 걸려 있는 곳으로 나를 데려갔던 전남편, 블롭과 자꾸만 비교가 되는 건 어쩔 수가 없었다.

"수사는 잘 돼가요?"

주인이 창가 옆으로 자리를 잡아주자 그가 물었다.

난 앤디의 사무실에 갔던 일, 데본과 엘레인을 만났던 일, 살인사건이 있었던 날 밤에 재스민이 스테이시의 아파트에 있었던 사실을 알아낸 것까지 모두 얘기했을 뿐만 아니라 검정 BMW와 문 아래로 받았던 경고 메시지에 대해서까지 모두 털어놓았다.

"마음이 편치 않아요."

그가 고개를 절레절레 저으며 말했다.

"그 쪽지 말이에요. 수사는 이쯤에서 접는 편이 좋겠어요."

"그럴 순 없어요."

"어째서요?"

"하워드를 실망시킬 수 없어요. 그 불쌍한 사람이 오늘은 직장에서 잘리기까지 한 거 알아요?"

"왜 그냥 경찰에서 알아서 하도록 내버려 두지 않죠?"

"그들은 하워드가 스테이시를 죽였다고 생각하고 있으니까요."

"그가 범인이 아니라는 걸 어떻게 그렇게 자신해요?"

"그냥 그런 느낌이 들 뿐이에요."

그는 이해할 수 없다는 듯 고개를 저었다. 실제로 '쯧쯧' 하고 혀를 차진 않았지만, 속으로는 내가 한심하다고 생각할 것이다.

"솔직한 내 얘기가 듣고 싶어요, 제인? 난 정말 바보 같은 짓이라고 생각해요. 잘 알지도 못하는 사람 때문에 스스로 위험을 자초하다니요."

당연히 그의 말이 맞다. 미치지 않고서야 이럴 순 없지.

"이해하기 어렵다는 건 알아요. 하지만 돌이키기에도 이제 너무 늦었어요."

"위험해지는 일이 좋아요? 그럼 차라리 번지점프를 해요."

"솔직히, 캐머런. 정말 오랜만에 느껴 보는 활력을 느껴요. 정말 살아 있다는 느낌 말이에요."

"그것도 진짜 살아 있는 동안에만 느낄 수 있는 거죠. 내가 걱정하는 게 바로 그거예요."

그가 내 손을 잡았다.

"이건 살인사건이에요. 즉, 당신은 살인범을 상대로 게임을 하는 거라고요. 조심하지 않으면 매우 위험해요."

그가 내 손을 잡자 다리에 힘이 풀리고 가슴이 콩닥콩닥 뛰었다.

마음 같아선 '나를 가장 활력 있게 만드는 존재가 바로 당신이에요.'라고 말하고 싶었지만, 아무렇지도 않은 척 침착함을 유지했다.

빌리 홀리데이의 음악이 흐르는 가운데, 우리는 맛있는 저녁(난 송어 요리를, 그는 양고기 요리를 시켰다)에 달콤한 버건디(브르고뉴산 포도주)까지 한 잔 곁들였다. 주인 가족들도 주방 뒤편에서 자기들끼리 조촐한 저녁식사를 즐기고 있었다.

만약 이게 영화 속의 한 장면이었다면, 나는 기네스 팰트로가 되고,

그는 벤 애플렉이 되어 디저트가 나올 때쯤엔 벤 애플렉이 나와 사랑에 빠질 것이다. 하지만 이건 영화가 아니라 현실이었다. 디저트가 나왔을 때쯤 내 허리벨트는 늘어난 뱃살로 거의 터질 지경이었다.

캐머런은 자신이 저녁을 사겠다고 고집을 부렸기 때문에 우리는 계산서를 사이에 두고 약간의 승강이를 벌였다. 그리고 결국엔 내가 손을 들고 말았다. 우리는 습한 밤의 공기 속으로 나섰다.

내 머리카락이 빛의 속도로 곱슬거리기 시작했지만, 별로 신경 쓰지 않았다. 내 엉덩이가 얼마나 우스꽝스러워 보일지도 신경 쓰지 않은 채 나는 킬킬거리며 캐머런의 지프에 올라탔다.

캐머런이 고속도로 위를 달리는 동안 나는 머리받침에 머리를 기대고 앉아 천장 유리창을 통해 하늘에 별을 바라보며 와인의 기분 좋은 취기를 즐기고 있었다.

막 '브래디 번치'를 흥얼거리려 하는데, 캐머런이 갑자기 외쳤다.

"젠장!"

난 깜짝 놀라 일어나 앉았다.

"어떤 작자가 우릴 바짝 쫓아오고 있어요."

난 뒤를 돌아보았다.

정말로 차 한 대가 우리를 쫓아오고 있었다. 금방이라도 우리를 받아 버릴 기세였다.

"제기랄."

기어를 힘 있게 움켜쥐는 그의 손에 하얗게 근육이 올라왔다.

캐머런은 차선을 바꾸려고 했지만, 쫓아오던 차가 옆에 바짝 붙어 우리를 왼쪽 차선으로 몰아넣었다.

난 운전자의 얼굴이라도 볼 수 있을까 해서 건너편 차를 열심히 살펴보았지만, 스키 마스크를 쓰고 있어서 누군지 알 수 없었다. 이건 결코 일상적인 일이 아니다. 분명 사적인 이유다.

캐머런은 계속해서 차선을 바꾸려고 했지만, 그럴 때마다 뒤차도 함께 속력을 내어 그를 방해했다.

"하느님." 캐머런이 중얼거렸다.

"저 사람 완전히 돌았군."

그때 갑자기 뒤차가 우리 차를 앞질러 급정거를 했다. 부딪칠 것 같은 아찔함에 난 눈을 감았지만, 캐머런의 대처는 재빨랐다. 그는 서둘러 브레이크를 밟아 중앙분리대와 가까운 고속도로변에 차를 멈췄다.

우리의 공격자는 타는 듯한 타이어 소리를 내며 재빨리 달아나버렸다. 이미 눈치 챈 사람도 있겠지만, 그 차는 검정 BMW였다.

# Chapter Fifteen

캐머런과 나는 그대로 지프 안에 앉아 마구 두근거리는 심장이 가라앉기를 기다렸다.

"미친놈인가 봐요." 캐머런이 말했다.

그의 손은 여전히 기어를 단단히 붙들고 있었다.

"아니면 여자이거나."

"누구였든지 간에 목적 없는 행동은 아니었어요."

난 우리를 지나쳐 달리는 차들을 물끄러미 바라보았다.

우리가 거의 죽을 뻔했다는 사실은 까맣게 모른 채 매우 평화로운 풍경이었다.

"잠깐만요."

캐머런이 뭔가가 기억난 듯 말했다.

"오늘 밤 당신 아파트 밖에 서 있던 차도 검정 BMW라고 하지 않았어요?"

난 천천히 고개를 끄덕였다.

"그럼 분명 동일인일 거예요, 제인. 당신을 겁주려 했던 거라고요."

"흠, 그렇담 제대로 먹혀들었네요."

"그래서 내가 위험하다고 했잖아요."

그가 기운을 차려 다시 고속도로 위로 지프를 몰았다.

"차 번호판은 못 봤죠?"

"네, 하느님한테 살려달라고 기도하느라 못 봤어요. 당신은요?"

그가 기운 없이 고개를 저었다.

"경찰에 연락해야 할까요?"

"뭐라고 말해요? 번호판 숫자를 모르면 아무 소용없을 거예요."

"당신 말이 맞아요. 그래도 이것 하나는 확실하네요. 오늘 밤에는 당신을 혼자 두면 안 된다는 거."

"괜찮아요."

"아뇨, 정말이에요. 우리 집에 있으면 어때요?"

말할 필요도 없이 난 금세 혹하고 말았다.

무서운 속도의 악마 같은 BMW에 쫓기고 난 뒤라 불안한 마음을 감출 길 없었으며, 4,756번째 되는 날의 밤까지 혼자 있고 싶지 않았을 뿐더러 한 번이라도 이 남자와 함께 밤을 지새워보고 싶었다. 비록 우리의 관계가 플라토닉할지라도 말이다.

"당신만 괜찮다면요."

"물론이죠."

우리는 칫솔과 파자마도 챙기고, 프로작이 잘 있는지도 확인할 겸 내 아파트에 들렀다.

프로작은 외출했을 때 그대로 내 캐시미어 스웨터 위에 앉아 한가롭게 꿈속에서 헤매고 있었다. 벌어진 녀석의 분홍빛 입매 사이로 빠진 이가 보였는데, 그걸 보니 새삼 블롭과의 좋았던 추억이 떠올랐다.

난 곧장 침실로 향해 파자마를 챙기고는 귀 뒤에 콜롱을 살짝 뿌렸다 (좋다. 꼭 알아야겠다면 말해주겠다. 사실 내 가슴에도 뿌렸다).

캐머런의 집까지 가는 길에 혹시나 그 미친 BMW가 또 따라붙는 건 아닐까 걱정했지만, 다행히도 아무 일 없이 도착할 수 있었다.

캐머런은 자신의 침실을 내주겠다며 고집을 부렸다.

"당신을 소파에서 자게 할 순 없어요."

"걱정하지 말아요. 소파도 얼마나 편하다고요. 거의 절반은 여기서 잠드는 걸요."

그는 나를 자신의 침실로 안내했다.

내 눈에 가장 먼저 띈 것은 아주 폭신폭신해 보이는 킹사이즈의 커다란 침대였다. 난 캐머런이 최근에 누군가와 저 침대를 나눠 쓴 일이 있을까가 새삼 궁금해졌다.

"욕실은 복도 끝이에요. 당신이 쓸 수건을 몇 개 더 가져다 놓을게요."

"고마워요."

"불면증이 있으면 약 상자에 수면제가 있으니까 얼마든지 복용해요."

"알았어요."

"또 뭐 필요한 것 없어요?"

"당신이요. 폭신폭신한 침대 위에 홀딱 벗고 올라앉아 있는 당신 말이에요."

물론 진짜로 그렇게 말하진 않았다. 그저 괜찮다고, 고맙다고만 했을 뿐이다. 그러자 그는 잘 자라는 인사를 남긴 채 밖으로 나갔고, 난 그의 킹사이즈 침대와 함께 덩그러니 혼자 남았다.

멍하니 침대를 바라보고 있자니 자꾸만 그와 그의 여자친구가 살과 뼈가 불타는 밤을 보내는 장면이 떠올라 머리를 도리도리 흔들어야만 했다. 정말이지, 캐머런의 전 여자친구에 대한 강박관념을 하루빨리 없애야 한다. 대신 새로 생길 여자친구에 대해서만 신경 쓰자.

난 얼른 옷장으로 다가가 혹시 여자 옷이 걸려 있지 않은지 살펴보았다. 하느님께 감사하게도 옷장에 여자 옷은 없었다. 혹시 여자친구의 사진이 나와 있는 건 아닌지 방 안을 둘러보았지만, 캐머런의 부모님인 듯 보이는 잘생긴 중년 부부의 사진 말고는 아무것도 없었다.

여기저기 뒤져보며 15분을 보낸 뒤에야 나는 파자마로 갈아입고 쉬기로 마음먹었다. 절반쯤 옷을 벗고 있는데 문득 캐머런의 옷장에 걸린 앤티크 거울 속의 내 모습이 눈에 들어왔다.

불빛 때문일지도 모른다, 아니면 저녁식사 때 곁들인 와인 때문일 수도 있다. 어떤 이유에서든 희한하게도 거울 속의 난 무척 섹시해 보였다. 정말이다. 허벅지나 엉덩이는 여전히 거대해 보이긴 했지만 허리는 무척 날렵했고, 가슴도 비교적 풍만해 보였다. 정말이지 이 정도면 나쁘지 않았다.

그때 문득 로버트 몽고메리와 캐롤 롬바드가 나왔던 옛 영화를 떠올랐다. 로버트와 캐롤은 낡고 한적한 여관에서 각자 따로 방을 사용하며 머물고 있었는데, 사실은 서로에게 미친 듯이 끌리고 있었다.

둘은 각자의 침대에 누워 서로 품에 안기는 상상을 한다. 그러다 마지막에는 마침내 끓어오르는 호르몬을 참지 못한 로버트가 캐롤의 침실 문을 벌컥 열고 그녀와 함께 침대에 오르는 장면으로 끝이 나는 것이다. 물론 그 이상의 구체적인 장면은 볼 수 없었다.

이 영화는 약간의 선정성에도 제동이 걸렸던 1930년대에 만들어진 영화이기 때문이다. 하지만 이후의 두 사람이 어떠했을지는 상상만으로도 충분히 알 수 있을 것이다.

파자마를 입으며 나는 로버트 몽고메리가 그랬던 것처럼 캐머런도 저 문을 벌컥 열고 들어와 뜨겁게 나를 안아주었으면 좋겠다고 생각했다. 그리고 만약의 경우를 대비해 파자마의 제일 위 단추는 채우지 않고 내버려 두었다.

침대 위에 막 오르려는데, 조심스러운 노크소리가 들렸다.

"들어가도 되나요?"

현실은 영화와 다르다고 누가 말했던가?

"그럼요."

난 재빨리 두 번째 단추도 풀었다.

문이 열리고, 캐머런이 머리를 내밀었다.

"레노 쇼를 같이 보지 않을래요?"

"좋아요."

"TV가 여기, 침실에 한 대밖에 없어서요."

하느님, 감사합니다.

"괜찮아요. 저도 레노 쇼 좋아해요."

"가서 코코아 좀 만들어 올까요?"

"코코아도 좋아해요."

너무 바보처럼 실실거렸나?

그가 코코아를 만들러 주방으로 간 동안 나는 혼자 침대 위에 앉아 레노 쇼와 코코아가 모두 불타는 밤을 보내기 위한 전 단계일 것으로 생각하고 있었다.

우린 나란히 누워 서로 촉감을 느끼며, 서로 온기를 즐길 것이다. 둘 다 제이의 말을 열심히 듣는 척하겠지만, 실은 그가 무슨 말을 하는지 하나도 알고 있지 못할 테지. 순간 캐머런이 부드럽게 다가오기 시작할 것이고, 내 머리카락을 쓸어 올리며 차츰 더 가까워져 올 거야. 결국엔 우리의 입술이 맞닿고, 그리고……

오, 하느님! 내가 도대체 무슨 생각을 하는 거지? 끈적끈적한 로맨스 소설 속의 주인공이라도 된 양 굴다니.

문득 난 겁이 났다. 충분히 알지도 못하는 사람과 침대에 뛰어들 생각을 할 만큼 내가 이렇게 느슨한 여자가 되어버린 건가? 하지만 만약 정말 그와 뜨거운 밤을 보내게 된다면, 나를 너무 쉬운 여자라고 생각하지 않을까? 또 그 반대라면 나를 무뚝뚝한 여자라고 생각할지도 모른다. 하지만 그보다 더 중요한 것은 남자를 유혹하는 법조차 제대로 기억이 안 난다는 사실이다.

"제인? 괜찮아요?"

캐머런이 코코아 두 잔을 들고 나를 내려다보며 서 있었다.

"괜찮아요."

"조금 이상한 표정을 짓고 있던데요."

"아니에요, 정말 괜찮아요."

난 얼른 파자마 단추를 목까지 채워 올렸다.

"흠, 여기 코코아, 대령이에요."

그가 침대 위 내 옆에 올라앉아 TV를 켰다.

그리고 그 후 한 시간 동안 우리는 열심히 제이 레노만 쳐다보고 있었다(사실 열심히 보고 있었던 건 캐머런뿐이고, 난 그의 옆에서 언제쯤 그가 부드럽게 내게 다가와 키스를 할까, 등등의 생각을 하느라 머릿속이 바빴다).

마침내 쇼가 끝나자 캐머런은 내 머리카락을 살짝 흐트러뜨리며 특유의 눈웃음을 짓고는 잘 자라는 인사를 건넸다. 그리고는 문을 닫고 거실로 나가버렸다.

참말로 불타는 밤이 따로 없군.

난 그대로 캐머런의 침대에 누워 미세하게나마 베개에 남은 그의 애프터세이브 향을 음미했다.

그가 아무런 시도도 해오지 않았다는 사실에 실망한 건지, 안도한 건지 자신도 알 수 없었다. 아마도 둘 다겠지.

난 그의 베개에 푹 머리를 묻고는 깊은 잠에 빠져들었다.

다음날 아침 캐머런의 침대에서 눈을 뜬 나는 기분이 무척 좋았다. 비록 그가 옆에 없더라도 말이다. 또 다른 누군가와 같은 공간 안에 있다는 사실 자체가 행복했다.

난 침대에서 빠져나와 거울을 보았다.

좋은 소식: 얼굴에 베개 자국은 없다.

나쁜 소식: 찬란한 아침 햇살 속에 내 얼굴은 어느새 신데렐라의 못된 새 언니처럼 변해 있었다. 역시 조명발이 중요하다.

캐머런의 서랍을 뒤져 그의 연애생활에 대해 좀 더 알아볼까도 생각했지만, 이내 마음을 바꾸었다. 불필요한 위험을 감수할 이유가 없다.

운 나쁘면 그의 물건을 뒤지는 내 모습을 그에게 들켜버릴지도 모른다. 그래서 난 뒤지기 본능을 탈탈 털어버리고는 거실로 나갔다.

거실에는 유혹적인 반바지와 민소매 차림의 캐머런이 아침 신문을 읽고 있었다.

"좋은 아침이에요." 그가 씩 웃었다.

"잘 잤어요?"

"그럼요, 당신은요?" 내가 되물었다.

"나도요."

"나를 위해서 침대를 포기하다니, 정말 멋졌어요."

"별거 아니에요."

그가 늘어지게 기지개를 켜며 대답했다. 덕분에 그의 탄탄한 허벅지가 한눈에 들어왔다.

"아침으로 뭐 만들어줄까요?"

"오, 아니에요. 그건 내가 할게요. 그나마 내가 보여줄 수 있는 성의에요."

"알았어요."

그가 미소를 지었다.

"그럼, 솜씨를 발휘해봐요."

그가 주방 쪽을 가리켰다.

"계란도 있고, 베이컨도 있고, 영국식 머핀이랑 오트밀, 바나나도 있어요."

무척 인상적이었다. 내 아침식사 메뉴는 고작 해야 콘플레이크와 타르트 정도인데 말이다.

"뭐 좋아해요?" 내가 그에게 물었다.

"뭐든 기대하고 있을게요."

순간 당황한 나는 바로 주방으로 들어갔다.

전자레인지조차 제대로 쓸 줄 모르면서 아침식사를 만들어주겠다고 나서다니. 그래, 계란프라이라도 지져 보자. 그게 맛이 없으면 얼마나 없겠는가. 결론부터 말하자면, 계란프라이는 믿을 수 없을 정도로 엉망이었다.

캐머런의 프라이팬이 들러붙지 않는 줄 알고 마음껏 계란을 깨뜨린 것이 화근이었다. 바짝 들러붙은 계란프라이를 힘껏 떼어내고는 까맣게 타버린 대부분의 잔여물은 음식물 처리기에 버려야만 했다.

"잘 돼가요?"

캐머런이 거실에서 외쳤다.

"그럼요. 잘 돼가고 있어요."

그때 내 영국식 머핀이 까만 숯 덩어리가 되어 토스터기에서 튕겨 나왔다.

난 서둘러 그것도 음식물 처리기에 던져 넣었다.

"아참, 음식물 처리기는 사용하지 말아요. 고장 났으니까."

오, 세상에.

언제 왔는지 캐머런이 주방 문가에 서서 주방 천장을 가득 메운 연기를 바라보고 있었다.

"좀 도와줄까요?"

그가 씩 웃으며 물었다.

"미안해요."

난 솔직히 고백했다.

"계란프라이를 태웠어요. 영국식 머핀도. 그리고 그걸 전부 음식물 처리기에 넣었어요."

내가 더 문제를 일으키기 전에 그는 나를 의자에 앉히고는 능숙하게 베이컨과 계란을 요리하기 시작했다. 그를 남편으로 맞는 여자는 정말 행운아일 것이다.

쉽게 빠지지 않는 연기 때문에 우리는 거실에서 아침을 먹기로 했다. 우리는 소파에 나란히 앉아 무릎 위에 아슬아슬하게 접시를 올려놓고 식사를 즐겼다. 계란프라이와 베이컨은 무척 맛있었다.

처음에는 빼빼 마른 오드리 헵번 스타일의 무용수처럼 우아하게 포크질을 하려 했지만, 세 입 정도 먹고 난 뒤에는 도저히 참을 수가 없어 굶주린 이리처럼 음식을 단번에 해치워버렸다.

남은 계란과 영국식 머핀을 막 입에 넣으려는데 나를 바라보는 캐머런의 시선이 느껴졌다.

오, 하느님. 대체 왜 날 쳐다보는 거지? 가슴에 계란 노른자라도 흘렸나?

"맛있게 먹는 모습이 보기 좋아요." 그가 말했다.

통역하면 이렇다. 저런, 돼지가 따로 없군.

"내가 아는 대부분의 여자는 깨작거리기만 하거든요. 난 그런 거 별로 안 좋아해요. 여기, 내 베이컨도 먹어요."

"아니에요."

"괜찮아요."

"아뇨, 정말 괜찮은데……. 그럼, 조금만 먹을게요."

난 베이컨을 입에 넣고는 씩 웃었다.

BMW의 추격과 경고 메시지의 기억에도 그와 함께 있으면 세상이

제대로 돌아가는 것 같은 행복감이 느껴지는 건 어쩔 수 없었다. 아니, 꼭 그렇지만은 않더라도 적어도 위협의 무게감은 조금이나마 덜 수 있었다.

캐머런의 영국식 머핀까지 다 먹고 난 참인데, 갑자기 현관의 초인종이 울렸다. 캐머런이 문을 열어주려고 복도 쪽으로 사라졌다.

그가 문을 열자 부드럽고 섹시한 여자의 음성이 들렸다.

그다음 내가 기억하는 것은 풍성한 검은 머리에 꼭 끼는 청바지와 홀더 넥 상의를 입은 여자가 우아하게 거실로 들어왔다는 것이다.

난 가정부처럼 보이지 않기를 기도하며 입가에 묻은 베이컨 기름기를 재빨리 닦아냈다.

"저기, 제인." 캐머런이 말했다.

"내 가까운 친구인 아사 모르겐과 인사해요."

난 뻣뻣하게 미소를 지었다.

과연 둘이 얼마나 '가까운' 사이일까 의심하며 말이다.

"아사, 이쪽은 제인 오스틴이야."

그녀도 내 파자마와 헝클어진 머리카락을 쳐다보며 미소를 지었다.

그녀의 눈에 놀라움의 빛이 어리는 걸 포착할 수 있었다.

마치 이렇게 생각하고 있는 듯했다. 캐머런이 대체 이런 여자와 뭘 하는 거지?

그때 그녀의 마음속 질문에 대답이라도 하듯 캐머런이 나서서 말했다.

"제인은 내 동료야."

"그럴 줄 알았어. 자기가 이런 여자랑 데이트할 리가 없지. 저런 코끼리 허벅지를 한 여자랑 말이야."

물론 정말 그렇게 말하진 않았지만, 그런 생각을 하고 있다는 건 얼마든지 알 수 있었다.

"제인, 아사는 매리안 해밀턴의 손녀예요."

그때 그녀의 손가락에 결혼반지가 눈에 들어왔고, 난 안도의 한숨을 내쉬었다. 그녀는 유부녀다!

"만나서 반가워요."

내가 정답게 인사를 건넸다.

"커피 좀 줄까, 아사?"

캐머런이 물었다.

"고맙지만 괜찮아. 그냥 뭣 좀 줄 게 있어서 들렸어."

그녀가 가방에서 티슈로 꽁꽁 싸맨 꾸러미를 꺼냈다.

"할머니가 이걸 당신에게 주라고 유언하셨거든."

캐머런이 꾸러미를 받아들고 조심스럽게 포장을 벗겼다.

"할머니가 RKO에 소속되어 있을 때 찍었던 사진이야."

"이 사진 정말 좋아했었는데."

캐머런이 말했다. 그러고는 다가가 그녀를 껴안았다.

그녀도 그의 목에 팔을 둘렀다.

굳이 묻는다면 둘 사이에는 필요 이상의 애정이 묻어나고 있었다.

마침내 그녀가 팔을 풀었고, 빨리 운동하러 가봐야 한다며 호들갑을 떨었다.

캐머런은 그런 그녀를 현관까지 배웅했다.

난 사랑스러운 은제 액자에 들어 있는 매리안의 사진을 집어들었다.

매리안은 투피스 수영복을 입고 가짜 야자나무에 기대어 있었다. 그녀의 뒤로 가짜 하늘에 가짜 구름이 흘러가는 가운데 그녀의 금발머리가 어깨 언저리로 화사하게 흩어져 있었고, 그녀의 도톰한 입술이 벌어져 있었다.

나름대로 섹시한 포즈라고 지은 것 같았지만, 단순히 섹시함을 더해 특별한 무언가가 있었다. 그건 화장으로도 감추지 못한 주근깨 때문일 수도 있고, 그녀의 눈동자에 살짝 어린 놀람의 기색 때문일 수도 있다. 그 때문에 그녀는 어딘가 모르게 연약하고 순수해 보였다. 캐머런이 왜 이 사진을 좋아하는지 알 것 같았다.

그가 미소를 지으며 다시 거실로 돌아왔다.

"어땠어요?" 그가 말했다.

"아샤는 우리 둘이 어젯밤에 뭔가 일이 있었다고 생각하는 것 같던데, 재미있지 않아요?"

난 억지로 웃어 보였다.

도대체 그게 뭐가 '재미있다'라는 것인지 도통 알 수가 없었다.

그는 매리안의 사진을 집어들고는 애정이 듬뿍 담긴 눈빛으로 쳐다보았다.

"늘 이게 갖고 싶었죠. 기억해주다니 기쁘네요."

그리고는 벽난로 위 선반에 액자를 올려놓았다.

그는 뒤로 물러서 사진을 다시 한 번 감상했다.

"정말 굉장한 여자였어요."

그의 눈가가 촉촉이 젖어들었다.

그러더니 갑자기 시계를 확인하고는 말했다.

"이런, 시간 좀 봐요. 더 지체하다간 10시에 가게 문을 못 열겠는데요."

그는 접시를 들고 주방으로 들어갔다.

"오늘 당신 계획은 어떻게 돼요?"

"스포츠클럽에 가서 재스민과 얘길 해보려고요. 사건이 있던 날 밤에 스테이시의 아파트에 갔었다는 자백을 받아낼지도 몰라요."

캐머런이 챙 소리를 내며 접시들을 개수대에 떨어뜨렸다.

"농담이겠죠."

"뭐가요?"

"정말로 수사를 계속하겠다는 거예요? 어젯밤 일에도 불구하고?"

"당연하죠."

"당신은 바보예요. BMW가 또다시 당신을 추격해오면 어떡할 거죠?"

"모르겠어요? 어젯밤 일이 진범은 하워드가 아니라는 사실을 다시 한 번 확인시켜줬잖아요. 누군가 나를 겁주려고 했던 것이 분명해요. 정말로 스테이시를 죽인 사람 말이에요. 그리고 난 그 사람을 꼭 잡아내고 말 거예요."

그가 불신의 눈초리로 나를 쏘아보았다.

"꼭 해야만 하는 일이에요."

내가 힘없이 덧붙였다.

그가 내게 다가와 내 어깨를 움켜잡으며 말했다.

"제인, 내 말을 잘 들어요. 지금 당신은 위험에 처해 있어요. 다칠 수도 있고, 더하면 죽을 수도 있어요."

물론 그의 말이 맞다. 하지만 어떤 이유에선지 난 겁나지 않았다.

이런 내가 바보 같다는 사실은 뒤늦게 깨닫게 되었지만 말이다.

# Chapter Sixteen

캐머런과 나는 옷을 갈아입고(물론 같이 갈아입진 않았다) 10시쯤 함께 집을 나섰다. 캐머런은 수사를 계속 하는 것에 대해 적어도 한 번만 더 생각해보라고 간청했고, 나는 그의 간청에 따라 그 문제에 대해 재고해보았다. 3.5초 내내 말이다.

우리는 군데군데 햇살이 비치는 안뜰을 걸었다. 새들은 지저귀고, 꽃들은 만발하였으며, 잔디는 인공잔디처럼 무성하고 푸르렀다.

난 발길을 멈추고 건너편에 자리한 스테이시의 아파트를 올려다보았다. 살인이 일어난 곳이라고는 도저히 믿을 수 없었다.

"스테이시의 부모님이 이번 주말에 그녀의 물건을 정리하러 오신다고 했던 것 같아요."

캐머런이 내 시선을 쫓으며 말했다.

"저기 봐요!"

내가 말했다.

"어디요?"

"현관문이요. 열려 있어요."

난 서둘러 그곳으로 달려갔다.

과연 스테이시의 아파트 현관문이 조금 열려 있었다.

나는 사건 현장을 직접 살펴보리라는 열망으로 안을 들여다보았다.

솔직히 처음 시야에 들어온 풍광에 난 깜짝 놀라고 말았다.

아마도 난 말리부 바비의 저택쯤을 상상한 모양이다. 청록색 쿠션이 여기저기 놓여 있고, 조가비와 서프보드가 벽에 어지럽게 걸려 있는 저택 말이다. 스테이시의 아파트는 기대 이하였다.

가구대여점에서도 흔하게 볼 수 있는 따분한 갈색의 가구들뿐이었던 것이다. 거실은 그 어떤 특성도, 색채도 띠지 않고 있었다.

그 배경 속에 엄지손가락처럼 눈에 띄는 부분이 있었는데, 그건 바로 데리어쉬였다. 아랫배가 금방이라도 터질 듯 단추가 불룩하게 솟아 있는 그는 거실 탁자 옆에 서서 러시아어로 뭔가를 중얼거리며, 때로는 고개를 설레설레 저으며 서랍을 뒤지고 있었다.

뭔가에 단단히 화가 난 듯 그의 턱은 어느 때보다 무뚝뚝해 보였다.

그가 수색 작업에 몰두하는 동안 깨끔발로 몰래 주방으로 들어갈 수 있을 것 같았지만, 시도하지 않기로 했다.

난 다시 밖으로 나와 캐머런이 기다리는 우체통으로 달려갔다.

"내가 방금 뭘 봤는지 모를 거예요."

"스테이시 로렌스의 유령이라도 봤어요?"

"아뇨, 데리어쉬요."

"와우, 놀랄 일이군요. 아파트 관리인이 세입자 집에 있다니, 빨리 언론에 연락하지 그래요."

"스테이시의 탁자를 뒤지고 있었어요."

"뒤지고 있었다고요?"

"네, 서랍 하나하나를 꼼꼼히 살펴보던데요."

"세입계약서라도 찾고 있었나 보죠."

"오, 왜 이래요. 그럴 리 없다는 건 당신도 알잖아요."

"그렇긴 해요."

그가 인정했다.

"데리어쉬가 탐낼 만한 무언가를 스테이시가 갖고 있었던 것이 분명해요. 문제는 그가 그녀를 죽일 만큼 그걸 원했느냐는 거죠."

"당연히 아닐 거예요. 데리어쉬는 순한 사람이에요. 바퀴벌레조차 죽이지 못한다고요. 사비를 털어 집 안을 소독했을 정도였으니까요."

"내 눈엔 그다지 순해 보이지 않던데요."

캐머런이 한숨을 내쉬었다.

"결국 수사를 포기하지 않을 거죠?"

"안됐지만, 그렇게 될 것 같네요."

"그럼, 한 가지만 약속해요. 뭔가 일이 잘못되거나 곤경에 처하게 되면, 아니 도움이 필요하면……."

"네?"

"그렇다고 해도 나한테 와서 칭얼대진 말아요."

물론, 그는 농담으로 한 얘기였다. 아니, 농담이었기를 바랐다.


캐머런이 집 앞에 내려주자, 난 서둘러 아파트로 올라가 현관문을 열었다. 그리고는 두 개의 성난 초록 눈과 마주치고 말았다, 프로작.

"대체 어디 갔었어?"

녀석은 그렇게 말하고 있는 듯했다.

덧붙여 "아침 줘!", 그리고 "베이컨 냄새가 나는데."라고도 말하는 것 같았다.

난 녀석을 안아 올린 후 팔에 안고 살살 달래주었다.

하지만 녀석의 눈은 더욱 커지기만 할 뿐 여전히 뽀로통해 있었다.

고양이들은 뽀로통해하지 않는다고 말하지 마라. 이 녀석은 다르다. 어떤 땐 비에 젖어 다 녹슬어 버린 코걸이를 한 십대들보다 더 심하다.

난 곧장 주방으로 들어갔다.

프로작이 내 발목에 볼을 비벼 대며 내 뒤를 졸졸 쫓아왔다.

난 통조림을 하나 따서 녀석 앞에 놓아주었다.

"여기 있어. 아침이야."

프로작은 나를 쏘아보았다, 마치 이렇게 말하는 듯 말이다.

"좋아. 확실히 해 두자고. 이건 아침이 아니라 브런치야."

프로작이 식사에 열중하는 동안 난 아파트 안을 둘러보았다.

다행히도 여전히 침입자의 흔적 같은 건 없었다.

혹시 전화로도 협박 메시지를 남기지 않았을까 생각하며 나는 자동응답기 녹음메시지의 재생버튼을 눌렀다.

하지만 들어온 메시지는 한 개뿐이었다. 오늘 저녁때 시간이 되는지 묻는 칸디의 전화였다.

난 칸디와 약속시간을 정하고는 스포츠클럽에 전화를 걸어 재스민의 스케줄을 확인했다. 운 좋게도 오늘은 오후 내내 스포츠클럽에 있을 거라고 했다. 재빨리 샤워를 하고, 옷을 갈아입은 다음 프로작을 안아 올려 작별의 키스를 해주었다.

"나 좀 봐줘, 우리 예쁜이."

녀석은 내 얼굴에다 대고 늘어지게 하품을 해댔다. 녀석의 숨결에서 통조림 냄새가 났다.

영리한 녀석 같으니라고.

코롤라로 가는 길에 난 랜스와 맞닥뜨리고 말았다.

랜스는 이번엔 냉장고 돌아가는 소리가 너무 시끄럽다며 어떻게든 손을 써보라고 야단이었다.

난 잇몸이 보이도록 이를 악물었다.

"오, 미쳐 버리겠군요, 랜스. 당신의 끝없는 불평 때문에 내가 돌아버릴 지경이라고요. 가서 입에 양말이나 물고 있어요, 네?"

좋다, 진짜로 그렇게 말하진 않았다.

겁쟁이처럼 난 관리인에게 얘기하라는 말만 웅얼거리듯 남기고는 재빨리 코롤라로 피신했다.

스포츠클럽으로 가는 동안 난 광범위해진 용의자 명단을 머릿속으로 정리해보았다.

앤디, 재스민, 엘레인, 데본, 그리고 이제 데리어쉬까지.

하나의 단서를 잡아 범인을 한 사람으로 포착해 나갈 때마다 또 다른 복잡한 문제들이 뒤엉켜 머릿속을 엉망으로 만들어 버렸다.

난 스포츠클럽 스무디 바에서 미네랄 생수를 마시는 재스민을 발견했다. 난 진열장에 놓인 초콜릿 치즈 케이크 조각에 시선을 고정한 채 그녀 옆 의자에 슬며시 앉았다.

"저 기억나요?"

내가 미소 지었다.

"그럼요."

물을 꿀꺽 삼키며 그녀가 대답했다.

"하워드 머독의 변호사님이시죠. 아님 뉴욕 타임스의 기자이시거나, 그날그날 다를 테죠."

"앤디 브럭크너에게 들었군요."

"맞아요."

"저기요, 내가 변호사나 기자는 아닐지 몰라도 하워드 머독의 사건을 수사하는 건 확실해요."

"대단하시네요."

그녀는 자리에서 일어나 휙 돌아섰다.

"잠깐 얘기 좀 할 수 없을까요?"

"보상금 10만 달러는 아직도 유효한가요?"

"안됐지만, 그렇진 않아요."

"그럼, 싫어요."

난 도박을 해보기로 했다.

"누군가가 살인사건이 있던 날 밤 당신이 스테이시의 아파트에 들어가는 걸 봤다고 했어요."

물론 사실이 아니지만 그녀가 그걸 알 턱이 있는가.

돌아보는 그녀의 엷은 갈색을 띤 커다란 두 눈에 두려움이 몰려오기 시작했다.

"말도 안 돼요."

그녀는 억지로 웃어넘기려 했다.

"진술서에 서명까지 받았는걸요."

그녀의 짙은 화장이 사정없이 구겨졌다.

"좋아요, 스테이시의 집에 갔었어요."

그녀가 한숨을 내쉬었다.

"나한테서 빌려간 스웨터를 받으러 잠깐 들렀을 뿐이에요. 한 달 전에 빌려줬는데 계속 돌려주지 않았거든요. 그래서 직접 가서 가져왔죠. 하지만 내가 나올 때까지만 해도 그녀는 멀쩡히 살아 있었어요. 정말이에요."

"이웃 중 한 사람이 스테이시가 누군가와 말다툼을 하는 소리를 들었다고 했어요."

내 거짓말은 정녕 끝이 없는 것인가?

"그래요. 말다툼이 조금 있었어요. 내 스웨터에 소스를 흘려놓았지 뭐예요. 그래서 열을 확 받았죠. 사실 아직도 화가 나 있어요. 세탁소에 스웨터를 맡겼는데, 얼룩이 빠질지 모르겠다고 하더라고요."

"정말 유감이네요."

"캐시미어 스웨터였단 말이에요."

그녀는 물통을 집더니 당당하게 자리에서 일어났다.

"이봐요, 당신이 나를 믿든 안 믿든 상관없어요. 스테이시를 마지막으로 봤을 때 그녀는 분명히 살아 있었다고요. 낮잠을 자겠다고 침실로 들어가는 걸 내 눈으로 똑똑히 봤는걸요. 난 그녀를 죽이지 않았어요. 그러니 겁날 것 하나도 없어요."

그러더니 검은 머리를 강하게 튕기며 저 멀리 사라져버렸다.

매우 인상적인 대화였다.

그대로 스무디 바에 앉아 그녀의 말을 믿어야 할지 말지 골몰하고 있는데, 젊은 웨이터가 다가와 눈부신 미소를 지으며 물었다.

"뭘 드릴까요?"

난 진열장에 놓인 초콜릿 치즈 케이크를 쳐다보았다.

하느님, 맙소사. 아침식사를 그렇게 거하게 먹어놓고 또 초콜릿 치즈 케이크를 먹으려 하다니.

"그냥 미네랄 생수 한 병 주세요."

알았다, 알아. 실은 그렇게 말하지 않았다.

난 치즈 케이크를 시켜 부스러기까지 깨끗이 먹어치우고 말았다. 이제 만족하는가?

포크의 빗살로 마지막 남은 치즈 케이크 조각을 부스러뜨리고 있는데 문득 옆쪽에서 서늘한 기색이 느껴졌다.

"잠시 얘기 좀 할까요, 오스틴 양."

돌아보니 얼음장 같은 시선으로 웬디가 날 쏘아보고 있었다.

난 슬그머니 미소를 흘렸다.

"오, 안녕하세요, 웬디!"

하지만 웬디는 전혀 웃고 있지 않았다.

"진짜 변호사가 아니라는 거 알고 있어요, 오스틴 양."

"체육관에서도 과연 소문이 빠르군요."

"여긴 체육관이 아니라 스포츠클럽이에요. 국내에서 제일가는 클럽 중 하나라고요. 그런 우리를 상대로 거짓말을 하다니요."

'우리'라는 이 무슨 헛소리인가? 자기를 무슨 빅토리아 여왕쯤으로 생각하는 모양이지?

"당신이 한 행동은 매우 비열하고 치사했어요. 처음부터 클럽에 가입할 생각은 없었던 거죠?"

"네, 그래요."

"흠." 그녀가 코를 킁킁거렸다.

"하나만 물을게요."

"네."

"혹시 마음이 바뀌진 않았나요?"

"네?"

"회원 가입 말이에요. 반년마다 한 번씩 특가로 3천 달러의 회원비를 등록하는 사람에 한해 라켓볼 1달 무료 수강권을 주거든요."

믿을 수 없는 상황이다, 오직 LA에서만 가능한 일일 것이다.

"엄청난 할인혜택인 것 같네요. 하지만 이번에도 그냥 넘어갈게요."

내가 말했다.

웬디의 턱이 분노로 굳게 다물어졌다.

"그렇다면 얼른 여기서 나가주세요."

"하지만……."

"나가요!"

난 뻔뻔한 스포츠클럽을 박차고 나왔다.

그녀와 나의 대화가 들릴 만한 거리에 있던 사람들은 내가 볼썽사납다는 듯 혀를 끌끌 댔다.

사람들 앞에서 창피를 당한 것을 분해하며 주차장에 들어섰는데, 우연히 내 시야에 들어온 광경은 웬디와의 일을 까맣게 잊게 해주기 충분했다.

앤디 브럭크너가 그의 BMW 안에서 어떤 예쁘장한 여자와 함께 뜨거운 포옹을 나누고 있었던 것이다.

저 여자는 대체 누구지? 그녀는 바로 재스민이었다.

이제 스테이시도 없어져 버렸으니, 앤디와 붙게 되는 건 시간문제였을 것이다. 재스민에 대한 내 의심은 더욱 굳건해졌다.

번개같은 내 계산에 의하면, 재스민에게는 살인을 저지를 만한 충분한 기회가 있었고 동기도 확실했다. 그리고 누가 알았는가? 그녀가 BMW의 열쇠를 가지고 있었는지 말이다.

# Chapter Seventeen

"그래서 결국 바퀴벌레는 경범죄로 체포됐어."

칸디와 난 우리가 가장 좋아하는 멕시코 레스토랑, 파코의 타코스에서 마가리타를 홀짝이고 있었다.

천장을 멕시코 전통 장식으로 꾸미고, 둘이 먹다 하나가 죽어도 모를 정도로 맛있는 부리토를 파는 우리의 단골 레스토랑이었다.

칸디는 그녀의 쇼 '비니와 바퀴벌레'에서 바퀴벌레, 프레드 역을 맡는 배우에 대해 얘기하고 있었다.

"그 사람, 완전히 돌았다니까. 뚱뚱한 여자들만 보면 옷을 홀딱 벗겨서 아주 난리가 났대. 결국 레인 브라이언트(큰 사이즈의 옷만 파는 미국 의류브랜드) 탈의실에서 체포됐다지 뭐야. 우리 스튜디오가 공개되지 않은 게 천만다행이지."

무릎 아래까지 내려오는 스커트에 수수한 블라우스를 입은 예쁘장한 라틴계 웨이트리스가 주문을 받으러 왔다.

칸디는 새우 토스타다(토르티야를 바삭하게 튀긴 것)를 주문했고, 난 소고기 부리토 세트로 먹고 싶었지만, 오늘 하루치 열량은 아침식사로 먹은 계란과 베이컨, 초콜릿 치즈 케이크로도 충분히 섭취했다는 판단 아래 가벼운 멕시코 스타일의 해산물 샐러드를 주문하기로 결심했다.

"소고기 부리토 세트 주세요."

하지만 스스로 제어하기도 전에 툭 하니 말부터 튀어나와 버렸다.

"튀긴 콩에 치즈 듬뿍 얹어주시고요."

나도 안다. 내가 구제불능이라는 사실을. 오늘을 계기로 내일부터는 열심히 엉덩이 살을 빼야지.

"어젯밤엔 어디 있었어?" 칸디가 물었다.

"계속 전화했었는데, 안 받더라."

"사실 캐머런의 집에서 자고 왔어."

"그 게이?"

"그 사람, 게이가 아니야."

칸디의 두 눈이 호기심으로 초롱초롱해졌다.

"그럼 두 사람이 같이 잤다는 거야?"

"아니, 같이 자지 않았어."

"그 사람 집에서 자고 왔다며?"

"그저 내가 위험하지 않을까 걱정했던 것뿐이야."

"무슨 소리야?"

"얘기하자면 길어."

난 지난번에 해주었던 얘기 이후로 일어났던 일들에 대해 자세히 얘기해주었다. 데본과 얘기를 나눴던 일이며 앤디와의 불쾌했던 만남, 재스민의 향수와 엘레인의 새 아파트, 그리고 데리어쉬의 세입자 서랍 뒤지기 습관에 대해서도 전부 얘기해주었다.

물론 광란의 질주를 했던 BMW 얘기도 해주었다. 소고기 부리토 세트를 열심히 먹으며 말이다.

"하느님, 맙소사."

얘기를 마치자 칸디가 말했다.

"그 고속도로 이야기 정말 겁난다."

"근데 솔직히 생각만큼 그렇게 겁나진 않더라."

"경찰이 알아서 해결하도록 내버려 둬야 하지 않을까?"

"그럴 순 없어. 경찰에서는 하워드 짓이라고 생각한단 말이야."

"당연히 그 사람이겠지. 명백하잖아."

"이해를 못 하는구나. 하워드 머독은 수줍음이 많은 순수 청년이야. 누군가를 죽일 수 있는 사람이 아니라고."

"그 수줍음 많은 순수 청년이 시체 옆에서 타이마스터를 든 채 발견됐다고 하잖아?"

"상관없어. 내 안의 무언가가 자꾸 그 사람 짓이 아니라고 말하는 걸. 난 내 직감을 믿기로 했어. 사람 보는 눈 하나만큼은 정확하니까."

"참도 그렇겠다. 그래서 블롭이랑 결혼한 거야?"

그녀가 정곡을 찔렀다.

"어쨌든 조심하겠다고 약속해. 네가 걱정된단 말이야."

그녀가 이어 말했다.

"알았어, 약속할게."

칸디는 마가리타 잔에서 마지막 남은 소금을 핥았다.

"그래, 그 캐머런이란 사람과는 어떻게 되어가고 있어? 그 사람도 너를 좋아하는 거야?"

"아니. 난 그 사람 스타일이 아닌걸. 그 사람이 최근까지 사귄 여자친구는 허벅지 두께가 내 발목만 해."

"그런 사람일랑 내버려 둬. 넌 분명 크리스티 경매장에서 더 좋은 사람을 만날 수 있을 거야."

지난 며칠간의 난리통에 칸디가 거창하게 세운 프로젝트, 경매장에서 신랑감 찾기를 까맣게 잊고 있었다.

"내일 경매가 있대. 같이 가자."

난 미약하게나마 몇 가지 핑계를 대봤지만, 이미 작정한 칸디에게는 통하지 않았다.

"우리, 가는 거다. 잔소리 말고 따라와."

난 찍소리 못하고 그녀의 명령을 받아들였다. 그리고 마지막 남은 튀긴 콩을 막 입에 넣으려는데, 웨이트리스가 와서 디저트는 무엇으로 하겠느냐고 물었다.

메뉴판에는 눈이 핑 돌 정도로 먹음직스러워 보이는 디저트가 많이 있었지만, 어느 것도 주문할 수 없었다.

절대로. 몇십 만년, 몇 억년이 흘러도 여기서 단 1칼로리라도 더 섭취할 수는 없었다.

추신, 디저트는 정말 맛있었다.

다음날 아침 나는 어제 저녁 일에 대해 엄청난 죄책감을 느끼며 눈을 떴다. 그리고는 급 다이어트에 돌입하기로 마음먹었다.

이제 채소와 과일, 닭 가슴살만 먹으리라. 하지만 채 15분도 지나지 않아 나의 결심은 시나몬 건포도 베이글과 함께 와르르 무너지고 말았다. 베이글 위에 바른 크림치즈가 녹기를 기다리며 나는 현재 의뢰가 들어온 작업 목록을 훑어보았다.

하지만 눈을 씻고 찾아봐도 목록에는 아무것도 없었다. 보통 때 같았으면 가벼운 히스테리 증상이 나타났겠지만, 오늘은 아무렇지도 않았다. 스테이시의 살인사건에 필요 이상으로 몰두해 있는 탓일 것이다.

내 머릿속은 스테이시의 아파트에서 서랍을 뒤지고 있던 데리어쉬에 대한 의문들로 복잡했다. 도대체 뭘 찾고 있었던 거지?

난 치즈크림이 녹은 위에 딸기 통조림의 딸기를 척척 올려놓은 후 전화기로 손을 뻗었다.

"여보세요, 캐머런. 나, 제인이에요."

"안녕. 어쩐 일이에요? 내가 한 말 생각해봤어요? 위험한 수사에서 손 떼라고 한 거요."

"네, 생각해봤어요."

"결론은요?"

"그러기로 했어요. 단, 스테이시의 아파트에 갔다 온 뒤에요."

"뭐라고요?"

"스테이시의 부모님 얘기해줬던 거 기억나요? 이번 주말에 아파트를 정리하러 오신다고 했잖아요. 그전에 가서 단서를 좀 찾아봐야겠어요."

"기대를 한 내가 바보죠. 근데 그건 사건이 일어났을 때 경찰이 제일 먼저 하는 일 아닌가요? 단서 수집 말이에요."

"그렇죠. 하지만 경찰에서는 핏자국이나 마약 기구 같은 것만 찾잖아요. 우린 경찰에서 간과하고 지나쳐버린 단서들을 찾는 거예요. 이를테면, 데리어쉬가 스테이시의 탁자에서 찾고 있었던 것 같은?"

"'우리'라니요?"

"당신의 도움이 필요해요, 캐머런."

"안 돼요. 당신을 도와줄 수 없어요."

"어째서요?"

"'가택 침입'이라고 못 들어봤어요? 그것만으로도 교도소에 갈 수 있다고요."

"좋아요."

구슬픈 간청이 아닌 냉정한 자신감으로 들리길 바라며 내가 대답했다.

"도와주지 못한다면, 나 혼자 하죠."

잠깐 긴장감 어린 침묵이 흘렀다.

그러더니 이내 캐머런이 깊은 한숨을 내쉬며 말했다.

"알았어요. 도와줄게요. 당신한테 무슨 일이 생긴다면 나 자신을 용서하지 못할 테니까요."

"오, 캐머런."

내가 환호성을 지르며 말했다.

"고마워요, 정말 고마워요. 당신은 정말 천사예요. 하늘에서 내려준……."

"찬사는 일절만 해요. 스테이시의 아파트엔 어떻게 들어갈지 생각해봐야죠."

난 내 아이디어를 그에게 말해주었다.

# Chapter Eighteen

"코르쉐프 씨?"

캐머런이 한 톤 정도 목소리를 낮춰 수화기에 말했다.

"저는 LAPD의 티모시 레아 형삽니다."

난 캐머런의 집 거실 소파에 앉아 손에 땀을 쥐고는 건너편에 앉은 그가 통화하는 모습을 지켜보았다.

"먹히는 것 같아요?" 내가 입을 뻐끔거리며 말했다.

캐머런이 고개를 끄덕이더니 이내 말을 이었다.

"우리 경찰관 한 명이 스테이시의 아파트에 지갑을 두고 온 모양입니다. 침실에서 지문을 채취하다가 뒷주머니에서 빠진 것 같다더군요. 괜찮으시다면 가서 확인 좀 해주시겠습니까? 갈색 가죽 지갑입니다. 경찰관 이름은 웹, 프랭크 웹. 만약 찾으면 전화 주십시오. 전화번호는 555-9565입니다……. 고맙습니다."

그가 전화를 끊고는 미소를 지었다.

"먹혔어요."

이제는 캐머런도 제법 즐기고 있었다.

우리는 창가로 달려가 블라인드 틈으로 데리어쉬의 아파트 현관문을 뚫어져라 바라보았다. 아니나 다를까 2분쯤 뒤에 데리어쉬가 모습을 보였다.

그의 입가에는 치즈 쿠키 부스러기가 묻어 있었다. 그는 기름진 손가락을 티셔츠에 쓱쓱 문질러 닦고는 주머니에서 열쇠꾸러미를 꺼내어 스테이시의 아파트로 걸어갔다.

우리는 그가 문을 열고 안으로 들어갈 때까지 기다렸다.

"됐어요. 이제 가요."

우리는 정원을 가로질러 스테이시의 아파트로 달려갔다. 감사하게도 풀장에는 아무도 없었다.

"이거 완전히 미친 짓인 거 알아요?" 캐머런이 말했다.

"잡히면 어떻게 되는지 알죠?"

"오, 왜 이래요. 설마 무슨 일이야 있겠어요?"

"경찰관 사칭죄로 우린 교도소에 가겠죠. 아니, 정정하겠어요. 내가 교도소에 가겠죠. 당신은 사식으로 넣어줄 케이크나 굽고 있으라고요."

어느덧 스테이시의 집 앞에 다다른 우리는 데리어쉬가 문을 제대로 닫아놓지 않은 사실을 깨달았다.

우리는 조심스럽게 아파트 안으로 들어갔다.

침실 쪽에서는 데리어쉬가 서성이며 뭔가를 중얼거리는 소리가 들려왔다. 우리는 깨끔발로 걸어 벽장 안으로 들어갔다.

단연코 말하건대, 캐머런과 벽장 안에 갇혀 있는 편이 훨씬 좋았다. 어둠 속에서 캐머런의 품에 안기다시피 한 채 그의 시트러스 애프터세이브 향을 느끼면서……. 자, 이쯤 되면 내가 왜 수사를 중단하지 않는지 알 만한 사람은 알았겠지?

실망스럽게도 데리어쉬는 침실에 오래 있지 않았다.

우리가 미처 깨닫기도 전에 그는 거실을 가로질러 헛물만 켰다는 말을 중얼거리면서 다시 밖으로 나갔다. 하지만 그의 강한 악센트로는 '헛물을 들이켰다.' 라고 말하는 것처럼 들렸다.

둘뿐이라는 것이 확실해지자 우리는 벽장에서 나와 스테이시의 집 곳곳을 살펴보기 시작했다. 모든 것이 계획대로 되어가고 있었다(물론 벽장 안에서의 내 거친 숨소리는 예상 밖의 일이었다).

"헤이, 이것 좀 봐요." 캐머런이 말했다.

그는 참나무 책장 앞에 서 있었다.

"스테이시가 책을 즐겨 읽는 사람일 줄 누가 상상할 수 있었겠어요?"

그는 책꽂이에서 책 한 권을 꺼냈다.

"오르가슴에 도달하는 백만 가지 방법."

"오, 세상에." 내가 코웃음을 쳤다.

"정말 지적인 분야로군요."

그러면서 머릿속으로는 아마존에 재고가 남아 있는지 확인해야겠다고 생각했다.

캐머런은 거실 구석에 놓여 있는 작은 책상으로 다가갔다. 데리어쉬가 뒤지던 바로 그 책상이었다.

"데리어쉬가 뭘 찾고 있었는지 한 번 볼까요?"

책상에는 서랍이 두 개 달렸는데, 30분 동안 그 안에 있는 물건을 하나하나 살펴봐도 찾은 것이라곤 납부 기한이 훨씬 지난 오래된 청구서들과 무설탕 껌 한 통뿐이었다.

"잠깐만요." 내가 말했다.

"어딘가에 비밀 공간이 있을 거예요."

캐머런이 한숨을 내쉬었다.

"제인, 비밀 공간 같은 건 비싼 가구들에나 있는 거예요. 이런 책상에 있을 리가 없다고요."

할 수 없이 책상을 포기하고 우리는 침실로 향했다. 그리고 그녀의 옷장과 서랍을 모두 뒤졌다. 하지만 발견한 것이라곤 허벅지가 푹 파인 팬티를 포함한 야한 속옷들과 딸기향이 나는 끈적끈적한 로션뿐이었다.

"그러게 내가 말했잖아요. 의심스러운 건 이미 경찰에서 다 수집해 갔을 거라고요."

캐머런이 새치름하게 말했다.

"알았어요, 알았어. 당신 말이 맞아요. 이제 그만 가요."

난 그와 함께 현관으로 향하다 말고 다시 책장으로 달려갔다.

"미안해요. 하지만 참을 수가 없어서요."

내가 부끄러운 듯 말하고는 '오르가슴에 도달하는 백만 가지 방법'이란 책을 꺼내들었다.

"이 책을 한 번 봐야겠어요."

캐머런이 씩 웃었다.

호기심 많고 짓궂은 초등생들처럼 우리는 책을 펴고 앉아 읽기 시작했다. 그런데 156페이지와 157페이지 사이에 사진이 한 장 끼워져 있었다. 사진 속에는 스테이시가 허벅지가 푹 파인 팬티를 입고 침대 위에 누워 있었고, 그 옆에는 다름 아닌 러시아인이자 아파트 관리인인 데리어쉬가 누워 있었다.

캐머런이 부드럽게 휘파람을 불었다.

"데리어쉬가 찾고 있던 걸 우리가 찾은 것 같네요."

난 돌처럼 굳어 사진을 들여다보았다.

윽, 벌거벗은 데리어쉬의 모습은 그다지 아름다운 광경이 아니었다.

"하느님, 맙소사." 내가 말했다.

"그의 등에 난 털만으로도 스웨터 하나는 가뿐히 짜겠어요."

그때 현관에서 열쇠소리가 들렸다. 우리는 재빨리 벽장으로 달려갔지만, 우리가 몸을 숨기기도 전에 현관이 활짝 열리고 말았다.

"대체 여기서 뭣들 하는 거유?"

그가 으르렁거렸다.

내게 곤경을 헤쳐 나갈 수 있을 만한 용기가 있는지 알아볼 기회가 바로 지금이었지만, 불행하게도 나에겐 그만한 용기가 없었다.

제일 먼저 든 생각이라곤 베란다로 달려가 아래 풀숲으로 몸을 던질까 하는 것이었다. 하지만 좀 더 냉정해진 머리가 나의 무모한 행동을 막아주었다.

망설임 없이 캐머런이 말했다.

"내 물건을 가지러 왔습니다."

그러더니 그는 우리가 재빨리 꽂아 두었던 '오르가슴에 도달하는 백만 가지 방법'이란 책을 꺼내들었다.

데리어쉬가 의심스러운 눈초리로 그를 쳐다보았다.

"그 책이 당신거유?"

"네."

그가 결백한 낯빛으로 침실로 걸어 들어갔다.

"금방 돌아올게요." 그가 내게 윙크를 보냈다.

데리어쉬는 흐릿한 눈빛으로 나를 쳐다보았다.

내가 뉴욕 타임스 기자라고 거짓말한 것에 대해 비난의 욕설이라도 퍼부어댈 줄 알았는데, 뜻밖에 그는 그간의 일은 모두 잊어버린 듯 거친 숨을 몰아쉬며 그 자리에 서 있을 뿐이었다.

그의 머릿속은 지금 일어난 일을 어떻게 이해하면 좋을지를 생각하느라 꽤 복잡한 듯 보였다. 역시나 그는 캐머런이 스테이시와 사귀던 사이였느냐고 내게 물었다. 하지만 막 대답하려는 찰나 캐머런이 딸기향이 나는 로션을 들고 나타났다.

"이제 됐군요."

그러더니 주머니에서 열쇠를 꺼내며 말했다.

"이 열쇠 좀 맡아주시죠. 이젠 나한테 필요없을 것 같네요."

데리어쉬는 얼이 빠진 듯 고개를 끄덕였고, 그는 데리어쉬에게 열쇠를 던져주었다.

"그럼, 우린 이만 가봐야겠습니다."

그가 최대한 예의 바른 미소를 지었다. 그리고는 내 팔을 잡고 현관으로 이끌었다. 얼이 빠진 사람은 데리어쉬뿐만이 아니었다.

캐머런의 재기 넘치는 순발력과 침착함은 그야말로 나를 감동시켰다. 이제 난 미치도록 그가 좋아지기 시작했다.

어쩌겠는가? 난 나라님도 못 말린다는 허둥쟁이인걸.


"빠져나왔어요!"

앞마당을 가로질러 다시 캐머런의 집으로 돌아가는 길에 내가 속삭였다.

"정말 고마워요. 진짜로 멋졌어요."

"그랬죠?"

캐머런이 의기양양해하며 말했다.

"인정하고 싶진 않지만, 당신 말이 맞아요. 이 형사 놀이, 정말 재미있어요."

그때 데리어쉬가 스테이시의 아파트에서 나오는 것이 보였다.

그러자 캐머런이 그에게 손을 흔들어 보였다.

"안녕히 계세요!"

데리어쉬는 손을 흔드는 둥 마는 둥 하더니 이내 자기 집으로 들어가 버렸다. 보나마나 주방으로 직행해 치즈 쿠키나 부스럭거리겠지.

"데리어쉬에게 준 열쇠 말이에요." 내가 말했다.

"진짜 스테이시의 집 열쇠는 아니죠?"

"당연하죠."

그가 현관 앞 진달래꽃 항아리 밑에서 진흙이 잔뜩 묻은 열쇠를 하나 꺼냈다.

"다행히 여분으로 하나 더 갖고 있었거든요."

그는 소맷자락에 열쇠를 쓱쓱 문질러 닦은 후, 문을 열었다.

"만약 데리어쉬가 그 열쇠로 스테이시의 집을 열었는데, 안 열리면 어떡해요?"

"그럼 교도소에 가는 거죠, 뭐. 당신은 나한테 사식으로 케이크를 보내주고요. 헤이, 근사한 점심 만들어줄까요? 범죄를 저지르고 났더니 배가 고프네요."

"난 심각해요."

그를 따라 주방으로 들어가며 내가 말했다.

"데리어쉬가 정말 열쇠를 시험해보면 어떡해요?"

"심각하게 얘기해도." 그가 찬장에서 참치 캔을 꺼냈다.

"교도소에 갈 거라는 건 마찬가지예요. 참치, 괜찮아요?"

내 표정이 상당히 어두웠던 모양이다.

그가 내 머리칼을 쓸어 넘기며 호탕하게 웃었다.

"왜 그래요. 데리어쉬는 열쇠를 시험해보지 않을 거예요. 아마 자기 사진 걱정으로 가득할걸요."

난 '오르가슴에 도달하는 백만 가지 방법' 책에서 스테이시와 데리어쉬의 사진을 꺼냈다.

"도대체 어떤 사진관에서 이런 사진을 현상해줬을까요?"

캐머런이 그릇에 참치 캔 내용물을 붓고 그 안에 마요네즈를 한 숟가락 떠 넣으며 말했다.

"난 아직도 모르겠어요." 내가 말했다.

"스테이시와 데리어쉬라니, 완전 미녀와 야수잖아요."

"누가 알아요? 밤일을 끝내주게 잘했는지도 모르죠."

"오, 이런. 데리어쉬와 침실로 가느니 차라리 털 뭉치를 안고 뒹구는 편이 낫겠어요."

"어쩌면 그런 관계가 있었기 때문에 그녀에게 매리안의 아파트를 줬는지도 몰라요."

"엄청난 희생이군요."

사진 속 데리어쉬의 배에 새겨진 주름을 세어보며 내가 말했다.

"혹시 스테이시가 데리어쉬도 협박했을까요?"

캐머런이 생각에 잠겼다.

"부인에게 사실을 말하겠다고 했는지도 모르죠."

"하지만 그것도 믿을 수가 없어요. 협박할 만큼 그에게 돈이 많지는 않잖아요."

"너무 확신하진 말아요."

캐머런이 밀 빵의 한 면에 버무린 참치를 펴 바르며 말했다.

"그가 단순히 아파트 관리인이 아니라는 소문이 있어요. 언젠가 한번 매리안이 얘기해줬는데, 데리어쉬가 사실은 이 아파트를 소유하고 있대요."

"정말요?"

"네, 매리안의 말에 따르면 그 부부가 사실을 숨기는 이유는 세입자들의 불평을 회피하기 위해서라고 했어요. 세입자들한테 그저 집주인이 안 된다고 했다고만 전하면 됐을 테니까요."

"그렇담 협박도 가능성이 있네요. 데리어쉬가 정말 이 아파트의 소유주라면 돈이 많았을 테니까."

캐머런이 냉장고에서 토마토를 꺼내 썰기 시작했다.

"전화 좀 써도 돼요?" 내가 물었다.

"그럼요."

참치 위에 얇게 썬 토마토를 조심스럽게 올리며 그가 대답했다.

"어디에 전화하려고요?"

"LA 카운티의 재산평가 사무실에요. 벤틀리 가든의 소유주가 누구인지 확인해보고 싶어요."

사실 난 상업 지구에 사는 고객들을 수없이 많이 만나본 터라(그래, 사실은 셋뿐이다) 주차장의 소음이나 시끄러운 음악 소리, 에어컨 소리에 대해 항의 편지를 쓰는 일에는 완전히 도가 터 있었다. 게다가 꼭꼭 숨어버린 건물주를 찾아내는 일에도 일가견이 있었다.

그 일은 매우 간단하다. 그저 재산평가 사무실로 전화를 해서 주소를 불러준 다음 누가 건물을 소유하고 있는지 알아봐 달라고 하면 끝이다. 모두 공식적인 기록이 남아 있기 때문에 심신 건강한 이 나라의 국민으로서 그 정도쯤은 충분히 알 권리가 있었다. 그래서 난 재산평가 사무실에 전화를 했고, 고작 7천만 년 정도를 기다린 후에야 기운찬 여성의 목소리를 들을 수 있었다.

난 그녀에게 벤틀리 가든의 주소를 불러주었고, 그녀는 소유주의 이름을 말해주었다.

내가 다시 주방으로 들어갔을 때 캐머런은 토마토와 마요네즈가 넘칠 듯 발려지고 양쪽에는 잘게 썬 피클이 삐져나올 듯 말듯 아슬아슬한 두꺼운 참치 샌드위치를 이리저리 매만지고 있었다.

"어떻게 됐어요?" 캐머런이 물었다.

"데리어쉬가 맞대요?"

"아뇨." 내가 대답했다.

"데리어쉬가 아니에요."

"오."

"그의 부인이에요."

"뭐라고요?"

캐머런이 놀라움에 가득 찬 표정으로 참치 샌드위치에서 고개를 들었다.

"소유주는 바로 예타 블라식 코르쉐프였어요."

"정말 재미있군요."

"그래요." 내가 대꾸했다.

"돈줄을 쥔 건 예타였어요."

"곧 데리어쉬가 완벽한 협박 대상이었다는 걸 뜻하는 거죠. 아마 스테이시는 이렇게 말했을 거예요. '돈을 내놓지 않으면 우리의 스릴 넘쳤던 애정행각을 당신의 부자 부인에게 모두 말해버리겠어요.'"

캐머런이 탁자 위에 두 개의 샌드위치를 내려놓았다.

"먹어봐요!" 그리고는 의기양양하게 말했다.

"보기에 어때요?"

"굉장히 맛있어 보이는데요. 근데 당신 건요?"

"이런, 이런, 요 조그마한 내숭쟁이 같으니."

오, 세상에! 그가 나를 '조그맣다'라고 하다니!

우리는 양 볼에 온통 마요네즈를 묻혀가며 열심히 샌드위치를 먹었다.

"내 생각에 블라식은 예타의 처녀 때 성이었던 것 같아요."

마침내 샌드위치에서 고개를 들고는 내가 말했다.

"그녀가 부잣집 따님일지도 모르겠군요."

캐머런이 말했다.

"잠깐만, 블라식이라는 이름의 자동차 판매 대리점이 있지 않아요?"

캐머런이 고개를 끄덕였다.

"블라식 BMW."

난 몹시 흥분하는 바람에 피클 조각이 목에 걸릴 뻔했다.

"그렇담 데리어쉬가 BMW와 연관이 있단 말이네요! 고속도로에서의 추격자가 그 사람일지도 몰라요."

"하지만 같은 사람이란 건 어떻게 알죠?"

"쉬워요."

난 다시 전화기 쪽으로 다가가 전화번호 안내센터에 전화를 걸었다. 그런 나를 캐머런도 뒤따라 왔다.

2분 후, 난 블라식 BMW의 안내데스크 직원과 통화할 수 있었다.

"고객을 최우선으로 모시는 블라식 BMW입니다."

데스크 직원이 읊어댔다.

"블라식 씨, 부탁합니다."

영국식 억양을 흉내 내며 내가 말했다.

"실례지만 누구시죠?" 직원이 조심스럽게 되물었다.

"비벌리힐스 카르티에 매장의 해링턴이라고 전해주세요."

억양을 한층 더 강조하며 내가 대답했다.

천연덕스런 내 연기에 캐머런이 눈동자를 굴렸다.

어쨌든 작전은 성공이었다. 안내데스크 직원은 내 전화를 연결해주었고, 나는 블라식 BMW의 안내방송을 들으며 상대방이 응답하기를 기다렸다. 마침내 블라식 씨가 전화를 받았다.

그의 걸쭉한 러시아 억양은 내 영국 억양과는 비교도 안 될 정도로 진짜 티가 났다.

"이반 블라식입니다."

"블라식 씨, 따님인 예타 씨를 위해 주문하셨던 다이아몬드 반지 때문에 전화 드렸습니다."

"그런 반지는 주문하지 않았소만."

"하지만 제가 지금 주문서를 보고 있는데, '사랑하는 내 딸 예타에게 아빠가'라는 문구를 새겨 달라고 하셨다고 적혀 있습니다."

"미친 소리, 난 절대 뭘 소매가로 구입하지 않소."

"그럼 따님의 성함이 예타가 맞습니까?"

"그렇소. 하지만 반지 같은 건 사지 않았소. 똑똑히 알아 두시오."

"잘 알았습니다, 손님. 그럼 주문은 신속하게 취소해 드리겠습니다."

난 전화를 끊고 승리에 찬 미소를 지었다.

"예타가 그 사람 딸이 맞아요, 좋았어!"

캐머런이 믿을 수 없다는 듯 고개를 설레설레 저었다.

"신속하게라고? 도대체 뭘 읽은 거예요?"

"어쨌든 먹혀들었잖아요. 안 그래요?"

"그렇긴 했죠."

그도 씩 웃었다.

"인정하고 싶지 않지만 형사놀이에 꽤 소질이 있네요."

그런 후 그는 차 열쇠를 집어들더니 현관으로 향했다.

"어서 갑시다." 그가 말했다.

"교통체증에 시달리지 않으려면 서둘러 나서야 해요."

"어딜 가는데요?"

"오래전에 이미 해야 했던 일을 하러 가야죠."

"그게 뭔데요?"

"경찰한테 얘기하는 거 말이에요."

# Chapter Nineteen

 우리가 안내를 받아 사무실로 들어가자 책상 앞에 앉아 있던 레아 형사가 성가신 표정으로 고개를 들었다.
 "오, 당신이군요."
 그가 로트와일러(독일산 경비견, 경찰견으로 쓰임)와 같은 특유의 거친 매력을 풍기며 말했다.
 경찰에게 가는 건 시간 낭비라고 캐머런을 설득했지만, 그는 끝까지 고집을 부렸다. 그는 사건에 대해 알아낸 것을 레아 형사에게 알리는 것이 여러모로 공평할 뿐만 아니라 그것이 바로 국민의 의무라고도 했다. 그래서 우리는 이렇게 모든 걸 다 안다는 듯 얄미운 미소를 짓고 있는 빨간 머리의 티모시 레아 형사와 마주앉아 있는 것이다.
 그는 자신의 회전의자에 앉아 손을 목 뒤로 깍지 낀 채 캐머런에게 묘한 시선을 쏘아 보내고 있었다. 아마도 누구의 배포가 더 큰가 궁금해하고 있겠지.

레아 형사는 그러고도 남을 남자였다.

"전 오스틴 양의 친구, 캐머런 배닉입니다."

캐머런이 먼저 손을 내밀었고, 레아 형사는 잠시 망설이는 듯하더니 마지못해 손을 뻗어 그와 악수했다.

"무슨 일로 오셨습니까?" 그가 귀찮다는 듯 물었다.

"스테이시 로렌스 살인사건에 대해 저희가 알아낸 사실 몇 가지를 알려 드리러 왔습니다."

"이를테면?"

"이를테면, 이런 거죠."

캐머런이 레아 형사에게 데리어쉬와 스테이시가 침대 위에서 뒹구는 사진을 건네주었다.

사진을 받아 본 레아 형사는 플레이보이 지를 처음 구경한 십대 소년처럼 킥킥거렸다.

"사람들 취향이야 제각각이죠."

그가 책상 위로 사진을 던지며 말했다.

"레아 형사님,"

침착함을 유지하려고 안간힘을 쓰며 내가 입을 열었다.

"데리어쉬 코르쉐프가 스테이시 로렌스와 외도를 하고 있었어요."

"유흥의 세계에 온 걸 환영합니다. 세상에 널린 게 그런 사람들이죠."

"우린 스테이시가 데리어쉬를 협박했을 거로 생각하고 있어요."

레아 형사는 우리의 대화에 도통 흥미를 못 느끼겠다는 듯 책상 서랍에서 고무공을 꺼내 손에 쥐고 꾹꾹 눌러댔다.

"지난주에는 스테이시가 앤디 브럭크너를 협박했다고 했잖습니까?"

"둘 다 협박했을 수도 있어요. 가능한 일이잖아요, 안 그래요?"

그가 나를 쳐다보더니 이내 한숨을 내쉬었다.

"그래서 하고 싶은 말이 뭡니까? 스테이시를 죽인 게 코르쉐프라는 겁니까, 브럭크너라는 겁니까?"

"모르겠어요. 하지만 둘 중 하나일 가능성이 크죠. 어쩌면 재스민 매닝일 수도 있고……, 아님 스테이시의 이웃인 엘레인 짐머일 수도 있어요. 미친 소리로 들리겠지만, 약속되었던 자기 아파트를 돌려받으려고 스테이시를 죽였을 수도 있어요. 내가 아는 건 하워드 머독말고도 혐의가 짙은 용의자들이 넘쳐난다는 거예요."

"매우 다채로운 이론이군요, 오스틴 양, 모두 참고하도록 하겠습니다."

그래, 퍽도 그러겠다. 네가 내 얘기에 귀기울이기를 기다리느니 차라리 내가 LA 스포츠클럽에 가입하는 게 더 빠르지.

"이 사실도 알고 계셔야 할 것 같습니다."

캐머런이 말했다.

"이틀 전 오스틴 양과 제가 고속도로에서 추격을 당했습니다."

"추격이라고요?"

"검정 BMW 한 대가 무서운 속도로 저희를 쫓아와서는 자꾸 옆으로 밀치더군요. 자칫하면 중앙분리대에 부딪칠 뻔했어요."

"고속도로 불량배가 아니었던 것이 확실합니까?"

"확실해요."

"그럼, 차 번호판은 봤습니까?"

"아니요." 그가 말했다.

"너무 순식간에 일어난 일이라서……."

"누군가 오스틴 양의 수사를 방해하려고 했던 것 같아요."

"그것뿐만이 아니에요. 누군가 내 집에 경고 메시지를 남겼다고요."

"경고 메시지?"

"네 일이나 신경 쓰라고 적혀 있었어요. 알파벳 B는 뒤집혀 있었는데, 범인에게 난독증이 있는 것 같아요."

"결론은 누군가 제인을 위협하고 있다는 겁니다. 살인사건을 수사하는 걸 달가워하지 않는 누군가가 말이죠."

캐머런이 말했다.

레아 형사는 잠시 생각하는 듯하더니 자리에서 일어섰다.

"당신 생각에 동의합니다."

"정말요?"

나는 깜짝 놀랐다.

어쩌면 캐머런의 말이 맞는지도 모르겠다. 레아 형사에게 기회를 주지 않았던 건 내가 불공평했던 것일 수도 있다.

"누군가 당신이 수사를 멈추기를 간절히 원하고 있는 것 같군요, 오스틴 양."

그가 쥐고 있던 고무공을 책상 위에 내려놓았다.

"하지만 당신을 그토록 성가시게 하는 것이, 그 사람이 스테이시를 죽였기 때문이 아니라 당신이 알아낸 사실이 밖에 알려지면 곤란해지기 때문일지도 모른다는 생각은 안 해봤습니까?"

고무공이 그의 책상 위를 또르르 굴러 바닥으로 떨어졌다. 하지만 레아 형사는 전혀 신경 쓰지 않았다.

우리 앞에서 허리를 숙여 공을 줍고 싶지 않기 때문일 것이라는 게 내 추측이었다. 테스토스테론(남성호르몬)의 세계란 그런 것이니까 말이다.

"경고 메시지를 남기고, 고속도로에서 추격을 해온 사람이 데리어쉬였다고 칩시다. 그러나 그는 단지 자신의 외도 사실을 부인이 알게 될까 봐 두려워서 그랬을 수도 있습니다. 앤디 브럭크너도 마찬가지고."

난 자리에서 벌떡 일어났다.

"그것 봐요, 캐머런. 시간 낭비일 거라고 했잖아요."

"이것 보세요, 오스틴 양. 난 데리어쉬 코르쉐프가 단지 스테이시와 외도를 저질렀다는 이유만으로 그를 체포할 순 없습니다. 스테이시 로렌스와 동침한 남자들을 전부 체포한다면, 구치소가 모자랄 겁니다."

난 문으로 향했다.

"경고 메시지를 갖고 와 보시죠."

그가 외쳤다.

"그렇게 해야만 당신이 행복하다면, 지문 검사를 한 번 해봐 드리죠."

난 발걸음을 멈추고 뒤를 돌아 그를 쳐다보았다.

"나를 행복하게 하는 방법은, 형사님. 당신이 내 얘길 경청해주는 것

밖엔 없답니다."

그리고는 다시 휙 돌아 문 밖을 향해 걸어 나갔다.

굉장히 멋있는 장면이 될 뻔했다.

내가 고무공을 밟고 넘어지지만 않았다면 말이다.

"저런 얼간이를 봤나."

주차장으로 향하는 길에 캐머런이 말했다.

"공을 집어서 그 사람의 큰 머릴 향해 던져주고 싶었다니까요."

"그 망할 것에 걸려 넘어지다니 너무 창피해요."

"혹시 위안이 될지 모르겠지만." 캐머런이 씩 웃었다.

"넘어지는 모습도 매우 우아했어요."

좀 전의 일이 떠올라 내 볼을 다시 발그레해졌다.

캐머런과 레아 형사 앞에서 보기 좋게 털썩하고 넘어져 버리다니, 고개를 들었을 때 둘의 표정은 억지로 웃음을 참는 듯했다.

우리는 다시 캐머런의 지프를 타고 샌디에이고 고속도로 위를 달렸다. 나에게 노이로제가 생긴 것이 분명했다. 검정 BMW를 볼 때마다 심장이 마구 두근거렸던 것이다. 그래도 집으로 돌아오는 길은 비교적 평온했다. 그저 성질 급하게 따라붙는 차들과 시도 때도 없이 차선을 바꾸는 차들, 그리고 70마일의 속도로 달리면서도 차 안에서 화장을 하는 뚱뚱한 여자들뿐이었다.

"레아 형사의 말이 맞을 수도 있다고 생각해요?"

벤틀리 가든 앞에 차가 멈추자 내가 물었다.

"고속도로에서 우리를 추격했던 차가 살인사건과는 아무런 관련이 없을 것이라는 말이요."

캐머런이 잠시 생각에 잠겼다.

"레아 형사가 얼간이이긴 하지만, 그의 이론도 영 말이 안 되는 건 아니죠."

"그건 그래요."

내가 마지못해 인정했다.

"그런데도 그의 말을 믿지 못하겠는 건 왜일까요?"

"믿지 않아요?"

그가 고개를 끄덕였다.

"최근까지 난 하워드가 범인일 거라고 생각했어요. 근데 요 며칠 새 마음이 바뀌었어요. 범인은 따로 있는 것 같아요, 하워드가 아니라."

"하느님, 감사합니다."

내가 한숨을 내쉬었다.

"어쩌면 다른 사람들의 생각이 맞고, 내가 틀린 건지도 모른다는 생각이 조금씩 들기 시작했거든요."

"그럴 리가." 그가 말했다.

"나도 당신 못지않은 바보랍니다."

그러더니 그가 계기판의 시계를 흘끗 쳐다보았다.

"오, 이런. 벌써 3시가 넘었어요."

"당신 가게는 지금 누가 보고 있어요?"

"사실 아무도 없어요."

"그럼, 가게 문을 닫은 채 나를 돕고 있었단 말이에요?"

"어차피 주중에는 손님도 뜸하니까 괜찮아요."

하지만 그건 괜찮지 않았다.

난 그의 목에 팔을 두르고 세상에서 가장 달콤하고 친근한 감사의 키스를 퍼부어주고 싶은 충동을 느꼈다.

하지만 충동을 꾹꾹 누른 채 간신히 입술을 움직여 도와줘서 고맙다는 인사말만 건넸다. 그리고는 지프에서 내려 내 코롤라로 걸어갔다.

너무나 행복하게도 단 한 번도 엉덩방아를 찧지 않은 채 내 차에 도달할 수 있었다.

"그럼, 나중에 봐요."

캐머런은 손을 흔들더니 거리 아래쪽으로 사라져버렸다.

난 코롤라에 올라타 안전벨트를 맸다. 그리고 그제야 내 티셔츠에 말라붙은 참치 조각을 발견할 수 있었다.

점심을 먹다가 흘린 모양이다. 그렇다면 오후 내내 이 꼴로 여기저기를 돌아다녔다는 말인데…….

하느님, 맙소사. 난 정말 구제불능이다.

오늘 하루 동안 일어났던 일들을 되새김질하느라 복잡해진 머리로 난 집으로 돌아왔다.

내 머릿속은 데리어쉬와 스테이시가 바람을 피우고 있었다는 충격적인 사실로 아직도 빙글빙글 돌고 있었다. 그들이 함께 침대 위에 누워 있는 장면을 필요 이상으로 많이 떠올린 탓일지도 모른다.

그리고 데리어쉬의 부인, 예타 말이다. 홈쇼핑 채널에서 싸구려 큐빅이나 사는 후줄근한 주부에게 돈이 많을 거라고 누가 상상이나 했겠느냔 말이다.

난 차를 세우고 랜스가 새로운 불평거리를 가지고 내 눈앞에 나타나기 전에 얼른 집 안으로 들어갔다. 프로작은 내가 집에서 나올 때와 마찬가지로 내 베개 위에 앉아 낮잠을 즐기고 있었다.

녀석은 내가 온 것을 눈치 채고는 자리에서 훌쩍 뛰어내려 애교 많은 강아지처럼 내 주변을 맴돌았다(아니, 결코 내가 좋아서가 아니라 내 티셔츠에 묻은 참치 때문이다).

혹시 경고 메시지가 또 왔는지 확인하고(오지 않았다) 청구서 역시 확인한 다음(엄청나게 많이 왔다), 난 소파 위에 다리를 쭉 뻗고 앉아 사건에 대해 다시 생각해보기 시작했다.

데리어쉬가 범인일까? 고속도로에서 우리를 추격해온 것이 데리어쉬일 가능성은 크다. 하지만 사건 당일 날 밤 엘레인이 보았다는 BMW는 설명할 수 없다.

데리어쉬가 벤틀리 가든에 왜 BMW를 몰고 오겠는가. 그는 이미 그곳에 살고 있기 때문에 차를 가지고 올 필요가 없다. 그날 밤 BMW를 몰고 온 것이 데리어쉬가 아니라면, 도대체 누구인가? 앤디? 재스민?

아니면 엘레인 짐머가 스스로 혐의를 벗으려고 BMW 얘기를 꾸며낸 것일까?

내 머리는 가능성의 바다에서 마구 헤엄치고 있었다.

난 노트와 펜을 집어들고 써내려가기 시작했다.


용의자 리스트 작성자　　　　　　　　　　　　　－제인 오스틴

앤디 브럭크너 ; 스테이시의 협박을 받자, 입을 막으려고 그녀를 죽였다? 더구나 앤디는 검정 BMW를 몰고 다닌다. 사건이 일어났을 당시 회사에서 일하고 있었다고는 했지만, 그의 알리바이를 증명해줄 수 있는 사람은 비서밖에 없다. 그리고 비서란 사람은 믿을 게 못 된다.

재스민 매닝 ; 남자친구를 되찾고자 스테이시를 죽였다? 사건이 일어났던 날 스테이시의 집에 갔었던 사실도 시인했고, 검정 BMW도 손쉽게 얻을 수 있다(앤디의 것을 이용하면 될 테니). 알리바이도 없고, 그렇다고 목격자도 없다. 허벅지에도 지방 하나 없다.

엘레인 짐머 ; 더 큰 아파트로 옮기려고 스테이시를 죽였다?

데리어쉬 코르쉐프 ; 브럭크너와 같은 살해 동기가 있다. BMW도 쉽게 손에 넣을 수 있다. 사건이 일어났던 시간에 집에서 아내와 함께 TV를 봤다고 하지만, 예타가 치즈 쿠키를 만드는 동안 집을 빠져나가 스테이시를 죽였을 수도 있다.

데본 맥리 ; 사랑의 열정이 지나쳐 스테이시를 죽였을 수도 있다. 일종의 '내가 갖지 못하면, 아무도 못 가져.'와 같은 심리라고나 할까. 그

*리고 팔메토 주차장에서 일하니 손쉽게 BMW를 얻어 탈 수 있다.*

난 용의자 목록을 여러 번 훑어보았다.
마치 번개라도 맞은 듯 진실이 내 머릿속을 스쳐 지나가길 바랐지만, 슬프게도 내가 도달한 결론이라곤 이것뿐이었다. 사실상 LA에 사는 사람이라면 누구든 손쉽게 BMW를 빌릴 수 있는 것.

# Chapter Twenty

 난 프로작과 내가 작성한 용의자 리스트의 모든 인물이 뒤섞여 나오는 어설프지만 달콤한 낮잠을 즐겼다.

 바깥에는 안개가 자욱하게 내려앉기 시작하고, 지금처럼 금방이라도 컴컴해질 것 같은 어스름이 질 무렵은 향이 좋은 와인 한 잔이 안성맞춤이다.

 그대로 누운 채 저녁으로 어떤 냉동식품을 해동시킬까 고민하던 찰나 전화벨이 울렸다. 칸디였다.

 "너, 잊어버렸지?"

 "아냐, 잊어버리다니 그렇지 않아. 근데 뭘?"

 "경매 말이야. 훌륭한 신랑감을 찾을 수 있는 티켓. 6시에 시작이야."

 난 손목시계를 내려다보았다, 벌써 6시 20분이었다.

 "이런." 난 소파에서 폴짝 뛰어내렸다.

 "잊어버릴 줄 알았어. 심리학 이론에도 있다고. 사실은 네 마음속 깊은 곳에서는 누구도 만날 생각이 없는 거야."

"알았어, 프로이트 박사님. 박사님의 통찰력은 프레드와 바퀴벌레를 위해 아껴 두라고. 얼른 옷 갈아입고 갈게."

"좋은 옷 입고 와. 돈 많은 남자는 옷을 잘 입은 여자에게 끌린대."

"정말? 가슴 큰 여자들을 좋아하는 줄 알았는데."

난 전화를 끊자마자 옷장으로 달려가 크리스티 경매장에서 쫓겨나지 않을 만한 옷을 고르다 마침내 검정 바지에 베이지색 실크 블라우스, 그리고 블루밍데일 백화점에서 반값에 구입한 체크무늬 재킷을 입기로 결정했다.

난 곱슬머리를 한데 묶은 다음 립스틱을 바르고 바쁜 걸음으로 주방으로 향했다. 여느 고양이들처럼 프로작도 내 발목을 비비면 걸음이 더 빨라질 거라고 착각하는 모양이었다. 주방에서 난 프로작에게 캔 하나를 따주었다.

프로작이 저녁식사를 즐기는 동안 난 경매장으로 가기 위해 집을 나섰다. 퇴근 시간이라 길은 꽉꽉 막혀 있었다. 크리스티 경매장을 바로 코앞에 두고는 1차선에서 1시간에 15마일의 속도로 움직이는 80세 노인의 차 뒤에 막혀 꼼짝도 할 수 없었다.

차라리 걷는 게 빠를 것 같았다. 마침내 난 비벌리힐스의 수많은 주차장 중 한 곳에 차를 세우고는 엘리베이터를 기다릴 수 없어 102개의 나선형 철제계단을 뛰어올라갔다. 그런 후에야 비벌리힐스 거리에 모습을 내보일 수 있었다. 그리고는 수많은 라떼 전문점들 사이에 자리

잡는 휘황찬란하고 화려한 경매장 건물 안으로 들어섰다.

로비에 들어선 내 모습은 그야말로 비호감이었다. 올려 묶은 머리에서는 머리카락이 흘러내렸고, 숨을 헐떡이는 내 윗입술은 땀으로 젖어 있었다.

경매가 이루어지는 방을 향해 막 로비를 가로질러 가려는데, 발키리 (북유럽 신화에 나오는 신 오딘의 시녀) 같은 금발의 여자가 내 앞을 가로막고 서서는 도저히 들여보낼 수 없겠다는 표정으로 내 위아래를 훑어보더니 은행계좌 증명서를 요구했다. 경매에 참여할 만큼의 돈이 충분한지 확인하고 싶었던 모양이었다.

난 시원하게 웃어 제친 다음 최근 들어 은행 거래를 한 적이 없으며, 잔고도 두 자리 수 수준이므로 오늘 경매엔 그냥 관람차 참석한 것이라고 말해주었다. 그러자 그녀는 마지못해 나를 들여 보내주었다.

난 경매장 안을 둘러보았다. 경매장에는 돈 많고 매력적인 남자들이 넘쳐난다는 칸디의 말은 사실이었다. 단지 문제는 대부분의 남자가 서로 허벅지를 맞댄 채 앉아 있다는 것이다.

경매 진행자는 매끄러운 바리톤의 음성을 가진 큰 키의 영국인이었는데, 또 다른 발키리 같은 보조 여성들 여럿과 함께 강단 위에 서 있었다. 그리고 한편에서는 예쁘장하게 생긴 여성들이 한 줄로 앉아 굳이 이곳까지 운전해서 나오고 싶어하지 않는 사람들을 위해 전화로 경매를 받고 있었다.

매물은 내가 상상했던 것처럼 실물로 진열되는 것이 아니라 경매 진행자 옆에 놓인 TV 화면을 통해 소개되었다. 난 뒷줄에 앉아 카탈로그를 보는 칸디를 발견할 수 있었는데, 그녀는 옆구리에 경매용 팻말을 끼고 있었다. 비니와 바퀴벌레 덕분에 그녀의 통장은 내 것보다 더 든든했다.

"때맞춰 왔네."

내가 옆자리에 앉자 그녀가 숨죽여 말했다.

"얼마나 늦었어?"

"별로. 방금 괴상망측하게 생긴 의자가 만 육천 달러에 팔렸어."

"할 말을 잃었다." 내가 속삭였다.

"근데 여기 있는 남자들 대부분이 게이 같아."

"저 사람은 아니야, 저기 저 사람."

그녀가 통로 건너편에 있는 통통한 사람을 향해 고갯짓을 했다.

그는 버뮤다 반바지에 마이애미 돌핀스 야구 모자를 쓰고 있었다. 칸디의 말이 맞았다. 그는 전혀 게이처럼 보이지 않았다.

그는 경매에 참여하러 온 것이 아니라 호밀 빵 위에 얹어 먹는 양념한 훈제 쇠고기를 먹으려고 온 사람 같았다.

"돈이 많지만, 소박하지."

그녀가 그를 쏘아보며 말했다.

그때 그가 우리를 쳐다보더니 미소를 지었다.

"빙고."

칸디가 속삭였다. 그리고는 30분 동안 우리는 정말 경매에 참여하여

온 사람처럼 굴었다.

칸디는 어쩌다 한 번씩 그 매물에 눈독을 들이는 경매자들이 수두룩하다는 것이 확실하면 팻말을 진짜로 들어 보이기도 했다.

그녀가 그럴 때마다 난 초조해졌다. 만일에 정말로 다른 경매자들이 다 손을 내리고 그녀 혼자 남아 괴상망측한 의자를 무려 만 육천 달러나 주고 사야 한다면 어떡하느냔 말이다.

하지만 칸디는 내게 속삭였던 바와 같이 호밀 빵 남자가 자신을 진짜 경매에 참여하려고 온 사람처럼 생각하게 하고 싶었던 모양이었다.

매물의 대부분은 철 지난 영화 속에서나 볼 수 있는 오래된 가구들이었다. 굳이 내게 묻는다면 모두 으스스할 만큼 별로였다. 아이젠하워가 대통령이었던 시절 이후로 한 번도 손을 본 적이 없는, 나이 든 이모 댁에나 가야 볼 수 있을 법한 가구들 말이다.

하지만, 헤이. 여긴 LA다. 이런 물건들도 어마어마한 가격에 팔려나가곤 한다. 이런저런 생각에 잠겨 앉아 있는데 화면에 새로 올라온 물건 하나가 내 시선을 확 사로잡았다. 갖고 싶은 마음이 드는 매물은 이번이 처음이었다.

그건 캐리 그랜트의 사진이었는데, 은색의 심플한 액자에 끼워져 있었다. 사진의 제목은 '아키의 사랑'이었는데, 내가 아는 한 아키는 캐리 그랜트의 실명이었다.

진행자는 사진틀이 매우 유명한 디자이너의 작품이라고 했지만, 누구인지 처음 들어보는 이름이었다. 사실 액자틀 따위는 별로 값나가 보이지 않았다. K마트에서 이미 비슷한 모조품들을 자주 봐와서일까?

경매가는 5천 달러에서부터 시작되었다. 칸디 못지않게 나도 캐리 그랜트를 무척 좋아하긴 하지만, 사진 한 장에 5천 달러라고?

칸디는 육천에 팻말을 들었다. 호밀 빵 남자가 7천에 들었다. 그리고 누군가가 2만 달러에 푯말을 들었다!

8×10 규격의 사진 하나가 2만 달러라니. 그리고 그때 놀랍게도 칸디가 2만 5천의 팻말을 들었다. 오, 이런. 불안한 듯 자리에서 들썩이며 난 이번에는 칸디가 쉽게 빠져나가지 못할 거로 생각했다.

하지만 내 걱정은 기우였다. 2만 5천 달러는 사실상 시작에 불과했던 것이다. 산타모니카 해변에 날라 다니는 프리스비(던지면서 가지고 노는 원형 쟁반)처럼 여기저기서 팻말이 올라오기 시작했다.

호밀 빵 남자가 3만을 불렀고, 전화로 6만이 들어왔으며, 폴리에스테르 옷을 입은 궁색한 행색의 여자가 7만 5천을 불렀다.

점차 경쟁자들이 떨어져 나가기 시작했고(하느님께 감사하게도 칸디도 그들 중 하나였다), 마지막에는 폴리에스테르의 여자와 전화 경매자가 맞붙다가 결국 12만 3천 달러에 사진은 전화 경매자에게 넘어가고 말았다.

칸디는 호밀 빵 남자를 돌아보며 차분하게 어깨를 으쓱해 보였다. 마치 '이런 게 인생이야.' 라고 말하듯 말이다.

그는 칸디를 향해 미소를 지었고, 칸디도 그에 응해 미소를 보냈다.

칸디의 '경매장에서 남자 만들기 프로젝트'가 정말로 먹혀들고 있다고 생각하는 순간 어디선가 섬세한 빨간 머리에 커다란 가슴을 한 여자가 미끄러지듯 통로를 지나갔다.

그녀의 네 번째 손가락에는 포도알 만한 다이아몬드 반지가 끼워져 있었다. 그녀는 호밀 빵 남자 옆에 앉더니 그의 뺨에 키스를 했다.

칸디의 표정이 어두워졌다.

"망했군." 그녀가 한숨을 내쉬며 말했다.

경매가 끝나고 통로를 걸어 나오며 우리가 마지막으로 본 것은 호밀 빵 남자가 빨간 머리 여자의 허리에 손을 두르고 진한 애정행각을 벌이는 장면이었다. 그야말로 풍선 같은 가슴의 승리였다.

칸디가 안내데스크에 있는 금발머리 여자에게 팻말을 돌려주고 나서 우리는 함께 상쾌한 밤공기 속으로 나섰다.

우리의 슬픔을 부리토로 달래기로 결정하고는 어둑어둑한 조명에 여자들끼리 수다 떨기에는 안성맞춤인 멕시코 레스토랑, '엘 토리토 그릴'로 향했다.

"이건 미친 짓이야."

배우 뺨치게 잘생긴 웨이터가 시원한 쿠엘로 마가리타 두 잔을 가져다주자 칸디가 입을 열었다.

"난 괜찮은 인생을 살고 있다고. 먹고 살 만한 직장에 친구들도 많아. 근데 이런 내가 왜 남자 하나를 만나기 위해 이 짓까지 해야 하지?"

"섹스 때문에?"

난 위태로운 추측을 했다.

"오, 왜 이래. 그런 건 아니라고. 글로리아 스타이넘(미국의 여성 운동가)의 말이 맞아. 여자에게 남자가 필요하다는 건 물고기에게 자전거가 필요하다는 것과 똑같아."

"글로리아 스타이넘이 그런 말을 했어?"

"아니면 엘렌 드제네레스가 그랬거나. 확실하진 않아. 아무튼 내 말은 이제 난 이런 일에 진저리가 난다는 거야. 사실 경매장에서 그 남자 그렇게 귀엽지도 않았다고. 거리에서 마주쳤으면 아마 그런 뚱뚱한 남자는 거들떠보지도 않았을 거야."

그녀는 마가리타를 힘껏 들이켰다.

"네 생각이 옳아, 제인. 이제 나도 너처럼 살 거야. 남자 따위는 잊을 거라고. 물론 먼저 다가온다면 마다하진 않겠지만, 일부러 나서서 쫓아다니진 않을 거야."

아이러니하지 않은가? 내가 남자들에게 다시 흥미를 갖기 시작하니까 칸디가 이런 맹세를 하다니 말이다.

"이제부터는 남자에 대해 모라토리엄을 선언할 거라고. 소개팅도 안 하고, 남자들이 많다는 이유로 경매장 같은 곳으로 외출하는 짓도 안 할 거야. 집착도 버리고, 계획 같은 것도 버리고, 정말이지 이제 더 이상은……, 오, 세상에. 바에 앉은 남자가 우리를 보고 웃고 있어."

"와우, 네 모라토리엄 한 번 특이하다. 2초를 못 가네."

"네 말이 맞아."

그녀가 한숨을 내쉬었다.

"그 버릇이 어디 가겠어."

"그리고." 내가 말했다.

"저 남잔 우리가 아니라 뒤쪽 부스에 앉은 스무 살짜리 금발머리 여자애한테 웃는 것 같은데."

칸디는 고개를 돌려 우리 뒤쪽 부스에 앉은 여자애를 확인했다.

"젠장."

또 한 번 거칠게 마가리타를 들이키며 그녀가 말했다.

"난 금발이 정말 싫어, 안 그래?"

"완전 그렇지."

"말레이시아 같은 데로 이민 가버릴까? 거기엔 금발머리가 없잖아."

"좋은 계획인 것 같다."

드디어 부리토가 나오고, 우리는 열심히 부리토를 먹었다.

칸디가 남자 포기 선언을 한 지금 캐머런에 대한 얘기나 점점 커지는 남자에 대한 내 관심사에 대해 얘기하고 싶지 않았다. 살인사건에 대해서도 얘기하고 싶지 않았다. 용의자들과 알리바이, 그리고 피문은 타이마스터에서 잠시나마 벗어나고 싶은 마음도 있었다.

대화를 이끌어 나간 사람은 주로 칸디였고, 그녀는 남자를 만나는 것에 대한 자신의 강박관념에 대해 열심히 떠들었다. 사실 그건 결혼하지 않는 것을 무슨 직업상 재해처럼 여기는 사람들의 생각 때문이라는 것이 내 이론이었다.

결혼을 하지 않으면 사람들은 나에게 문제가 있는 것처럼 여긴다. 그래서 사람들에게 자신이 충분히 사랑스러운 사람이라는 것을 증명해 보이기 위해 누군가와, 더 정확히 말하면 아무나와 결혼을 하는 것이다. 이것이 내가 블롭과 결혼을 했던 이유 중 하나이기도 했다. 아님 내가 잠시 정신이 돌았었거나.

삶과 사랑, 그리고 제니퍼 애니스톤이 어떻게 해서 그렇게 비단결 같은 머리카락을 갖게 되었는지에 대해 몇 시간 동안 진심 어린 수다를 떤 뒤 우리는 부리토와 마가리타의 계산을 마치고 밖으로 나왔다.

밤 10시 30분, 비벌리힐스는 이미 황량했다(밤 10시가 지나서 비벌리힐스를 돌아다니는 사람들은 알코올 중독자이거나 창녀, 아니면 뉴욕에서 이사 온 사람뿐이다).

칸디의 차가 주차되어 있는 곳까지 함께 걷다가 우리는 작별의 포옹을 했다.

"네가 내 친구라는 것이 얼마나 감사한지 몰라."

칸디가 말했다.

그녀의 허스키한 음성이 촉촉하게 젖어 있었다.

"동감이야, 친구."

"네 차까지 바래다줄까?" 그녀가 제안했다.

"그런 다음에 네 차로 나를 여기까지 다시 데려다 주면 되잖아."

"아냐, 괜찮아. 주차장은 안전할 거야."

난 그녀와 다시 한 번 포옹을 한 뒤 내 차가 세워져 있는 주차장으로 발걸음을 옮겼다. 밤이라 주차장은 거의 비어 있었다. 티켓 부스 안에서 조는 직원을 지나치는 내 발걸음 소리가 메아리처럼 울려 퍼졌다.

그때 문득 주차장이 그다지 안전한 곳은 아니라는 생각이 들었다. 그리고는 칸디의 제안을 거절한 것이 새삼 후회되었다. 계단참의 불빛이 침침한 탓에 엘리베이터를 타는 것이 좋을 것 같았다.

엘리베이터 문이 열리고, 안으로 들어선 나는 4층 버튼을 눌렀다. 문이 막 닫히고 있는데 저쪽에서 힙합 차림을 한 근육질의 흑인 남자가 엘리베이터를 향해 달려오는 것이 보였다.

난 문이 제발 빨리 닫히길 기도했다. 하지만 미처 닫히기 전에 그가 어깨를 밀어 넣더니 문을 다시 열고야 말았다.

도망치고 싶을 만큼 오싹한 순간이었지만, 덩치 좋은 흑인 남자는 모두 악당이라는 생각을 할 만큼 바보는 아니라는 걸 증명해 보이고 싶었기 때문에 문이 다시 스르르 닫히는 것을 보며 나는 얼음처럼 굳은 채 서 있었다.

"4층 가세요?"

그가 버튼을 확인하더니 물었다.

"네."

"저도요."

엘리베이터는 4층을 향해 삐걱거리며 올라갔고, 나는 기회가 있을 때 도망쳐야 했다고 자책했다.

마침내 4층에 도착한 엘리베이터의 문이 열렸다.

난 엘리베이터에서 내렸고, 흑인 남자도 내렸다. 난 내 차를 향해 걸어갔고, 그도 내 뒤를 따라왔다. 내일 아침 신문에 어떤 헤드라인으로 기사가 실릴지 충분히 상상하고도 남았다.

'프리랜서 작가 주차장에서 살해당하다, 아니면 프리랜서 작가, 자신의 팬티스타킹으로 질식사하다.'

그런 상상에 빠져 있던 난, 으르렁거리는 차의 엔진 소리를 듣지 못했다.

"이봐요, 아가씨! 조심해요!"

고개를 들어 보니 검정 BMW가 나를 향해 돌진해오고 있었다.

고속도로에서 우리를 쫓아왔던 것과 똑같은 검정 BMW였다. 난 간발의 차이로 옆쪽에 주차된 두 대의 차 사이로 뛰어들었다.

나를 스치고 지나가는 BMW의 소리에 온몸에 소름이 돋았다.

심장이 쿵쾅쿵쾅 뛰는 가운데 난 잔뜩 겁에 질린 채 차가 출구를 빠져나가는 모습을 지켜보았다.

하지만 커브 길에서도 속도를 내는 바람에 날카로운 브레이크의 마찰음에도 차는 콘크리트 기둥에 부딪쳐 앞범퍼가 바이에른 아코디언처럼 찌그러지고 말았다.

그때 흑인 남자가 내게 달려왔다.

"괜찮아요?"

"네, 괜찮아요."

난 거짓말을 했다. 그리고는 흑인 남자와 함께 BMW로 다가갔다.

운전자가 누구인지 확인해보고 싶었다.

운전석에 타고 있던 남자는 핸들에 머리를 박은 듯 의식이 없었다. 곱슬머리에 아르마니 정장을 입은 젊은 남자였다. 처음에는 알아보지 못했지만, 이내 그 사람이 누구인지 알 수 있었다.

앤디 브럭크너의 사무실에 갔던 날, 나에게 모욕을 줬던 남자.

운전석에 앉아 있는 남자는(고속도로에서의 추격자이기도 하고) 바로 앤디 브럭크너의 비서인 케빈 딜레이니였다.

# Chapter Twenty-one

흑인 남자가 그의 카고 바지 주머니에서 휴대폰을 꺼내 911에 신고를 했고, 그다음으로 내가 기억하는 건 앤디 브럭크너의 비서가 구급차에 실려 가고, 난 부드러운 갈색 눈에 자상한 음성을 가진 한 경찰관에게 정황을 설명했다는 것이다.

난 그에게 어떻게 엘리베이터에서 내렸고, 어떻게 해서 BMW가 나를 향해 돌진해 왔는지 모두 설명했다. 그리고 흑인 남자가 내 진술을 확인해주었다.

"저 작자가 이 아가씨를 노리고 있었어요."

그가 말했다.

"이번이 처음이 아니에요."

난 고속도로에서의 일과 거실 바닥에서 발견한 경고 메시지에 대해서도 얘기했다. 그리고 BMW 운전자가 CTA의 앤디 브럭크너의 비서라는 사실도 빠뜨리지 않았다. 물론 앤디가 스테이시와 바람을 피우고 있었다는 사실까지도 말이다.

레아 형사와는 달리 이 경찰관은 진지하게 내 얘기를 들어주었다.

내 얘기를 듣는 종종 고개를 끄덕이기도 하고, 메모를 하기도 했다. 적어도 누군가는 내 말을 심각하게 들어주고 있었다.

모든 얘기가 끝나고 고개를 돌렸는데, 흑인 남자가 여전히 내 옆에 서 있었다.

"좀 어때요?"

그가 물었다.

"괜찮아요."

난 그를 안심시켰다.

"내가 의사라서 물어보는 겁니다. 충격이 컸던 것 같아서요."

그가 말했다.

"법정에서 증언이 필요하면, 곧장 내게 전화하세요."

그가 내게 명함을 건네주었다.

"정말 감사합니다."

"별거 아니에요."

그리고 그는 재규어를 타고 떠났다.

그의 명함을 살펴본 나는 불한당으로 착각했던 그가 그냥 의사가 아니라 UCLA 대학병원 심장혈관 전문의라는 사실을 깨달았다.

첫인상에 대해 자문을 구하고 싶다면, 절대로 내게는 오지 말길.

그때 견인차가 현장에 나타나 BMW를 끌고 갔다.

"이제 가도 되나요?"

난 경찰에게 물었다.

"그럼요. 그런데 당신 집에 들러서 그 경고 메시지를 수거해 갔으면 하는데요."

펜톤이라는 이름을 가진 이 경찰관은 정말로 집까지 나를 따라왔다.

사실 경찰관 앞에서 운전하는 일은 상당히 떨렸다.

혹시 신호를 위반하거나 정지선을 잘 지키지 않을까 봐 조마조마했던 것이다. 뒤에서 따라오는 경찰차를 의식해 자꾸만 백미러를 들여다보다가 하마터면 행인을 칠 뻔하기도 했지만, 다행히 별다른 사고 없이 무사히 집에 도착할 수 있었다. 물론 그 행인도 무사했다.

경찰관과 함께 들어오는 나를 랜스가 또다시 몰래 훔쳐보고 있다는 걸 알 수 있었다.

이 남자, 손가락이 문구멍 주위에 붙어버린 건 아닐까?

집 안으로 경찰관을 안내하고 나서 나는 책상 서랍에서 경고 메시지를 꺼냈다.

"여기 있어요."

그리고는 B가 뒤집혀 붙어 있는 모양을 가리키며 말했다.

"누가 보냈는지 모르겠지만, 난독증이 있는 것 같아요."

그러자 경찰이 고개를 끄덕였다.

"정말 그런 것 같군요."

이 얼마나 멋진 사람인가, 레아 형사와는 비교도 안 된다.

그는 내게 시간을 내주어서 감사하다는 인사를 했고, 나는 그를 현관까지 배웅했다.

경찰이 다시 문 밖으로 나서는 것을 랜스가 놓치지 않고 꼼꼼히 살펴보는 것을 느낄 수 있었다.

난 그의 눈에 띄기 전에 얼른 다시 집 안으로 들어왔다.

하지만 불운하게도, 몇 초 지나지 않아 그가 현관문을 두드렸다.

"제인." 그가 불렀다.

"문 열어요."

이런 얘기하기 창피하지만 나는 랜스가 마침내 포기하고 다시 자기 집으로 돌아갈 때까지 몇 분 동안 욕실에 숨어 있었다.

그가 떠난 것이 확실해지자 나는 거실로 나와 소파 위에 털썩 몸을 던졌다. 완전히 지쳐버렸다.

그때 나의 피곤한 기색을 눈치 챘는지 프로작이 내 배 위로 올라와 몸을 굴리더니 밤참을 달라는 듯 야옹거렸다.

"세상에, 프로작, 넌 어쩜 언제나 그렇게 배가 고프니?"

그러자 녀석은 나를 쏘아보았다.

마치 이렇게 말하고 있기라도 한 듯 말이다. "누가 할 소릴."

어쩔 수 없이 난 몸을 일으켜 주방으로 향했다.

"여기. 너라도 행복해야지."

녀석의 사료그릇에 통조림을 부어주며 내가 말했다.

그리고는 난 곧장 침실로 들어가 옷도 갈아입지 않은 채 잠이 들어버렸다.

다음날 아침 7시에 요란한 전화벨 소리에 잠에서 깼다.

난 비몽사몽 속에서 수화기를 집었다.

"펜톤 경찰관입니다."

펜톤? 펜톤이 누구지? 뒤늦게야 기억이 났다.

밤비 같은 눈을 한 그 경찰.

"브럭크너 씨의 비서가 몇 시간 전에 의식을 회복했습니다. 그리고 모든 걸 자백했어요."

정신이 번뜩 난 나는 자리에서 일어나 앉았다.

"스테이시 로렌스를 죽였다는 걸 자백했나요?"

"그건 아닙니다. 하지만 BMW로 당신을 미행했다는 건 인정하더군요. 경고 메시지를 보낸 것도 자신이랍니다. 덧붙여 말하자면 당신 말이 맞았어요. 그는 난독증이 있었습니다."

"전부 앤디 브럭크너의 명령에 따른 거라고 하더군요. 살인사건이 있었던 날 회사에서 늦게까지 일했다는 것도 사실이 아니랍니다. 오히려 그날은 일찍 퇴근했답니다."

"앤디에게 좋은 상황은 아니군요, 그렇죠?"

"TV에서 아침 뉴스를 확인해보는 것이 좋을 거예요."

"고맙습니다. 그럴게요."

난 전화를 끊고는 TV를 켜고 이리저리 채널을 돌렸다.

아침 뉴스 채널에서는 밤새 벌어진 사건들에 대한 소식과 스모그 주의보가 발령된 소식, 그리고 리즈 테일러가 최근 받은 엉덩이 성형수술에 대한 소식들을 전하기에 분주했다.

채널 속에서 그렇게 20분을 방황한 뒤에야 난 결국 찾아내고야 말았다. 경찰들이 앤디를 경찰본부까지 에스코트하고 있었다. 그 옆에서 미스 아메리카 출신의 리포터가 할리우드의 유명 중개인인 앤디 브럭너가 에어로빅 강사인 스테이시 로렌스를 살해한 혐의로 경찰에 체포되었다고 전하고 있었다.

난 앤디가 시간당 500달러를 지급하는 변호사의 뒤에서 겁쟁이처럼 숨어 있는 장면을 지켜보았다. 그는 카메라를 향해 손을 들어 얼굴을 가리고 있었다. LAPD의 수갑 사이로 그의 값비싼 롤렉스시계가 반짝이고 있었다.

근처에서 티모시 레아 형사가 리포터와 인터뷰를 하고 있었는데, 처음 그를 만난 날만큼이나 거만해 보였다.

그는 앤디 브럭너가 스테이시 로렌스를 죽였다고 믿을 만한 근거가 있다고 말했다.

난 그가 몇 마디 말을 덧붙여지길 기다렸다(사실 재능 있는 프리랜서 작가인 제인 오스틴의 도움 없이는 사건을 해결하지 못했을 겁니다).

하지만 그가 한 말은 "지금 상황에서는 더는 드릴 말씀이 없습니다."였다. 그러더니 화면은 다시 뉴스 스튜디오로 돌아가더니 리즈 테일러의 지압사와의 인터뷰 장면으로 넘어가고 말았다.

그때 전화벨이 울렸다, 캐머런이었다.

"아침 뉴스 봤어요?"

"봤다 뿐이겠어요. 다 나 때문에 벌어진 일인걸요."

"네?"

난 그에게 지난밤 주차장에서 있었던 모험담을 아주 세세하게 얘기해주었다.

그는 부드럽게 휘파람을 불었다.

"그럼, 결국 하워드는 결백하군요. 우리 생각이 맞었어요."

"우리요? 우리라니, 그게 무슨 말이에요? 당신은 꽤 오랫동안 하워드가 범인이라고 생각했었잖아요."

"알았어요, 알았어. 내가 뒤늦게 탑승했다고 치죠. 그래서 당신 조수가 될 만한 자격이 없는 건가요?"

"당연히 그런 건 아니죠."

내가 웃음을 터뜨렸다.

"사실 축하하자는 의미에서 전화했어요. 점심때 가게로 와요. 내가 점심을 살게요."

"좋아요."

난 라브레아 거리에 있는 그의 앤티크 가게의 주소를 받아적고는 주방으로 터벅터벅 걸어가 향기로운 인스턴트커피를 한 컵 따랐다.

이 정도면 행복한 기분이 들어야 하는 것이 아닌가? 결국 중요한 살인사건을 해결하는 데 내가 도움이 되지 않았던가.

하지만 경찰에서 앤디를 체포한 지금, 난 그들이 정말 진범을 잡은 것이 맞는지 확신이 서지 않았다.

나도 안다, 내가 구제불능이라는 사실을.

당신은 분명 내가 그동안 앤디라는 인간이 얼마나 비열하고, 야비한 놈인지에 대해 그렇게나 불평을 해댔으니, 그의 체포 소식에 충분히 기뻐해야 하는 것이 아닌가 하고 생각하겠지.

하지만 어떤 이유에선지 뭔가 개운치 않았다. 내가 앤디를 싫어하는 만큼이나 그가 실제로 살인극을 벌이는 장면은 좀처럼 상상할 수가 없었다. 그는 더러운 일을 자기 손으로 직접 처리하기보다는 다른 사람을 고용하는 편이 더 잘 어울리는 타입의 남자였다.

그의 비서인 케빈이 경찰에게 거짓말을 한 것일까? 스테이시를 죽인 것은 케빈이 아닐까? 할리우드에서는 출세를 위해서라면 뭐든지 한다고 하지 않던가? 앤디가 케빈에게 승진을 약속했을까? 아니면 단독 사무실이라든가? 그도 아니라면 칼리스타 브록하트(미국의 유명한 여배우)와의 데이트?

그렇다면 데리어쉬는 어떻게 된 거지? 그와 스테이시의 사진이 머릿속에서 좀처럼 떠나지 않았다. 그는 종일이라도 양손에 쓰레기봉투를 들고 있을 수 있는 사람이었다.

즉 더러운 일을 가리지 않는 남자란 말이다. 그가 정말 결백한지도 난 확신할 수 없었다, 정말 우습지 않나.

난 속으로 생각했다. LAPD도 바보는 아니다(물론 로드니 킹이나 램파츠 스캔들, 와츠 폭동 건에 대해서는 예외지만). 경찰들 모두 훈련받은 전문가들이다, 안 그런가?

어쨌든 하워드의 결백이 밝혀졌으니 그걸로 되었다.

하지만 문득 이런 생각이 날 스치고 지나갔다.

내 덕분에 이제 앤디가 체포되었다. 하지만 그도 결백하다면? 만약 내 증언 때문에 저지르지도 않은 일로 평생을 교도소에서 썩게 된다면 어떡하느냔 말이다.

용의자들 사이를 이리저리 뛰어다니는 내 죄책감을 보라, 인상적이지 않은가?

난 컵에 끓는 물과 함께 인스턴트 커피를 넣고 그것이 용해되는 것을 지켜보았다. 삶도 이렇게 쉽게 용해된다면 얼마나 좋을까.

이제 형사놀이에 대한 집착은 버리고 내 생활로 돌아가야 한다. 살인 사건이 일어난 이후로 프리랜서 작가 일은 멀찍이 밀어 두었던 것이 사실이다.

책상에는 지급해야 할 청구서들이 토끼 뜀 뛰듯 늘어나고 있으니, 내 일에 대한 새로운 광고와 새 사업 영역에 대해서 생각해봐야 했다. 가능한 한 빨리.

난 노트를 집어들고는 아이디어를 짜내려고 주방 식탁 앞 의자에 앉았다. 20분간이나 골몰해봤지만, 내 노트 위에 새롭게 등장한 것이라곤 프로작밖에 없었다. 쿨쿨 낮잠을 자는 요 녀석 말이다.

마음이 딴 곳에 있는 탓이다.

내 마음속에서 무슨 일이 벌어지는 것인지는 굳이 지그문트 프로이트가 되지 않아도 잘 알 수 있었다.

 흥미진진한 몇 주간을 보낸 뒤로는 예전의 삶으로(이력서나 써주고, 토일렛 마스터의 안내책자나 만드는 일 말이다) 돌아간다는 생각만으로도 금세 우울해져 버리는 것이다.

 형사놀이가 그보다 훨씬 재미있었다.

 몇 배나 더 말이다. 그리고는 이내 난 깨달았다.

 스릴은 사라져버릴 것이란 사실을.

# Chapter Twenty-two

아침 내내 나는 광고 문구를 생각해보려 애썼지만, 마음은 자꾸만 더 중요한 문제로 흘러가버렸다.

이를테면 캐머런과의 점심 약속에 무엇을 입고 갈까 하는 것 말이다. 결국 난 아이디어를 짜내는 것을 포기하고 욕실로 들어가 김이 모락모락 올라오는 따뜻한 물에 20분 동안 몸을 담갔다.

줄곧 내 머릿속을 시끄럽게 울려대던 지난밤의 주차장 사건도 더는 내 신경을 날카롭게 만들지 않았다. 푹 익힌 파스타처럼 여기저기의 근육들이 흐느적거리자 난 욕조에서 나와 타월로 몸을 닦고는 드라이기로 머리카락을 말렸다.

다리의 털도 밀어야 했지만, 별로 신경 쓸 필요 없을 것 같았다. 프로작과 내 발 전문의를 제외하고는 보여줄 사람도 없기 때문이다.

상쾌하게 머리를 부풀리고 향수도 뿌린 다음 나는 청바지와 티셔츠를 입고 앤 테일러 재킷을 입었다. 그런 다음 프로작에게 먹이를 주고는 캐머런과의 점심 약속을 위해 밖으로 나섰다.

하지만 채 두 발자국도 떼기 전에 랜스와 맞닥뜨리고 말았다.

"어젯밤에 노크했었는데 왜 대답을 안 했죠?"

"욕실에 있었어요."

내가 말했다, 그건 정말 사실이었다.

"오."

당황한 듯 랜스의 시선이 살짝 흔들렸지만, 결코 오래가지 않았다.

"어제 경찰은 왜 온 거죠?"

종교재판소장이라도 된 듯 그가 다시 물었다.

"주방 바닥에서 나와 뜨겁게 사랑을 불태우려고요."

알았다, 진짜로 그렇게 말하진 않았다. 내 대답은 이러했다.

"당신 일이나 신경 쓰지 그래요?"

좋다, 이렇게도 말하지 않았다.

"설명하자면 길어요. 나중에 얘기해줄게요."

난 이렇게 둘러대고는 서둘러 복도를 내려가 코롤라 안으로 뛰어들었다. 그리고는 랜스가 쫓아오기 전에 서둘러 시동을 걸고 차를 출발시켰다.

난 라브레아 에비뉴를 향해 올림픽 거리를 달렸다. 한때는 한적한 곳이었지만, 지금은 트렌디한 쇼핑가로 변모한 거리였다.

캐머런의 가게는 점술사의 집과 빈티지 옷가게 사이에 있었다.

내가 가게 안으로 들어서자 초인종이 울렸다. 손님이 들어왔다는 걸

주인에게 알리기 위한 장치인 모양이었다.

캐머런은 가는 머리카락과 세련된 주름 바지를 입은 말리부 해변의 여인을 상대하느라 분주했다.

그가 잠시 고개를 들고는 내게 미소를 보냈다. 나도 미소를 보이고는 마치 손님인 것처럼 천천히 가게 안을 둘러보았다.

놀랍게도 가게 안은 다른 앤티크 가게와는 달리 좁지도 지저분하지도 않았다. 진짜 앤티크들만 몇 개 가져다 놓고 파는 것 같았다(잘은 모르지만, 내 눈에는 모두 진품 같았다).

말리부의 여인은 3천 달러짜리 서랍장을 살펴보고 있었다.

"이걸 궤짝으로 쓰려고 하는데요."

그녀가 캐머런에게 말했다.

3천 달러짜리 궤짝이라니! 단언컨대, 이 마을에는 남아도는 돈이 너무 많다.

하지만 말리부 여인은 서랍장보다는 캐머런에게 더 관심이 있는 듯했다. 일부러 그를 향해 귀여운 척 웃어 보이곤 했는데, 난 그런 그녀의 바지를 붙들고 엉덩짝이라도 걷어차 주고 싶은 심정이었다.

그녀를 가까이에서 관찰해본 결과 두세 군데 정도 성형수술의 흔적을 찾았다. 그녀의 팽팽한 볼 안에는 분명 한때 그녀의 슬개골이었을 뼈가 붙어 있을 것이다.

그런 그녀에게 캐머런은 친절했지만, 그 이상은 아무것도 없었다.

캐머런이 조금도 넘어오지 않고 있다는 걸 눈치 챈 그녀는 서랍장은 좀 더 생각해보고 오겠다면서 밖에 세워 둔 자신의 벤츠로 떠나버렸다.

"언제 가나 했어요."

캐머런이 씩 웃었다.

"정말 물건을 사러 온 사람 같았어요?"

"아뇨. 아침 라떼와 점심 사이에 할 일 없는 시간을 죽이러 온 거죠."

"여기 정말 굉장해요." 내가 말했다.

"너무 예쁜 물건들이 많아요."

"내가 더 멋진 걸 보여줄게요."

그가 나를 커튼이 쳐진 가게 뒤편으로 이끌었다. 그곳에는 재단장 중인 가구들이 여기저기 흩어져 있었다.

그는 중앙에 있는 섬세하게 세공된 침대를 자랑스럽게 가리켰다.

"썰매형 앤티크 침대예요. 정말 아름답지 않아요?"

"환상적이에요."

침대 머리맡의 조각을 어루만지며 내가 감탄했다.

"하지만 앤티크 얘기를 하려고 당신을 부른 건 아니죠."

캐머런이 구석에 놓인 조그만 냉장고로 향하며 말했다.

"축하를 하기 위해 자리를 마련한 거니까."

그가 냉장고 문을 열고 샴페인을 한 병 꺼냈다.

병에 붙은 상표를 본 나는 도저히 믿을 수 없었다.

"크리스털?"

나도 모르게 입을 떡 벌렸다.

동네 K마트에서만 장을 보는 당신을 위해 설명을 덧붙이자면, 크리스털은 한 병에 160달러가 넘는 값비싼 고급 샴페인이었다.

집 근처 와인 가게에 들를 때면 늘 크리스털이 진열된 선반을 지나 싸구려 샤도네를 집으러 다녔기 때문에 잘 알고 있었다.

"축하를 하려면 이 정도는 돼야죠."

캐머런이 씩 웃었다.

"하지만 이건 정말 비싸잖아요!"

"걱정하지 말아요." 그가 나를 안심시켰다.

"이 정도 살 여유는 돼요. 게다가 큰 걸 하나 팔았거든요. 병뚜껑 대신 진짜 코르크로 입구를 막은 술은 머리털 나고 처음 사 봐요. 근데 왜 이렇게 안 열리지?"

그는 코르크 마개와 한참을 씨름하더니 이내 뻥 소리와 함께 마개가 열리고 샴페인이 분수처럼 솟아올랐다.

캐머런은 얼른 두 개의 머그잔에 샴페인을 따랐다.

"머그잔이라서 미안해요. 가게에서는 보통 술을 마시지 않거든요."

그가 건배를 위해 머그잔을 높이 치켜들었다.

"정의의 심판자이자 범죄의 척결자, 그리고 소외된 이들을 위한 수호자, 제인 오스틴을 위해."

샴페인은 끝내줬다. 폭신폭신한 거품이 잔뜩 깔린 벨벳 위를 걷는 듯 아주 부드러운 느낌이었다.

난 탄산음료를 마시듯 샴페인을 연거푸 들이키지 않으려고 애를 써야만 했다.

"당신이 자랑스러워요." 캐머런이 말했다.

"모두가 하워드를 범인으로 몰았을 때도 자신의 뜻을 굽히지 않았잖아요. 당신 덕분에 진범이 정의의 심판을 받을 수 있게 됐어요."

난 불편한 미소를 지었다.

"왜? 뭐가 잘못됐어요?"

"사실 말이죠, 캐머런. 앤디 브럭크너가 진범이라는 확신이 들지 않아요."

"농담이겠죠, 설마?"

"아니에요. 농담이 아니에요. 정말로 그가 한 짓 같지 않아요."

"당신의 문제가 뭔 줄 알아요? 뭐든 있는 그대로 수긍하지 않는다는 거예요."

"하지만……"

"앤디 브럭크너는 인간쓰레기예요. 그는 자기 아내를 두고 바람을 피웠고, 비서를 시켜 당신을 위협하기도 했어요. 그런 사람이 사람은 죽이지 않았을 거라고 어떻게 장담해요?"

"바로 그거예요. 그는 그런 일들에 자신이 직접 손대지 않는다고요. 그가 스스로 누군가를 죽였을 것 같진 않아요."

"그는 할리우드의 중개인이에요. 중개인들은 마피아도 성가대 합창 단원처럼 보이게 할 수 있다고요."

"하지만……"

"이제 그만해요. 진심으로 하는 말이에요. 이건 축하하려고 마련한 자리예요. 그러니 그냥 축하만 하도록 해요."

그러더니 그는 정말 놀라운 행동을 했다.

머그잔을 내려놓고 내게 키스를 한 것이다. 진짜 키스 말이다.

부드럽고 달콤하면서도 신사적인 키스는 내 혼을 흔들어 놓았다.

"그동안 당신에게 키스하고 싶은 걸 참느라 얼마나 애썼는지 몰라요."

마침내 내게서 떨어진 그가 말했다.

"정말요?" 난 돌처럼 굳었다.

"나한테 그런 관심이 있는 줄 몰랐어요."

"당신은 당신 스스로가 나에게 관심이 있다는 사실도 몰랐겠죠."

"그건 알았어요."

난 솔직하게 고백했다.

"내가 당신 수업이 끝나고 당신 집까지 데려다 줬던 때 기억나요? 그때 당신이 책을 집으려고 뒷자리로 손을 뻗었는데, 그런 당신이 얼마나 매혹적이었는지 몰라요."

우리는 다시 키스를 하기 시작했고, 내가 미처 깨닫기도 전에 우린 어느새 열정적인 십대들처럼 썰매형 앤티크 침대 위를 구르고 있었다.

의심할 여지없이 난 하늘 위를 나는 기분이었다.

그때 정문에서 초인종 소리가 들렸다.

"젠장."

캐머런이 불만의 소리를 내뱉었다.

"손님이에요."

그는 침대에서 일어나 커튼 사이로 밖을 내다보았다.

"인테리어 디자이너죠." 그가 내게 속삭였다.

"진짜 중요한 손님이에요."

"안녕하세요, 마릴린."

그가 옷매무새를 고쳐 입으며 소리쳤다.

"금방 나갈게요."

"캐머런, 자기."

귀에 거슬리도록 허스키한 음성이 들려왔다.

"굉장한 뉴스가 있어. 내가 벨 에어에 있는 집의 인테리어를 맡게 됐어. 6천 평방미터 건물이야. 기초부터 완전히 다 맡겼어. 돈이 문제가 아니라는 거야."

그가 나를 돌아보더니 어쩔 수 없다는 듯 어깨를 으쓱해 보였다.

"괜찮아요."

내가 미소를 지었다.

속으론 저 협잡꾼을 얼른 쫓아버리고 싶은 마음뿐이었지만 말이다.

"시간이 좀 걸릴 테니, 오늘 밤에 집으로 오지 않겠어요? 하던 일을 계속 해야죠?"

여전히 흥분으로 온몸이 멍멍한 나는 고개를 끄덕였다. 하지만 문득 생각이 났다.

"안 되겠어요. 오늘 밤엔 양로원에서 수업이 있어요."

"그럼, 수업 끝나고 들러요."

그는 나를 꼭 안더니 다시 키스를 했다.

"그럼, 잠시 후에 봐요."

그가 속삭였다.

그는 나를 가게 뒷문으로 내보내주었고, 난 술주정뱅이처럼 비틀거리며 골목으로 나섰다. 적어도 한 가지는 확실하게 머릿속에 떠올랐다.

얼른 집에 가서 다리털을 밀어야겠군.

8시간 만에 7kg를 감량하는 방법이 있을까를 혼자 고민하면서 난 코롤라로 향했다(이래서 당일로 회복 가능한 지방흡입 전문병원이 필요한 것이다).

기적적인 체중감량 대신 나는 새 속옷을 사기로 결심했다. 내 몸이 받쳐주지 않는다면, 속옷이라도 도움이 되게 하여야 하지 않겠는가.

난 센츄리 시티에 있는 블루밍데일 백화점으로 가서는 곧장 제일 위층에 있는 란제리 코너로 향했다. 팬티의 종류는 딱 세 가지로 분류되어 있었다. 미니 사이즈, 초미니 사이즈, 약병에 든 솜보다 더 자그마한 면이 붙어 있는 사이즈.

마침내 난 저 구석에서 사람이 입을 수 있는 사이즈의 검은색 레이스 브래지어와 팬티를 찾아냈다. 그리고는 몰래 카메라 같은 것이 붙어 있지 않기를 바라며 탈의실에서 그것을 입어보았다. 삼면거울에 비추어 보니 배에 힘을 주고, 눈만 조금 게슴츠레하게 뜨면 그래도 꽤 볼 만한 모양이 되었다.

새로 들어온 일거리가 없는 탓에 뭔가를 살 만한 형편이 못되었지만, 난 앤 테일러에 들러 새 바지와 실크 블라우스도 한 벌씩 샀다. 그리고는 돈을 너무 많이 썼다고 자책하며 존 앤 데이비드에서 250달러짜리 구두를 사는 대신 시트러스 향이 나는 60달러짜리 켈빈 클라인 향수를 사는 것으로 대리 만족했다.

백화점을 나서며 더 이상의 돈 쓰기는 허락할 수 없다고 굳게 다짐한 나는 브렌트 우드에 있는 미용실에 들러 80달러짜리 커트와 20달러의 페디큐어, 그리고 30달러의 주차티켓을 끊고 말았다(미터기에 돈을 넣는 것을 깜빡 잊어버리고 말았지 뭔가).

하지만 오늘은 다 그럴 만한 가치가 있었다. 미용실을 나서는 내 머릿결은 비단결처럼 부드럽게 반짝거렸다.

또다시 지갑을 꺼낼 일 없이 무사히 집으로 돌아온 나는 머리카락을 조심스럽게 타월로 돌돌 감싼 후 욕실로 들어가 살결에 광이 날 때까지 비누칠을 해댔다. 그리고는 다리털을 밀고, 눈썹 손질까지 마쳤다.

이 정도면 기본적인 박리작업은 끝낸 것이다. 물론 슬프게도 뱃살은 내 힘으로 어찌할 수 없었다. 그저 캐머런의 눈에 띄지 않기만을 바라는 수밖에.

그렇다, 여러분. 드디어 그날이 온 것이다. 음울했던 수도자 생활은 이제 끝이다.

난 캐머런이 안겨주는 흥분에 내 몸을 맡기기로 했다.

새로 산 옷을 입고 역시 새로 산 향수를 마치 구름 위를 나부끼듯 흠뻑 맞은 나는 프로작 앞에 섰다.

"나 어때?"

나는 제자리에서 한 바퀴를 돌았다.

하지만 녀석은 소파 위에서 낮잠을 자다 말고 고개를 들어 흘끗 나를 쳐다보더니 하품만 늘어지게 해댈 뿐이었다. 하긴 프로작 같은 녀석에게 패션 조언을 구하려고 했던 내가 바보지.

난 녀석을 번쩍 들어 품에 꼭 안아주었다.

"행운을 빌어줘."

프로작은 내 향수가 마음에 들었는지 내 볼에 머리를 마구 비볐다.

"내가 너를 사랑하는 것의 절반만큼이라도 그를 사랑할 수 있게 된다면……."

난 녀석의 분홍빛 귀에다 대고 속삭였다.

"난 세상에서 가장 운 좋은 여자가 될 텐데 말이야."

# Chapter Twenty-three

그는 나를 위아래로 훑어보더니 '휙' 하고 휘파람을 불었다.

"이런, 이런."

그의 눈이 반짝거렸다.

불행하게도 여기서 '그'는 캐머런이 아니라 골드먼 씨였다.

샬롬 양로원의 글쓰기 수업에 들어서자마자 그가 음흉한 눈빛으로 나를 바라보기 시작한 것이다.

"오늘 밤에 뜨거운 데이트라도 있나 보죠?"

탁자에 몸을 숙이고 외쳐대고 싶은 걸 난 간신히 참았다.

네! 네! 네! 그것도 내 마음을 순식간에 녹여버린 멋진 남자와의 데이트죠.

대신 난 점잖게 말했다.

"사실을 말하자면, 골드먼 씨. 오늘 밤에 데이트가 있긴 하답니다."

"그 게이랑?"

"그는 게이가 아니에요."

나는 이를 '앙' 다물고 대답했다.

"아무려면 어떻겠수. 리버 레이스도 자기는 게이가 아니라고 고집을 부렸으니까."

그때 펙터 부인이 고개를 설레설레 저으며 말했다.

"저 인간 얘기는 신경 쓰지 말아요, 오스틴 양. 아무도 못 말릴 인간이라는 걸 모두 알고 있으니까."

그러더니 골드먼 씨를 향해 고개를 돌려서는 이렇게 말했다.

"입에 양말이나 물고 있으시구려."

바로 내가 하고 싶은 말이었다.

"오늘 정말 예뻐요."

펙터 부인이 다시 나를 쳐다보며 말했다.

다른 할머니들도 동의한다는 뜻으로 고개를 끄덕였다.

"좋아요, 오늘은 누가 먼저 읽어보실까요?"

테이블 구석자리에서 빈센조 부인이 손을 들었다.

"시작해보세요."

베트 빈센조는 자신의 가냘픈 몸을 일으켜 평소처럼 글을 읽기 시작했다. 그녀의 긴 머리카락이 등 뒤로 물결쳤다.

"나의 네 번째 남편, 지은이 베트 빈센조."

사실 빈센조의 부인의 글은 귀에 하나도 들어오지 않았다.

수업에 집중하려고 애썼지만, 마음은 자꾸 캐머런에게로 흘러갔다.

골드먼 씨가 틀렸다. 캐머런은 게이가 아니다. 그 사실은 썰매형 앤티크 침대 위에서 충분히 증명되지 않았던가.

그는 확실히 여자를 좋아한다. 그것도 기적처럼 나를 좋아한다!

난 아직도 믿을 수가 없었다. 호수처럼 푸른 눈에 나긋나긋한 몸매를 한 캐머런 배닉이 다른 사람도 아닌 억센 머리카락에 푹 퍼진 허벅지를 가진 나, 제인 오스틴을 좋아한다니 말이다.

빈센조 부인의 입술이 움직이는 게 보였지만, 그녀의 입에서 나오는 단어들은 배경 속으로 사라져버리고 말았다. 엘리베이터에서 흘러나오는 안내방송의 배경음악처럼 말이다.

난 루즈리프 바인더를 꺼내 빈 페이지를 펼쳤다. 그리고는 펜을 집어 빈센조 부인의 글에 대해 평가의 글을 쓰는 것처럼 뭔가를 써내려가기 시작했다.

하지만 내가 적고 있는 건 고등학교 시절에 즐겨 썼던 유치한 문구들이었다. 이를테면, 캐머런♡제인, 제인 배닉 부인. 제인 오스틴은 캐머런 배닉을 좋아한대요. 같은 낙서들 말이다. 마치 그 옛날 고등학교 교장선생님의 음성이 스피커에서 흘러나오며 봄맞이 무도회 티켓이 아직도 많이 남아 있음을 알리는 듯한 착각이 들기도 했다.

그러다가 문득 고개를 드니, 골드먼 씨가 의심쩍은 눈빛으로 나를 쳐다보고 있었다. 내가 뭘 하는 건지 다 안다는 눈빛이었지만, 난 전혀 아랑곳하지 않고 계속 낙서를 해나갔다. 기어이 한 페이지를 다 채우고 나서, 나는 내가 끼적거린 낙서와 그림들을 뿌듯하게 내려다보며 사실은 미대에 진학했었어야 했던 게 아닐까 하는 생각을 해보았다.

래트너 부인의 손자들 이야기와 펙터 부인의 이스라엘 여행기가 다 끝날 때까지도 나의 낙서는 멈출 줄 몰랐다. 드디어 다음 페이지로 진출하기 위해 페이지를 넘기는데 노트 사이에 끼어 있던 주차티켓 하나가 눈에 들어왔다.

처음에는 오늘 오후 브렌트 우드에서 끊었던 주차티켓인 줄 알았지만, 다시 살펴보니 그건 내 코롤라가 아닌 캐머런의 지프 것이었다. 티켓에 적혀 있는 그의 차번호를 단번에 알아볼 수 있었다.

며칠 전 수업이 끝난 나를 캐머런이 집까지 데려다 주었던 때를 떠올렸다. 그때 뒷자리로 손을 뻗어 노트를 집으며 내 뒷모습을 캐머런이 우스꽝스러워하지 않을까 걱정했었는데, 걱정과는 달리 캐머런은 그 모습이 매력적이었다고 하니 정말 다행이지 않은가.

그때 뒷자리에 흩어져 있던 종이들을 모으다가 실수로 캐머런의 주차티켓까지 긁어모은 모양이다. 납부 기일이 지났을지도 모르니 서둘러 캐머런에게 돌려주어야겠다는 생각에 난 티켓에 적힌 날짜를 살펴보았다.

2월 14일. 밸런타인데이였다. 하지만 그럴 리 없다.

그날은 스테이시의 살인사건이 있던 날로, 캐머런은 샌프란시스코에 있었다고 하지 않는가. 하지만 티켓이 끊긴 곳은 로스앤젤레스였다. 그것도 웨스트우드에 벤틀리 에비뉴. 바로 범죄 현장이다.

하지만 이건 말이 되지 않는다. 그날 밤 캐머런이 어떻게 이곳에 있을 수 있었지? 그럼 그도 스테이시의 살인사건에 연루되어 있는 건가? 불가능하다. 난 속으로 되뇌었다.

샌프란시스코에 있는 호텔 주인이 그날 밤 캐머런이 자신의 호텔 레스토랑에 있었다고 얘기해줬는데 말이다. 혹시 캐머런을 보호하려고 그녀가 거짓말을 한 것일까?

이건 정말 생각해봐야 할 문제다. 그러고 보니 그날 밤 캐머런이 샌프란시스코의 호텔 레스토랑에 있었다는 실질적인 증거는 아무것도 갖고 있지 않다.

난 갑자기 속이 메스꺼웠다. 캐머런이 스테이시에 대해 거짓말을 한 것일까? 그는 그녀에 대해 아는 것이 별로 없다고 말했지만 사실은 가까운 사이였을 수도 있다. 어쩌면 서부 지역의 여느 남자들처럼 그녀와 부적절한 관계를 맺었을지도 모른다.

하지만 그랬다고 한들, 그가 그녀를 죽일 만한 이유가 무엇일까? 캐머런은 데본처럼 질투심에 불타는 타입도 아닐뿐더러 데리어쉬나 앤디 같은 조건도 없다. 스테이시가 이용할 정도의 부자 부인도 없단 말이다.

난 여전히 메스꺼움을 느끼며 바인더를 탁하고 덮었다.

도대체 내가 왜 이러지? 이제야 제대로 된 완벽한 남자를 만났는데 그를 살인범으로 의심하다니! 로맨스가 미처 시작되기도 전에 재를 뿌린다는 건 있을 수 없는 일이다.

캐머런은 내가 잘 아는데, 절대 스테이시와 놀아났을 타입의 남자가 아니다. 벤틀리 가든에서 그가 가장 친하게 지냈던 여자는 매리안 해밀턴뿐이었다.

이건 아마도 블롭과의 불행한 결혼생활 이후 새로운 사람을 만나는 것에 대해 두려움이 생긴 탓일 것이다. 내 안에서 말도 안 되는 핑계를 만들어 스스로 그 두려움의 근원을 떨쳐내려 하는 것이 분명하다.

난 펙터 부인의 '통곡의 벽' 여행 이야기에 집중하려고 안간힘을 써 보았지만, 소용이 없었다. 주차티켓 생각이 머릿속에서 떠나지 않았다. 내 심리에 대해 심리학 박사 뺨치게 잘 아는 것처럼 주절대긴 했지만 캐머런이 스테이시 살인사건에 어떻게든 관련이 있을지도 모른다는 생각이 머릿속에 남아 계속 내 뱃속을 울렁거렸다.

난 9시 마침종이 울릴 때까지 멍하니 앉아 있다가 마침내 종이 울리자 골드먼 씨가 막 손을 들어 발표하려는 것을 자르고는 말했다.

"미안하지만, 오늘은 여기까지 하도록 하죠."

그리고는 떨리는 손으로 물건을 챙겨 밖으로 나섰다.

"데이트 잘해요!"

펙터 부인이 소리쳤다.

다른 할머니들도 오늘 내가 정말 예쁘다고 칭찬하며 행운을 빌어주었다.

"그 남자, 게이라니까."

골드먼 씨가 투덜거렸다.

난 작별의 인사로 손을 흔들며 억지로 입술을 깨물어 미소를 지어 보였다. 그리고는 곧장 화장실로 향했다. 얼굴에 찬물이라도 좀 끼얹었어야 할 것 같았다. 복도 끝에 있는 침침한 불빛의 화장실에 들어갔더니 웬 젊은 여자가 내게 등을 보이고 서서는 머리카락을 빗고 있었다.

샬롬 양로원에 젊은 여자가 웬일이지?

그때 그녀가 뒤를 돌아보았고, 놀랍게도 그녀는 젊은 여자가 아니라 빈센조 부인이었다. 그녀의 긴 머리카락과 날씬한 몸매 때문에 제 나이보다 훨씬 어리게 보였던 것이다.

그때 문득 매리안 해밀턴의 긴 금발 머리가 떠올랐다. 그녀도 젊은 여자로 착각하기 쉽지 않았을까? 스테이시와 같은 젊은 여자로 말이다. 두 사람이 얼마나 닮았는지 캐머런이 얘기해준 적이 있지 않은가? 흐린 불빛의 침실에서는 매리안을 스테이시로 착각할 수도 있다. 아니면 스테이시를 매리안으로 착각하던가.

빈센조 부인이 빗질을 끝내고는 나를 향해 씩 웃어 보였다.

"오늘 밤 좋은 시간 보내요, 선생."

그러고는 밖으로 나갔다.

난 세면대에 몸을 의지했다.

이젠 메스꺼움이 목 위까지 올라오고 있었다.

참혹한 시나리오가 내 머릿속에서 마구 춤추기 시작했다. 만약 캐머런이 진짜 범인이라면 어쩌지? 의도하지 않은 사람을 죽인 것이라면? 원래 죽이려던 사람이 스테이시가 아니라 매리안이었다면?

그는 한 달 동안이나 샌프란시스코에 머물렀으니 매리안이 이미 죽고, 그 집에 스테이시가 새로 이사 왔다는 사실을 몰랐을 수도 있다.

그래서 로스앤젤레스로 돌아온 그가 자신이 돌아왔다는 사실을 아무도 눈치 채지 못하게 하도록 아파트 주차장이 아닌 거리에 지프를 세우고 매리안이 아무런 의심 없이 건네주었던 열쇠로 그녀의 집에 들어간 것이다.

거실이 어두웠기 때문에 가구들이 바뀐 사실도 그는 깨닫지 못했다. 게다가 그의 머릿속은 그보다 더 중요한 일들로 가득했을 테니 가구 따위야 어찌 됐든 신경 쓸 겨를이 없었을 것이다.

그는 조심스럽게 복도를 지나 침실로 향한다. 그곳에서 등을 돌린 채 누워 잠들어 있는 스테이시를 발견한다. 그녀의 금발머리가 베개 위에 흐트러져 있었을 테니 매리안으로 착각하기에 충분했을 것이다.

마침 바닥에 놓여 있던 타이마스터가 캐머런의 눈에 들어온다. 그야말로 완벽한 살인도구가 아닌가. 매리안은 워낙 운동하는 것을 좋아했으니 타이마스터가 그녀의 것이라고 믿어 의심치 않았을 것이다. 그는 묵직한 그것을 집어 스테이시의 머리를 세게 내려친다. 그리고는 자신이 엉뚱한 사람을 죽였음을 깨닫고 만다.

하지만 어째서? 어째서 캐머런이 매리안을 죽이려 했을까?

그는 진심으로 그녀를 좋아하는 것처럼 보이는데 말이다.

캐머런이 빛이 다 사그라지는 스타의 목숨을 왜 앗아가려고 했는지 좀처럼 이유가 떠오르지 않았다.

하지만, 그가 죽인 것을 확실했다.

그 뒤, 15분 동안 나는 샬롬 양로원의 화장실 변기에 먹은 것을 모두 토해버렸다.

결국 난 양로원 화장실에서 벗어나 다시 집으로 돌아오고 말았다. 캐머런과의 데이트 약속은 도저히 지킬 수가 없었다. 그에게 전화를 걸어 몸이 좋지 않다고(거짓말이 아니다) 얘기할 참이었다.

속은 여전히 울렁거렸고, 머리는 핑핑 돌았다.

난 집에 돌아오자마자 소파에 누워 머리에는 냉동실에 얼려 둔 배 주머니 한 팩을, 배 위에는 프로작을 올려놓았다.

캐머런이 범인이라는 사실을 어떻게 확신할 수 있느냐고 묻지 말아 달라. 그냥 문득 깨닫고 만 것이다.

그에게 그렇게 빠져버리다니 내가 바보 같았다.

그가 정말로 내게 관심이 있다고 생각했던 것 자체부터 실수였다. 짝을 이루는 데는 몇 가지 규칙이 있다. 잘 나가는 사람은 역시 잘 나가는 사람을 좋아한다. 그들은 결코 평범한 사람과 어울리지 않는다.

멜 깁슨이 캐시 베이츠(영화 '미저리'로 유명한 미국의 여배우)와 데이트하지 않는 것처럼 말이다.

캐머런은 나를 감시하려고 지금까지 줄곧 나를 만나 왔던 것이다. 내가 살인사건을 수사하고 있다는 사실을 알고는 내가 진실을 밝혀내진 않을까 전전긍긍했겠지. 그렇다, 캐머런이 범인이라는 사실만은 확실하다. 다만 알 수 없는 것은 어째서일까이다.

매리안을 죽이고 싶을 만한 이유가 뭐가 있었을까? 단순한 범죄의 유혹? 그럴 가능성은 거의 없다.

돈 때문도 아니다. 그녀가 그에게 유산으로 남긴 것이라곤 사진 액자 하나뿐이었으니까. 할리우드의 하찮은 잡상인에게 팔아봤자 6달러도 못 받을 것이다.

그때 전화벨이 울렸다. 손가락 하나 꿈쩍할 힘도 없는 나는 그냥 자동응답기가 받게 내버려 두었다.

"안녕, 제인. 캐머런이에요."

그의 목소리는 청량하고 결백하게 들렸다.

"어디쯤 왔나 전화해봤어요. 지금쯤이면 도착했어야 했을 것 같은데 말이죠. 오, 아마도 한창 오는 중이겠군요."

그럴 리 없지.

난 그대로 소파에 누워 프로작을 어루만지며 천장만 쳐다보고 있었다.

잠시 후 얼린 배 주머니가 녹아내리기 시작하자, 난 그것을 커피 탁자 위에 올려놓으려고 팔을 뻗어 받침으로 쓸 잡지 하나를 집었다. 바로 그때 모든 조각들이 맞아 들어가기 시작했다.

내가 집은 것은 잡지가 아니라 크리스티 경매장의 카탈로그였던 것이다. 문득 어제 보았던 캐리 그랜트의 사진이 떠올랐다. 12만 3천 달러에 낙찰됐던 사진 말이다.

그때 뭔가가 눈에 익다고 생각했는데, 지금 깨닫고 보니 그건 바로 액자틀이었다. 매리안이 그녀의 유언에 따라 캐머런에 남겨주었던 액자를 말이다.

　난 배 주머니를 카펫 위에 아무렇게나 던져놓고 카탈로그의 페이지를 넘겨 캐리 그랜트의 사진을 찾아냈다. 확실하다. 이건 매리안의 사진이 들어 있던 액자틀과 똑같다.

　또 다른 시나리오가 머릿속에서 일렁이기 시작했다. 매리안이란 여배우는 매우 값나가는 액자틀을 소유하고 있었다. 아마도 한창 시절 그의 부자 연인이 선물해준 것일지도 모른다. 하지만 그녀는 그게 얼마나 값나가는 것인지 모르고 있었다.

　그러다가 액자틀의 가치를 한눈에 알아본 젊고 잘생긴 앤티크 상인을 만나게 된 것이다. 그는 그녀에게 사실을 말해주지 않은 채 더할 나위 없이 친근한 친구인 척 접근해 그녀가 감정적으로 약해진 순간에 자신에게 그 액자를 남겨달라고 간청했을 것이다.

　아마 그도 처음에는 살인 같은 건 생각하지 않았을 것이다. 하지만 앤티크 가게가 점점 어려워지면서 재정이 악화하자 그녀를 죽이기로 결심한 것이다. 물론 엉뚱한 금발 머리를 죽이고 말았지만 말이다.

　모든 게 완벽하게 맞아떨어진다. 오늘 오후에만 해도 캐머런이 '큰 걸' 하나 팔았다고 하지 않았던가?

　난 수화기로 손을 뻗어 레아 형사에게 전화를 걸었다. 하지만 레아 형사가 자리를 비워 그의 부하 경사가 전화를 받았고, 난 그에게 어떻게든 레아 형사에게 연락해서 내게 전화해 달라는 메시지를 남겼다.

　전화를 끊고 나자 내 신경은 더욱 곤두섰다.

거실을 한 번 둘러본 나는 오늘 밤만큼은 혼자 있고 싶지 않다고 생각했다. 충동적인 섭식문제를 가진 고양이 한 마리밖에는 그 어떤 방어책도 없는 내가 너무나 취약하게 느껴졌던 것이다.

난 칸디에게 전화를 걸어 오늘 밤 그녀의 집에 머물러도 되는지 물어보았다. 그녀는 흔쾌히 허락해주었고, 오면서 하겐다즈 프렌치 바닐라 아이스크림을 사다 달라고 부탁했다.

난 전화를 끊고 내 체육관 가방에 짐을 챙기기 시작했다.

얼마 지나지 않아 다시 전화벨이 울렸고, 난 서둘러 수화기를 들었다.

"레아 형사님?"

"아뇨, 캐머런이에요."

오, 이런. 엄청난 실수를 저지르고 말았군.

"안녕, 캐머런."

난 최대한 침착하게 말했다.

"레아 형사님의 전화를 기다리고 있었어요. 데리어쉬에 대해 얘기할 게 있었거든요. 그가 진범인 것 같아서요."

"단 하룻밤이라도 살인사건에 대해서 잊어버릴 순 없어요?"

그가 한숨을 내쉬었다.

"오늘 밤 우리 집에 오기로 했잖아요."

그의 음성은 매우 달콤하고, 유혹적이었다. 그런데 머리털이 자꾸만 곤두서는 건 어째서일까?

"캐머런, 안 되겠어요. 몸이 별로 좋지 않거든요. 먹은 것이 체했나

봐요. 밤새 다 토했어요."

"그럼, 내가 당신 집으로 갈게요."

"아뇨!" 내가 외마디 소리를 질렀다.

"저, 그러니까, 일부러 오지 않아도 괜찮아요, 정말이에요."

"정말요?"

"네, 그래요."

"그럼, 치킨 수프라도 좀 들어요."

"그럴게요."

"보고 싶어요."

"나도요."

마지막 말은 목이 메어 잘 나오지 않았다.

"이만 끊어야겠어요. 또 속에서 올라오려고 하네요."

물론 거짓말이었다.

난 마침내 수화기를 내려놓았다.

온몸에서 진땀이 흐르고 있었다. 데리어쉬에 대한 내 거짓말을 그가 믿어야 할 텐데. 어쨌든 빨리 이곳에서 빠져나가야 한다.

난 얼른 파자마를 챙기고, 칫솔과 함께 블롭과 이혼할 때 자주 복용했던 신경안정제도 가방에 넣었다. 차 열쇠를 집어 막 현관을 나서려다가 난 발걸음을 멈추었다.

프로작을 까맣게 잊고 있었던 것이다. 녀석을 혼자 집에 남겨 둘 순 없었다. 만약 녀석에게 무슨 일이라도 생긴다면 스스로 용서할 수 없을 것 같았다.

그래서 난 벽장에서 이동용 고양이 우리를 꺼냈다. 물론 그건 크나큰 실수였다. 녀석은 우리를 보자마자 이렇게 생각한 모양이었다.

"이런, 또 내 엉덩이에 온도계를 꽂아 넣는 그 망나니 수의사한테 가는 거로군."

그리고 녀석은 소파 밑, 내 팔이 닿지 않는 곳까지 기어들어가서는 나올 생각을 하지 않았다.

"어서, 프로작. 수의사한테 가는 게 아니야. 칸디 아줌마네 가는 거란 말이야. 얼른 나오면 하겐다즈 프렌치 바닐라 아이스크림, 배 터지게 먹게 해줄게. 약속해."

하지만 녀석은 꼼짝도 하지 않았다.

나는 빌어도 보다가 달콤하게 꼬이기도 하다가 무섭게 협박하기도 해보다가 마침내는 생선내장으로 만든 고양이 통조림을 하나 따서 녀석 앞에서 흔들어 보이며 나지막하게 흥얼거렸다.

"자, 맛있는 먹이다, 음, 맛있어."

그러자 소파 밑에서 분홍빛 코가 살짝 모습을 보이더니 이내 녀석이 슬그머니 나오기 시작했다.

난 그때를 놓치지 않고 녀석을 잡아채 통조림과 함께 우리 안에 넣어버렸다.

"정말이야."

작은 감옥 사이로 나를 째려보는 프로작을 향해 말했다.

"수의사한테 가는 게 아니라니까."

그런 후 나는 가방을 집어 현관문을 열었다.

그런데 문 앞에는 다른 사람이 아닌 캐머런이 서 있었다.

한 손에는 치킨 수프 통조림을, 다른 한 손에는 총을 들고서.

# Chapter Twenty-four

"정말 아픈 것 같지 않았어."

캐머런이 총구멍으로 나를 다시 집 안으로 밀어 넣으며 말했다.

"어쨌든 수프는 갖고 왔지."

그는 평소처럼 눈가에 자글자글한 주름이 잡히는 미소를 지으며 나를 소파에 앉혔다. 우리 안에서 프로작이 발톱으로 빗장을 내리치며 날카롭게 쉭쉭거렸다.

"진정해, 야옹아."

그가 내 손에서 우리를 낚아채더니 거실 저편으로 휙 던져버렸.

프로작이 거세게 야옹거렸다.

"자."

그가 수프 통조림은 커피 탁자에 내려놓으며 말했다.

"결국 모든 걸 다 알아낸 거지, 그렇지?"

난 굳은 채로 고개를 끄덕였다.

"정말 웃긴 일이야, 안 그래?"

"우습다고 말할 수 있을까요?"

그는 내 안락의자에 편안하게 몸을 숙인 채 앉아 내 왼쪽 가슴을 향해 총을 겨눴다.

"매리안을 죽이려 했어. 하지만 이미 죽어 땅에 묻힌 줄 누가 알았겠어. 덕분에 엉뚱한 얼간이를 죽이게 됐지. 망할 놈의 운이 이렇게 나쁠 줄이야."

"그건 스테이시도 마찬가지죠."

"오, 어차피 그 여잔 쓰레기였어. 없어지는 게 오히려 인류에 이득이라구."

이제 그는 내 오른쪽 가슴을 겨누고 있었다.

"근데 나라는 걸 어떻게 알았지? 완벽한 알리바이도 있었는데 말이야. 난 사건이 일어났을 당시 샌프란시스코에 있는 유니언 스트리트 호텔에서 저녁식사를 하고 있었다고. 호텔 주인인 앤 개리티가 증언해줄 거야."

"그 여자가 당신 애인인가요? 그래서 당신을 위해 거짓말을 했나요?"

"애인? 그 뚱보가? 이거 왜 이래, 그런 여자는 손가락조차 건들고 싶지 않다고."

"그러면서 오늘 밤은 나와 어쩔 생각이었죠?"

그가 씩 웃었다. 손에 쿠키 항아리를 든 어린 소년처럼 말이다.

"글쎄."

잠잠하던 속이 다시 울렁거리기 시작했다.

토하고 싶었지만, 이미 다 토해 아무것도 나올 것이 없었다. 그래서 난 그저 가만히 앉아 속이 울렁거리는 소리와 프로작이 우리를 긁어대는 소리를 듣고 있었다.

그때 캐머런이 커피 탁자 위에 올려놓은 크리스티 경매장 카탈로그를 보고 말했다.

"이것 때문에 알아낸 거로군. 당신도 거기 갔었던 모양이지."

난 고개를 끄덕였다.

"사진이 어딘가 낯이 익다고 생각했었는데, 그게 뭐였는지 오늘 밤 알아냈어요. 바로 액자틀이었죠."

"정말 아름답지 않아?"

"그래요. 하지만 캐리 그랜트의 사진은 어디서 난 거죠?"

"오, 그거 말이지. 사실 매리안이 그와 얼마간 데이트를 했었지. 그때 그가 그녀에게 선물한 거야. 물론 금세 다른 여자를 만나 매리안을 차 버렸지만 말이야. 바바라 휴톤이었던가 랜돌프 스콧이었나, 잊어버려서 누구인지 모르겠군. 어쨌든 화가 난 그녀는 그의 사진 위에 자신의 사진을 덮어 끼워버렸지. 난 처음 보자마자 액자틀이 상당히 값나가는 물건이라는 걸 알았어. 캐리 그랜트의 사진까지 함께라면 가치가 상당하지."

"그래서 매리안의 베스트 프렌드를 자청한 거로군요."

"이번에도 바로 맞췄어, 셜록."

캐머런이 질 나쁜 서부영화에 나오는 카우보이처럼 총을 휙휙 돌리며 장난을 쳤다.

"자신의 뒤통수를 칠 사람이라고는 꿈에도 생각하지 못하고 만약을 위해 당신에게 집 열쇠를 줬고요."

"이봐, 처음부터 매리안을 죽이려 했던 건 아니야. 그래 봤자 그녀는 나이 들고 무해한 노땅이었으니까. 내가 정말 죽이고 싶었던 건 내 주식매매 중개인이라고. 그 멍청한 인간 때문에 엄청난 손해를 봤거든. 그 일만 아니었어도 그녀를 죽이려고 하진 않았을 거야."

"그럼 스테이시의 아파트에 있다가 데리어쉬에게 들켰을 때 그에게 줬던 열쇠도 진짜 스테이시의 집 열쇠였겠군요. 사건 당일에도 그래서 들어갈 수 있었던 거고요."

"바보 같은 데리어쉬. 매리안이 죽은 다음에 열쇠만 바꿨더라도 스테이시는 지금껏 살아 있었을 텐데. 어쨌든 상관없어. 내가 얘기했듯이 그 여잔 쓰레기였으니까."

그리고는 커피 탁자에서 잡지를 집어 구슬프게 울어대는 프로작의 우리를 향해 집어던졌다.

난 그에게 달려들어 몸싸움이라도 벌이고 싶었지만, 그가 정확히 내 가슴에 총부리를 겨누는 한 무모한 짓일 것 같았다.

"그녀를 죽이고 난 다음 조용히 자신의 집으로 돌아왔겠군요. 그래서 아무도 당신을 보지도, 어딘가로 달아나는 소리도 듣지 못했던 거고요."

"그래, 맞아. 하워드가 데이트를 위해 모습을 보일 때까지 침대에 누워 TV 쇼를 보고 있었지. 불쌍한 친구 같으니라구."

그가 가련하다는 듯 고개를 설레설레 저었다.

"어쨌든 그날 밤은 집에서 편안한 밤을 보내고 다음날 아침 동틀 무렵에 지프를 타고 해변에 나가 몇 시간 정도 보내고 집에 돌아왔지. 그때 당신과 만났던 거고."

그는 진심 어린 애정이 담긴 눈길로 나를 쳐다보며 '딸칵' 하고 총을 장전했다.

"내 안전을 위해서." 그가 설명했다.

"이제 끝내야겠어."

그가 약한 한숨을 내쉬었다.

"어쩔 수 없이 당신을 죽여야겠어. 정말 안 된 일이야. 당신을 정말 좋아했는데."

그는 정말로 슬퍼 보였다.

"그렇게 불행한 일 같으면 하지 말지 그래요."

그러자 그가 다시 딱딱한 시멘트도 녹여버릴 것 같은 화사한 미소를 지었다.

"이래서 당신이 좋아. 날 웃게 하니까. 그러게 진즉 당신 일에나 신경 쓰지 그랬어."

"그건 내가 해줄 말 같네요."

애써 목소리를 가다듬으며 내가 말했다.

"이미 레아 형사에게 전화해서 당신이 스테이시를 죽였다고 얘기했거든요."

캐머런은 이거 허풍이 아닌지 속셈을 알아차리려는 듯 한동안 말이 없었다. 그리고는 결국 바로 짚고 말았다.

"시도는 좋았어." 그가 말했다.

"하지만 당신을 믿지 않아."

"정말 얘기했어요. 진짜예요. 지금 여기서 나를 죽인다면, 당신이 범인이라는 사실이 더욱 분명해질 거예요."

"매일같이 새로운 용의자를 들이댔는데, 그런 당신 말을 과연 경찰에서 믿어줄까? 당신이 죽어도 경찰에서는 앤디를 의심할 거야. 법정에서 불리한 증언을 하는 걸 막으려고 청부살인을 의뢰했을 거로 생각하겠지."

"경찰에서 그렇게 믿지 않을 거예요."

"과연 그럴까?"

그가 정확히 내 가슴을 향해 총구를 겨눴다.

"미안하지만, 선택의 여지가 없어."

그가 막 방아쇠를 당기려는 찰나 잔뜩 성이 난 털 뭉치 하나가 우리에서 뛰쳐나와 거실을 가로질러 달려오기 시작했다.

프로작, 이 믿을 수 없는 녀석이 결국 앞발로 우리의 빗장을 풀어낸 것이다. 용감무쌍한 고양이가 침입자를 공격해서 주인을 구하고는 앞발로 911에 신고까지 했다는 놀라운 이야기를 어디선가 들어본 적이 있을 것이다.

하지만 프로작은 그런 류의 녀석이 아니었다. 녀석은 캐머런을 지나쳐 소파 밑으로 들어가더니 겁에 질려 나올 생각도 하지 않고 있었다.

하지만 덕분에 캐머런의 동작에 빈틈이 생겼고, 나는 캐머런을 향해 커피 탁자에 놓여 있던 치킨 수프 통조림을 던져 그의 손에서 총을 떨어뜨렸다.

총은 거실 저편으로 튕겨나갔고, 캐머런과 나는 먼저 그것을 집기 위해 바닥을 미끄러졌다. 그리고 좋은 소식은 내 손이 총에 먼저 가 닿았다는 것이지만, 나쁜 소식은 내가 미처 방아쇠를 당기기도 전에 캐머런이 내 손에서 총을 빼앗아갔다는 것이다.

그리고 오늘 저녁에만 다섯 번째로 그가 내 가슴에 총구를 겨누었는데, 바로 그때 복도에서 발걸음 소리가 들리더니 경찰관 한 무리가 그를 향해 총을 겨눈 채 우르르 집 안으로 몰려들었다.

"좋아, 캐머런."

레아 형사가 소리쳤다.

"총을 내려놔."

그리고 캐머런은 그의 말에 따랐다.

# Epilogue

　랜스에 대해 다시는 나쁘게 얘기하지 못할 것 같다. 엿듣기 좋아하는 그 협잡꾼이 우리 집에 문제가 생겼다는 것을 알아채고는 바로 경찰에 신고했던 것이다.

　그가 아니었다면, 난 죽음의 계곡에서 스테이시 로렌스와 동료가 될 뻔했다. 난 감사의 표시로 그를 이탈리아 레스토랑으로 데리고 가 음식을 대접했다.

　칸디와 내가 종종 옆 부스 연인의 다툼 소리를 즐겨 엿듣곤 하는 곳이었다. 엿듣기도 중독성이 있어서 한 번 맛 들이면 도저히 멈출 수가 없었다. 어쨌든 랜스는 내가 생각했던 것만큼 나쁜 사람이 아니었다.

　그는 구두를 파는 자신의 일도 좋아했고, 구두 세일즈맨 특유의 농담거리도 아주 많이 알고 있었다.

　키안티(이탈리아산 포도주)를 몇 잔 들이킨 후 그는 내게 자신의 가게에서 파는 구두를 직원 할인가에 구해다 주겠다고 했다. 마놀로 블라닉을 절반 값만 내면 신을 수 있다는 것이다. 어쨌든 그런 제안을 해온 랜스가 고마웠다.

당연히 경찰에서는 여러 가지 죄목으로 캐머런을 체포했다. 살인죄는 물론, 살인미수와 타이마스터로의 폭행치사죄도 성립되었다.

그리고 믿거나 말거나 레아 형사는 보기보다 자상한 사람이었다. 이번 일이 있은 이후 그는 내 얘기를 심각하게 들어주지 못해 미안하다고 사과를 했고, 내가 안전한지 확인하기 위해 여러 번 전화를 해오기도 했다.

어쨌든 그는 TV 인터뷰에서도 내 이름을 거론해주었고, 덕분에 나에 대한 기사가 내 사진과 함께 뉴욕 타임스에 실리기도 했다. 물론 회충약 선전 옆에 자그마한 기사였지만, 많은 사람이 읽었을 것이다.

기사에는 내가 프리랜서 작가라는 얘기도 실려 있었기 때문에 내게 일거리를 의뢰하는 전화로 한동안 전화통에 불이 났다.

사실 어제는 큰 규모의 상하수도 회사에서 안내책자를 만들어달라는 전화를 받았다. 그렇다, 다시 화장실 업무로 복귀하는 것이다.

솔직히 형사놀이가 그립긴 하다. 물론 위험하다는 것은 잘 알고 있다. BMW에 치일 뻔하기도 하고 사이코에게 총 맞아 죽을 뻔하기도 했으니 말이다. 하지만 이 모든 일이 흥미진진한 건 어쩔 수 없다.

피가 끓고, 맥박이 뛰는 것이 생생하게 느껴지면서 내가 살아 있다는 기분을 만끽하게 해주었다.

그래서 난 '사립탐정이 되는 법'이라는 강좌에 등록했다.

칸디도 함께였다. 물론 남자를 만나기 위해서는 아니었다. 남자에 대한 집착을 버리겠다는 그녀의 결심이 꽤 오랫동안 지속하는 것 같다.

칸디는 지금 '비니와 바퀴벌레'의 후속편 제작에 대한 아이디어 수집으로 분주하다. 일명 '사립탐정 P.I.'라고.

누가 알겠는가? 나중에라도 내가 직업을 바꿔 사립탐정이 될지 말이다. 내 안에서 원대하게 증식하고 있는 꿈이다.

사실 전화번호부에 낼 광고문구도 미리 생각해 두었다. 한 번 들어보겠는가?

'사립탐정, 제인 오스틴. 편견 없이 자부심만을 갖고 일합니다.'

나도 안다, 좀 더 손봐야 한다는 사실을.

남자 문제에 관해서라면, 캐머런과의 일이 있은 이후 내 관계 기피증은 더욱 심해졌다.

블롭과 이혼하고 나서는 아무도 사랑하지 못할지도 모른다고 생각했고, 캐머런과의 일이 있고 나서는 그 생각에 더욱 못을 박게 되었다. 남자에 관해서라면 모든 게 끝이었다.

난 현재의 독신생활을 즐기기로 마음먹었다. 의지할 상대라곤 고양이밖에 없는 괴짜 할머니로 늙는다고 해도 말이다.

어쨌든 모든 상황은 예전대로 돌아왔다. 샬롬 양로원의 골드먼 씨는 여전히 치근거렸고, 앤디 브럭크너는 재스민과의 애정행각을 즐기며 스파고에서 점심을 하고, 프로작은 아직도 굶주린 부두 노동자처럼 먹이를 해치워버렸다.

그리고 최근 들은 소식에 의하면, 하워드는 원톤의 집 웨이트리스와 데이트를 시작했다고 한다.

오, 잠깐만. 전화가 왔다. 전화를 건 사람이 누구인지 당신은 아마 상상도 못할 것이다, 레아 형사다.

오늘 저녁에 다른 약속이 없는지 묻고 있다.

농담이겠지, 안 그런가?

그런 무뚝뚝한 남자와 저녁 데이트라니. 그것도 레아 형사가 어떤 타입의 남자인지 아주 잘 알고 있는데 말이다.

이거야말로 웃긴 일이다.

말도 안 되는 일이지.

그가 저녁 8시까지 나를 데리러 오겠단다······.

### 죽음의 러브레터

2007년 2월 5일 초판 발행

| | |
|---|---|
| 지은이 | 로라 레빈 |
| 옮긴이 | 박영인 |
| 펴낸이 | 이경선 |
| 펴낸곳 | 해문출판사 |
| 등 록 | 1978년 1월 28일 제3-82호 |
| 주 소 | 서울시 마포구 합정동 392-2 써니힐 202호 |
| 전 화 | 325-4721(대표) |
| 팩 스 | 325-4725 |
| 홈페이지 | www.agathachristie.co.kr |

### 값 9,000원

ISBN 978-89-382-0430-1
ISBN 978-89-382-0400-6(세트)

※잘못 만들어진 책은 바꾸어 드립니다.

---

국립중앙도서관 출판시도서목록(CIP)

죽음의 러브레터 / 지은이: 로라 레빈 ;
옮긴이; 박영인 --서울 :해문출판사,
2007 p ; cm. --(제인 오스틴 미스터리)

원서명: This pen for hire
원저자명: Laura Levine
ISBN 978-89-382-0430-1 04840 : ₩9000
ISBN 978-89-382-0400-6(세트)

843-KDC4
813.6-DDC21            CIP2007000216